Throttle me – Halte mich

Men of Inked 1

Chelle Bliss

SIEBEN VERLAG

ISBN Taschenbuch: 9783864438660
ISBN eBook-mobi: 9783864438677
ISBN eBook-epub : 9783864438684

www.sieben-verlag.de

Dieses Buch ist meiner Familie gewidmet, meinen Freunden und meinen Lesern.

Kapitel 1

Die Dunkelheit

Suzy

Das Mondlicht fiel durch die Kiefern, die den Straßenrand säumten, und warf Schatten auf den Asphalt. Die kühle Luft, die monatelang ausgeblieben war, streichelte meine Haut. Ich drehte das Radio auf und sang mit Justin Timberlake *Rock Your Body* mit. Es gab nur die erfrischende Brise, Justin und mich.

Ich konnte es kaum erwarten, endlich ins Bett zu kriechen und mich in Träumen zu verlieren, die nichts mit meiner momentanen Realität zu tun hatten.

Der Abend war perfekt gewesen. Ich war mit meiner besten Freundin Sophia Essen gegangen, und obwohl ich von einem langen Arbeitstag erschöpft war, fühlte ich mich innerlich ausgeglichen. Mit Sophia zusammen zu sein, machte mich immer glücklich. Sie war wie eine Schwester für mich, besonders, als wir ein Jahr zusammengewohnt hatten. Seit sie ausgezogen war und mich allein zurückgelassen hatte, fühlte es sich an, als ob ein Teil von mir fehlte.

Ich tanzte mit dem Hintern auf dem Sitz, grölte den Text mit und wünschte mir jemanden, der all das tat, was in dem Lied beschrieben wurde. Noch nie hatte ich mich bei einem Mann so gefühlt, wie Justin über Frauen sang.

Plötzlich schüttelte sich das Lenkrad in meiner Hand und ein quietschendes Geräusch riss mich aus meiner Justin-Trance.

„Verdammter Mist", sagte ich und schlug auf das Lenkrad ein.

Der Wagen stotterte, bis ich am Straßenrand anhielt, und das gelbe Licht der Warnblinker spiegelte sich auf dem Asphalt.

Das Pech schien mich echt zu verfolgen.

Ich krallte mich ans Steuer und versuchte, meine gestressten Nerven zu beruhigen. Mir war klar gewesen, dass der Tag kommen würde, an dem mein Auto den Geist aufgab, doch ich hatte gehofft, es würde erst nach dem nächsten Gehaltsscheck geschehen. Aber keine Chance.

Ich sank mit der Stirn ans Steuer, schloss die Augen und atmete tief durch. „Nah toll, einfach fantastisch." Ich wiegte mich vor und zurück, versank in Selbstmitleid und hämmerte mit der Stirn ans kühle Lenkrad. Ich überlegte, wen ich anrufen oder wohin ich laufen könnte. Seit vielen Meilen hatte ich keine Tankstelle mehr gesehen, oder Häuser. Ohne den Kopf zu heben, angelte ich mir das Handy und betrachtete es.

Scheiße.

Das Display erwachte nicht zum Leben, obwohl ich auf sämtliche Knöpfe drückte. Es hatte keinen Sinn. Es war tot, und ich hier gestrandet.

Was könnte denn noch alles schiefgehen?

Seufzend sah ich in den Rückspiegel, doch dort befanden sich nur die Schatten der Bäume. Keine Autos, keine Neonlichter oder Straßenlampen.

Fuck.

Ich presste eine Hand auf meine Brust und spürte meinen Herzschlag so heftig, dass ich hätte schwören können, ihn zu hören. Bilder aus Mörderfilmen streiften mir durch den Kopf. Eine Frau bleibt mit dem Wagen liegen, bis ein gut aussehender Fremder sie findet, der sich als Serienmörder entpuppt.

Sollte ich vielleicht einfach nach weiß Gott wohin loslaufen? *Oder bleibe ich hier sitzen und warte auf diesen Fremden, der mir freundlich Hilfe anbietet?* Ich mochte es noch nie, mich hilflos zu fühlen. Ich war zu intelligent für Hilflosigkeit, doch genauso fühlte ich mich im Moment. Es konnte Stunden dauern, bis mich hier jemand fand.

Ich schnappte mir die Handtasche, das tote Telefon und meine Schlüssel und stieg aus. Meine Füße schmerzten bereits, dank der extra hohen Heels. Ich lehnte mich an den Wagen, gab meinen Füßen die Chance, sich daran zu gewöhnen, und blickte in beide Richtungen. Keine meiner

Optionen war gut, und ich war erschöpft. Meine Füße schrien bereits vor Protest, allein vom Stehen. Gott sei Dank konnte ich morgen ausschlafen, nach diesem beschissenen Ende des Tages.

Ich wusste, dass zur letzten mir bekannten Tankstelle ein paar Meilen zurück zu laufen besser war als nach vorn in eine mir unbekannte Zukunft. Noch einmal drückte ich den Knopf zum Abschließen an der Fernbedienung, um meiner Zwangsneurose nachzugehen, alles doppelt zu überprüfen, und wanderte dann los.

Kaum war ich am Kofferraum vorbei, erschien am Hügel in der Ferne ein Licht, das mich blendete. Das Röhren des Motors wurde immer lauter, während er näherkam. Als eine Figur darauf sichtbar wurde, wedelte ich wie wild mit den Armen, doch das Arschloch von einem Motorradfahrer raste einfach an mir vorbei.

„Hey, hey!“, brüllte ich.

Der Wind, den er verursachte, wirbelte den Staub von der Straße auf und füllte meinen Mund damit.

Hustend drehte ich mich um und schrie dem Biker hinterher. Doch mir war klar, dass es sinnlos war. Über das Röhren seines Bikes konnte er mich unmöglich hören, aber er hatte mich sehen müssen.

Das rote Bremslicht leuchtete auf, der Fahrer wendete und kam auf mich zu.

Ich schluckte schwer und war nicht sicher, ob das heute meine beste Idee gewesen war, doch ich hatte bereits zu viele Dummheiten gemacht, um darüber nachzudenken. Er war meine einzige Hoffnung, irgendwie nach Hause zu kommen.

Wie ein Reh im Scheinwerferlicht stand ich dort, unfähig, mich zu bewegen, und starrte ihn nur an. Meine Hände zitterten, als das Bike anhielt. Der Lärm war ohrenbetäubend, während ich den Mann und die Maschine betrachtete. Es war eine Harley, eine Fat Boy ohne Frontscheibe, mit verchromtem Lenker und einem schwarzen Chassis.

Der Mann trug schwarze Stiefel, schwarze Jeans und ein schwarzes T-Shirt. Er war groß und muskulös, und ich atmete zischend ein, als ich das gut aussehende, kantige Gesicht sah. Ein verspieltes Lächeln tanzte um seine Lippen, als er bemerkte, dass ich ihn abcheckte.

Verfluchter Mist.

„Brauchst du Hilfe, Lady?", fragte er, zog den Halbhelm aus und fuhr sich mit den Fingern durch sein zerzaustes Haar.

Oben standen ihm die dunklen Spitzen vom Kopf ab, an den Seiten war es kurz, und die Farbe passte zum Himmel. Schwarz. Seine Augen konnte ich nicht erkennen, denn er trug eine Sonnenbrille.

Konnten Serienmörder so sexy sein?

„Äh, hast du ein Handy, mit dem ich jemanden anrufen könnte?", fragte ich, ohne mich von der Stelle zu rühren.

Nur nicht zu nahe herangehen, lass dir Platz zum Flüchten!

Wen wollte ich eigentlich verarschen? In diesen verdammten Schuhen würde ich es keine drei Meter weit schaffen.

„Klar."

Er lehnte sich auf dem Bike zurück, suchte in seiner Jackentasche herum und ich betrachtete ihn genauer. Durch die hautengen Jeans konnte ich seine Muskeln erahnen. Alles an ihm klebte hautnah. Am liebsten hätte ich ihn mit dem Finger gepiekt, um zu sehen, ob er sich so hart anfühlte, wie er aussah.

Was zur Hölle stimmte nicht mit mir?

Ich war so damit beschäftigt, ihn anzustarren, dass ich nicht bemerkte, dass er mir etwas hinhielt.

„Hier, Lady, willst du nun mein Handy?"

Seine tiefe Stimme holte mich aus dem Tagtraum. Ich trat einen Schritt vor und nahm ihm das Handy ab. „Oh, entschuldige."

Meine Fingerspitzen glitten über seine Handfläche und ein winziger elektrischer Schlag wurde zwischen uns ausgetauscht. Seine Finger schlossen sich kurz um meine Hand, die ich schnell wegzog. Mein Herzschlag, der sich beruhigt hatte, begann, wie verrückt zu rasen. Das mussten meine Hormone sein. Ich hatte schon Gott weiß wie lange keinen Sex mehr gehabt. Nach drei Monaten hatte ich aufgehört,

Buch zu führen. Der Mann vor mir war nicht mein Typ, aber sein Sexappeal ging nicht an mir vorbei. Doch er sah nach einer Menge Ärger aus, den ich in meinem Leben nicht brauchen konnte.

Ich trat zurück und behielt ihn im Auge, während ich die einzige Person anrief, die nahe genug war, um mir zur Hilfe zu eilen. Sophia. Während ich anklingelte, wanderte der Blick des Bikers an mir hoch und runter. Bei jedem Klingelton verkrampfte sich mein Magen mehr. Ich wusste nicht, wen ich sonst noch anrufen könnte.

Ich beendete den Versuch und seufzte. „Geht keiner ran, danke." Mit einem dümmlichen Grinsen gab ich ihm das Telefon zurück.

„Lass mich mal nach dem Wagen sehen, vielleicht kann ich was machen, okay?" Er stellte das Bike so hin, dass der Scheinwerfer meine Motorhaube beleuchtete.

„Gern." Ich öffnete den Wagen mit der Fernbedienung und setzte mich hinein. Ich steckte den Schlüssel in die Zündung und passte genau auf, wo sich der Biker befand. Hier würde mich niemand schreien hören, wenn er mich umbringen wollte. Ich durfte meine Vorsicht nicht sausen lassen.

Er stellte das Bike auf den Seitenständer, stieg ab und legte den Helm auf den Sitz. Von innen öffnete ich die Motorhaube und sah ihm aus der relativen Dunkelheit meines Autos zu, in der mein Gesicht von den Schatten verhüllt wurde. Er war noch größer, als er auf der Harley ausgesehen hatte. Er musste über dreißig Zentimeter größer sein als ich und wirkte noch massiver, als er vom Scheinwerfer erhellt wurde. Mit halb offenem Mund und flacher Atmung starrte ich ihn durch den Schlitz unter der Haube an, als sei er ein Stück leckeres Fleisch. Er verströmte geradezu Männlichkeit und Wildheit, und ich stellte ihn mir ohne die hautenge Kleidung vor. Die Muskeln in seinen Armen bewegten sich, als er sich am Motor zu schaffen machte.

Wie wäre es wohl mit einem Mann wie ihm? Alle, mit denen ich zusammen gewesen war, hatten nicht zu mir gepasst. Nette Jungs, aber der Funke, den ich spüren wollte, blieb aus. Die Leute dachten, ich wäre ein braves Mädchen, was auch stimmte, doch ich war erfüllt von schmutzigen Gedanken, die ich niemandem sagen konnte. Außer Sophia, aber die zählte nicht. Noch nie hatte einer etwas Fantasierwürdiges mit mir gemacht. Ich konnte auch kaum in Worte fassen, was ich gern erleben wollte, oder was ich mit einem Mann anstellen würde.

„Ma'am", sagte er und riss mich aus den Überlegungen über mein Sexleben, beziehungsweise meinem nicht vorhandenen.

„Äh, Entschuldigung, ja?"

„Kannst du bitte mal versuchen, ihn zu starten?" Er blickte seitlich an der Haube vorbei. „Jetzt."

Der Wagen leierte und leierte.

„Stopp!", rief er über das Geräusch hinweg. Zielgerichtet fummelte er weiterhin am Motor herum. „Noch mal."

Ich drehte den Schlüssel um, der Motor leierte, sprang aber nicht an.

Er richtete sich auf, rieb sich das Genick und stieß ein paar Flüche aus. Das Einzige, worauf mein Blick ruhte, war sein Schritt. Bewegungslos starrte ich auf die Stelle. Sein T-Shirt bedeckte die Gürtelschlaufen und endete genau an seinen Leisten. Verdammt. Er füllte die Jeans perfekt aus. Er musste einen Riesigen haben. Alles an ihm war groß. Da konnte er wohl kaum einen kleinen Penis haben, oder?

Der letzte Kerl, mit dem ich geschlafen hatte, hatte eher der Größe einer sauren Gurke entsprochen. Es war das unbefriedigendste sexuelle Erlebnis meines Lebens gewesen. Er war Lehrer, und ich sehnte mich nach jemandem, der gebildet und unabhängig war, doch er war einfach nur langweilig. Innerhalb und außerhalb des Schlafzimmers. Ich hatte mich getäuscht, das bei Derek, Mr. Gurke, zu finden. Er war ein psychisches Wrack und hatte mehr seelische Probleme als alle Leute, die ich kannte. Er hatte eine Bazillenphobie, was problematisch war, wenn es um Sex ging. Sofort danach sprang er aus dem Bett und ging duschen, um die Bakterien abzuwaschen. Ich seufzte, als ich daran dachte. Ganz abgesehen davon, dass er auch noch ein Arschloch war.

Mit einem lauten Knall warf der Mann die Haube zu. „Dein Auto ist etwas schwierig. Ausländische Marken können kompliziert sein. Ich kriege ihn leider nicht gestartet." Er kam an meine Fahrertür.

„Macht nix. Vielen Dank fürs Versuchen." Ich stieg aus, um mich nicht im Auto gefangen zu fühlen. Was sollte ich jetzt nur tun?

„Ich war auf dem Weg zu der Bar weiter oben. Magst du mitkommen?" Er lächelte, neigte den Kopf seitlich und betrachtete mich. „Von da aus kannst du einen Abschleppwagen rufen. Es kann eine Weile dauern, bis die hier draußen sind."

Mir fiel keine andere Möglichkeit ein. Er war meine einzige Hoffnung, meine Rettung aus dem Straßengraben und ein Mittel zum Zweck. Es gab Schlimmeres, als auf sein Bike zu steigen und die Arme um ihn zu schlingen. „Okay, aber ich habe noch nie auf einem Bike gesessen."

„Noch nie? Gibt's so was überhaupt?" Er schüttelte den Kopf und seinen Lippen entkam ein kleines Lachen.

Im Licht strahlten seine Zähne ebenmäßig und weiß. Sein Kinn war kantig, die Wangenknochen wurden dominanter, wenn er lächelte, und links entstand ein kleines Grübchen.

Mit brennenden Wangen senkte ich den Blick zu Boden. „Keine Ahnung. Ich kenne einfach niemanden, der ein Bike hat und finde sie außerdem auch total beängstigend."

„Es ist nicht weit und es ist kein Verkehr. Ich passe auf dich auf", sagte er und reichte mir seinen Helm.

Ich hatte Schmetterlinge im Bauch, als ich an meine erste Motorradfahrt dachte, und schloss das Auto ab. Der schwarze, runde Helm fühlte sich kühl an, als ich ihn nahm. Mit zusammengezogenen Augenbrauen betrachtete ich den Helm. Ich hatte keine Ahnung, wo hinten und vorne war und wie man ihn anzog.

„Ich helfe dir", sagte er, und nahm ihn mir aus der Hand.

Unsere Hände berührten sich und ich spürte erneut diesen kleinen Funken. Es war kein echter Funke, doch eine Art Elektrizität, die ich bei der kleinsten Berührung bis ins Mark fühlte. Mein Körper sehnte sich nach seiner Berührung, doch mein Verstand hielt die Achtung-Flagge hoch.

Vorsichtig setzte er mir den Helm auf, nahm die Verschlüsse in die Hand, fast streichelnd, und passte sie meinem Kinn an. Ich holte tief Luft und sog sie mit allen Sinnen ein. Er roch anders als andere Männer. Kein billiges Rasierwasser, doch ein würziger, erdiger Geruch, der mich an zu Hause erinnerte. Ich schloss die Augen und genoss das Gefühl seiner warmen Haut an meiner.

„Fertig. Bist du bereit?", fragte er.

Ich öffnete die Augen und Hitze überflutete mich, weil ich mich total in seinen Berührungen verloren hatte. „Ja." Ich betete, dass mich meine Stimme nicht verriet.

Er stieg auf die Maschine und rutschte nach vorn, um mir Platz zu machen. „Heb das Bein und steig auf."

Ich legte eine Hand auf seine Schulter, um mich zu stabilisieren, und folgte seiner Anweisung. Ich rutschte nach vorn und krachte gegen ihn. Er war steinhart. Er drehte den Kopf und sah mir in die Augen.

„Stell die Füße auf die Rasten und leg die Arme um mich. Ich beiße nicht. Nur, wenn du mich darum bittest."

Er grinste und mein Herz tanzte Tango in meiner Brust. Ich schmiegte mich an seinen Rücken. Das hatte er doch gerade nicht wirklich gesagt, oder? Ich hob die Füße vom Boden und vertraute mein Leben einem vollkommen Fremden an. Vor ihm faltete ich die Hände zusammen.

„Fertig?"

„Warte! Ich weiß nicht mal deinen Namen. Ich meine, ich lege mein Leben in deine Hände und weiß nicht mal, wer du bist." Ich schlang die Arme fester um ihn.

Zwar hörte ich sein Lachen nicht, doch ich spürte es in seinem Oberkörper. „Meine Freunde nennen mich City, Sugar."

Er drehte am Gasgriff und mein Herz setzte kurz aus. Angst packte mich – jetzt gab es kein Zurück mehr.

Ich umklammerte ihn wie ein Schraubstock, versuchte, die Angst zu verdrängen und cool und gelassen ihm gegenüber zu wirken. Bevor sich das Bike in Bewegung setzte, tätschelte er kurz meine Hände. Ich wagte es nicht, hinzusehen. Ich lehnte den behelmten Kopf an seinen Rücken und sah nicht auf die Straße. Der Wind umschmeichelte meine Haut und fühlte sich im Vergleich zur Hitze in meinen Handflächen wie Eis an.

Gab es an diesem Mann irgendwelche weichen Stellen? Ich bewegte die Finger an seiner Brust, wollte die Härte spüren, wobei ich wie verrückt hoffte, dass es ihm ganz natürlich vorkam, und nicht so, als wollte ich ihn sexuell belästigen.

Das Bike wurde schneller und mein Herz hämmerte gegen seinen Rücken. Ich umschlag ihn fester und klammerte mich an ihn. Das Röhren der Maschine übertönte alles um mich, es gab nur noch uns beide. Er beugte sich über sein Bike und sein Hintern steckte fest zwischen meinen Beinen. Ich traute mich nicht, mich zu bewegen. Er war warm, bequem, und ich genoss jede Minute, in der wir uns berührten. Ich schloss die Augen und versuchte, das Bike unter uns auszublenden. Das leichte Hin- und Her und die unebene Straße brachten mich aus der Balance.

Das Geräusch des Motors änderte sich. Nun wagte ich, über seine Schulter zu blicken. Der Parkplatz des *Neon Cowboy* war voller Bikes und die Bar war der hellste Fleck weit und breit. Ich war schon oft daran vorbeigefahren, hatte jedoch nie daran gedacht, einmal anzuhalten. Es war keine Bar für Jugendliche auf schnellen, ausländischen Bikes, sondern eine Kneipe, in der harte Biker abhängen, Bier trinken und Frauen aufreißen konnten.

City parkte das Bike und ich spürte, wie mein Körper zitterte, weil die Angst noch durch meine Adern strömte. Ich hatte es getan. Ich war auf einem Motorrad gefahren. Auch noch mit einem Fremden. Ich blinzelte, atmete schwer und versuchte, mich zu beruhigen.

„Du kannst jetzt absteigen, Sugar.“ Er saß breitbeinig auf der Maschine und hielt das Bike für mich aufrecht. „Hat dir deine erste Fahrt gefallen?“

Ich ließ den Anker seines Körpers los, schwang mich vom Bike und landete auf zittrigen Beinen. „Es war das Schlimmste, was ich je erlebt habe.“ Ich war unendlich froh, dass ich wieder auf festem Boden stand. Ich versuchte, mein

Zittern zu beruhigen, den Herzschlag zu senken, ehe ich mit ihm an der Seite in die Bar ging.

„Wenn das das Schlimmste war, was du je erlebt hast, musst du öfter mal rauskommen, Sugar. Ich habe für dich extra langsam gemacht."

Er grinste. Ich spürte dieses sündige Lächeln bis in den Unterbauch. Ich wünschte mir, ihn nackt über mir zu haben, während er in mich drang. Möglichst auf folternd langsame Weise. Alles an ihm ließ meinen Körper erbeben und nach seiner Aufmerksamkeit schreien.

Dabei war er gar nicht mein Typ.

Ich bevorzugte Bücherwürmer und einen Mann, der gern abends zu Hause blieb, einen Film ansah oder Scrabble spielen wollte, und nicht wie ein Höllenhund auf einer Fat Boy herumraste, um in eine Bar zu gehen. Ich war keine Barmieze und würde auch nie eine sein.

Die Außenlichter der Bar ermöglichten mir einen besseren Blick auf den Mann, der sich City nannte. Sein Haar war noch dunkler, als ich gedacht hatte, wirklich tiefschwarz, und oben rutschte es ihm leicht in die Stirn, als er es ausschüttelte. Es war vom Wind zerzaust. Seine Augenfarbe konnte ich nicht sehen, denn er trug immer noch die Sonnenbrille.

„Ich Glückliche." Ich kicherte und versuchte, cool zu wirken, auch wenn ich am ganzen Leib zitterte. Wenn das langsam war, wollte ich nicht wissen, was er unter schnell und hart verstand, oder? Ach, verdammt noch mal. Er brachte mein Hirn völlig durcheinander.

Nachdem ich den Helm abgesetzt hatte, fuhr ich mit den Fingern durch meine Haare, die nach dem wilden Ritt furchtbar aussehen mussten. Lachend stieg er vom Bike, nahm mir den Helm ab und legte ihn auf den Sitz. Wie gebannt sah ich zu, wie er die Brille auszog und sie in der Seitentasche des Bikes verstaute. Ich wollte seine Augen sehen, den ganzen Mann ohne diese Maskierung.

„Fertig, Babe?" Er deutete auf den Eingang.

Ich wollte NEIN schreien, doch ich hatte keine Wahl. Allein wäre ich niemals in so eine Bar gegangen. „So bereit, wie ich nur sein kann." Ich ging auf die Tür zu, doch spürte eine

Hand um meinen Arm und hielt inne. Ich sah auf seine Finger und dann auf ihn. „Was ist?“

„Du kannst hier nicht einfach so reinspazieren. Du bist eine Außenstehende. Die würden dich lebendig auffressen. Und ich will nicht, dass dich jemand schräg anmacht. Wir müssen sie davon überzeugen, dass du zu mir gehörst, dann lassen sie dich in Ruhe. Es sei denn, du willst es nicht anders.“ Er hob fragend eine Braue.

„Doch, doch.“ Es machte mir nichts aus, wenn die da drin dachten, wir wären zusammen. City war heiß und schien ein netter Kerl zu sein. Schließlich hatte er angehalten und mir geholfen, anstatt einfach vorbeizufahren.

„Bleib einfach an meiner Seite und folge mir. Ich kenne diese Leute und will nicht, dass sie neugierig werden. Sie suchen immer nach leichten Opfern.“

Sein Lächeln verursachte mir ein Ganzkörperkribbeln und zwischen meinen Beinen zog sich alles zusammen. „Okay, ich bleibe bei dir wie Sekundenkleber und folge dir.“ Himmel, ich klang wie eine Idiotin. Aber ich war eben ein Bücherwurm. Ich war Mitglied der Ehrenverbindung gewesen und wenn meine Freunde Party machten, blieb ich in der Studentenunterkunft und lernte.

City schmiegte mich an seine Seite und nahm mich zwischen seinen Körper und seinen Arm. Ich bewegte mich simultan mit ihm, versuchte, mit seinen eleganten, flüssigen Bewegungen mitzuhalten, doch meine Beine waren so kurz, dass ich fast neben ihm her joggen musste. Er öffnete die Tür und sofort war ich umhüllt von Rauch, lauter Musik, und zig Augenpaaren, die uns anstarrten.

Quer durch den Raum riefen die Leute „City!“, was mir zeigte, dass er hier Stammgast war. Ich kam mir vor wie in einer anderen Version von *Cheers*, und City war Norm, nur sexier und muskulöser. Er beugte sich zu mir herunter und flüsterte mir ins Ohr. Ich spürte seinen heißen Atem, ehe ich die Worte hörte.

„Bleib dicht bei mir und zeig keine Angst“, wisperte er. Ich bekam eine Gänsehaut. „Wir sagen Hallo und rufen dann den Abschleppdienst.“

City sah kräftig genug aus, es mit jedem der hier anwesenden Kerle aufnehmen zu können, doch ich wollte das nicht riskieren. Ich beschränkte mich darauf, mich auf meine Atmung zu konzentrieren, das Kinn oben zu halten und aufzupassen, wohin ich trat. Der Boden war übersät mit Erdnussschalen und Staub, was das Gehen in den High Heels noch halsbrecherischer machte als normal. Schon als ich sie kaufte, konnte ich kaum darin gehen, doch sie waren einfach zu sexy, um darauf zu verzichten.

Wir gingen an einen Tisch besetzt mit Männern mit geflickten Lederwesten. Sie waren unrasiert, wirkten genauso gefährlich wie City und grinsten breit.

„Wer ist denn die hübsche Lady, City?", fragte einer. Er scannte meinen Körper und hielt an meinen Brüsten an, bevor er mir ins Gesicht sah.

„Das ist Sunshine. Denk nicht mal dran, Tank, sie gehört zu mir", sagte City mit einem Lächeln und zog mich enger an ihn.

Sunshine?

Ich hatte ihm meinen Namen noch nicht gesagt und er hatte auch nicht danach gefragt. Mir gefiel nicht, wie Tank mich anstarrte. Dem Himmel sei Dank war er nicht an mir vorbei gekommen, als ich liegen geblieben war. Er sah mich an, als sei ich seine nächste Mahlzeit und nur für sein Vergnügen da.

Tank ergab sich mit erhobenen Händen. „Niemals, Alter. Komm wieder runter. Ich genieße nur die Aussicht." Er sah von City zu mir und verbarg seine visuelle Belästigung kein bisschen.

City drückte meine Taille. „Sunshine, das ist Tank, das Arschloch. Und das da sind Hog, Frisco und Bear", sagte er und deutete auf die Männer.

Die Spitznamen passten zu keinem der Männer, außer zu Bear. Seine Arme waren behaart und er war groß, breit und hatte tatsächlich dunkles Haar und ein pelziges Gesicht. Man wollte ihn umarmen und er wirkte nett mit seinen sanften haselnussbraunen Augen.

„Hi", sagte ich und sah sie nacheinander kurz an, merkte

mir ihre Namen allerdings nicht für immer.

„Ich wusste nicht, dass du heute eine Frau mitbringst, City“, sagte Bear.

„Unvorhergesehene Dinge passieren“, sagte City und zog mich dichter heran, sodass kein Platz mehr zwischen uns war.

„Sie passt nicht in dein übliches Beuteschema, mein Freund.“ Bear grinste. „Ich meine das nicht böse, Mädchen, du bist einfach eine zu Feine und viel zu gut für diese niedere Lebensform. Du solltest eher auf meinem Schoß sitzen.“

Er tätschelte sein Bein. Ich wollte nach dem Ausgang suchen. Ich sah nach unten und betrachtete meine Kleidung. Ich sah nicht so billig aus wie die meisten Frauen hier, sondern klassisch, sogar sexy, ohne den kleinsten Hinweis darauf, dass ich eine Streberin war.

City ging auf Bear zu und mir wurde ganz heiß, als er sprach. „Zeig etwas Respekt, Arschloch. So redet man nicht mit einer Lady.“ City stand jetzt nur Zentimeter von Bears Gesicht entfernt. „Entschuldige dich bei der Lady. Sofort.“ City thronte über ihm, und Bear blieb wie angewurzelt auf dem Stuhl sitzen.

Er sah mich an und schluckte schwer, ehe er sprach. „Entschuldige bitte, Sunshine. Ich hab nur herumgealbert. Ich bin wirklich ein Arschloch. Verzeih mir bitte.“

„Keine große Sache“, sagte ich mit einem künstlichen Lächeln und hoffte, damit die Situation zu entschärfen.

„Wir setzen uns an die Bar.“ City sah Bear an.

„Ach komm schon, Alter, setz dich zu uns. Vergiss Bear. Er ist ein Blödmann. Lass ihn doch an die Bar gehen“, sagte der Kerl, der Frisco hieß, soweit ich mich erinnern konnte.

„Sunshine und ich wollen unter uns sein. Ich seh euch an einem anderen Abend wieder“, sagte City, legte die Hand auf meinen unteren Rücken und führte mich zu dem großen Barbereich.

„Es tut mir leid. Sie können echt alberne Ärsche sein. Bear hat keinen Selbstfilter“, sagte er und zog einen Barhocker für mich hervor.

City besaß zumindest Manieren. Nicht viele der Männer,

mit denen ich ausgegangen war, taten etwas so Simples wie der Frau einen Stuhl herbeizuziehen. Es war eine aussterbende Rasse.

„Er ist ein guter Kerl, aber manchmal denkt er nicht nach, bevor er spricht.“

„Das macht wirklich nichts. Aber danke für die Verteidigung“, sagte ich im Hinsetzen und rutschte näher an die Bar heran. „Warum nennst du mich Sunshine?“

„Weil ich deinen Namen nicht weiß und du mich an Sonnenschein erinnerst. Deine Haare sind golden und dein Lächeln ist strahlend. Es kam mir einfach passend vor. Ich musste mir schnell was einfallen lassen“, sagte er. „Ich hoffe, es macht dir nichts aus.“ Er zuckte mit den Schultern und nahm sich eine der Speisekarten, die auf der Theke lagen.

„Es macht mir nichts aus, aber ich heiße Suzy.“

„Was hättest du gern, Suzy?“

Am liebsten hätte ich gesagt *„dich“*, denn irgendwie verlor ich bei diesem Mann den Bezug zur Realität. „Einen Virgin Daiquiri bitte.“

„Ohne Alkohol? Echt jetzt?“ Seine Augenbrauen schossen in die Höhe und sein Mundwinkel zuckte.

„Ich hatte heute schon ein paar Drinks und möchte nur etwas Süßes, keinen Alkohol.“

„Möchtest du etwas essen?“, fragte er. „Oder bist du auch noch Vegetarierin?“ Er lachte.

„Hör auf.“ Ich schlug ihm gegen den Arm. „Ich will nichts. Nur einen Abschleppdienst.“

„Schon kapiert.“ Er holte sein Handy hervor und legte es auf den Tresen. Dann wandte er sich an die Bedienung hinter der Bar. „Hey, Darling, kannst du bitte eine Bestellung aufnehmen für einen Cheeseburger, ein Bier und einen Virgin Daiquiri?“

„Klar doch, Hübscher“, sagte sie und schwang beim Gehen die Hüften extra für ihn.

Ich sah zu City, um zu prüfen, ob er hinsah, doch er betrachtete stattdessen mich. Mein Mund wurde ganz trocken und mein Hals kratzte.

„Willst du den Automobilclub anrufen oder sowas?“, fragte er, ohne den Blick von mir zu nehmen.

Seine Augen waren unglaublich blau. Ich konnte gar nicht wegsehen. Ich mochte meine eigenen blauen Augen, doch seine waren schon fast türkis. Es war, als ob er durch mich durchsehen konnte, tief in mich hinein, und alles sah, was ich unter der Oberfläche verbarg. Ich wollte ihn, doch ich wollte es nicht zugeben. Ich konnte es einfach nicht.

„Der Automobilclub wäre okay“, sagte ich, nahm meine Handtasche und suchte die Mitgliedskarte heraus. Sie steckte mitten zwischen den vielen anderen. Ich spürte seinen Blick auf mir. Er studierte mich und das machte mich nervös. Was dachte er wohl? Ich musste seinem Blick entkommen, wandte mich ab und wählte die Nummer.

„American Automobile Association, guten Tag. Was kann ich für Sie tun?“

Ich konnte die leise weibliche Stimme bei der lauten Musik, die durch die verräucherte Bar pulsierte, kaum hören. City plauderte mit der Barfrau, während ich versuchte, alles auszublenden und dem Automobilclub meinen Standort und mein Problem durchgab. Sie würden erst morgen Früh hier sein können. Verflucht! Ich dankte der Frau und beendete das Gespräch.

„Was haben die gesagt?“, fragte City mit ernstem Gesicht, während die Barfrau sich von uns entfernte.

„Sie können erst morgen Früh kommen, weil sie so viel zu tun haben und wir hier mitten im Nirgendwo sind. Ich soll das Auto offen lassen, damit sie rein können, und es auf Leerlauf schalten oder so was. Ich hab keine Ahnung, wie das alles geht, ich werde zum ersten Mal abgeschleppt.“

Was sollte ich jetzt nur machen? Ich saß im *Neon Cowboy* mit Mr. Sexy und meinen schmutzigen Gedanken fest.

„Wenn ich gegessen habe, bringe ich dich zu deinem Wagen zurück. Dann brauchst du jetzt auch eine Fahrt nach Hause, was?“, fragte er, trank sein Bier und sah mich an.

Ich lächelte. Obwohl ich ihm nicht so viel zumuten wollte und mir nicht gefiel, dass ein Fremder meine Adresse kannte, konnte ich schlecht Nein sagen. „Das wäre wunderbar, wenn es dir nicht zu viel Mühe macht.“

„Ganz und gar nicht, Suzy. Ich kann dich schlecht einfach hierlassen und gehen. Ich mach das schon, Babe." Er rückte mit dem Hocker näher an mich. Zu dicht. „Wohin soll ich dich nachher bringen? Direkt nach Hause?"

Er hob eine Augenbraue, wartete auf meine Antwort und hielt mich mit seinem Blick gefangen.

Nach Hause? Wessen Zuhause meinte er?

City wirkte wie ein Mann, aus dessen Bett jeden Morgen eine andere Frau torkelte. Oder er warf sie schon am Abend raus, bevor er einschlief.

Seine Finger streichelten meine Hand und mein interner Monolog verflog.

„Wo. Wohnst. Du?" Sein Lachen, das er hinter seiner Hand zu verbergen versuchte, machte mir klar, dass ich länger gedankenversunken gewesen sein musste, als mir bewusst war.

Ich räusperte mich. „Ich muss mein Auto aufschließen und brauche dann eine Fahrt nach Hause. Ich wohne ungefähr fünfzehn Minuten nördlich von hier. Geht das? Ich meine, ich will nicht …"

Er legte einen Finger auf meine Lippen und unterbrach mich mitten im Satz.

„Das ist egal, ich fahre dich überall hin", sagte er mit einem leichten Grinsen, das meinen Puls hochjagte und meinen Körper erhitzte.

Er leckte sich über die Lippen und ich starrte ihn idiotisch an. Meine Mitte zog sich zusammen, als ich mir seine Lippen auf meiner Haut vorstellte. Was war nur los mit mir? Jede seiner Bewegungen und Bemerkungen wurden in mir zu Sex, als ob sie mein Hirn durchdrangen. Ich brauchte wohl unbedingt einen Mann. Machte dieser hier mich gerade an, oder bildete ich es mir nur ein?

„Möchtest du etwas abhaben? Ich kann das nicht alles essen", sagte er, als der Teller vor ihn gestellt wurde.

Ich schüttelte den Kopf, nahm meinen Drink und versuchte, damit das Feuer zu kühlen, das City in mir entfachte. Der kalte, süße Erdbeer-Slush tanzte auf meiner Zunge und glitt meine Kehle hinunter. Ich drehte den roten Strohhalm in meinem Mund und versuchte, meine Gedanken zu sammeln. Die Muskeln in seinen Armen spannten sich an, als er den Cheeseburger zum Mund führte. Seine Arme waren voller Tattoos. Auf dem linken Arm waren verschiedene Designs miteinander verwoben. Ein Koi-Fisch, ein Tiger, ein paar andere naturthematische Bilder, die sich über seine Haut zu bewegen schienen. Auf dem rechten Arm befand sich eine City-Skyline. Am liebsten wäre ich mit den Fingern über die Tinte gefahren. Er sah überall so groß aus. Mein Blick wanderte über ihn und blieb in seinem Schritt hängen. Ich fragte mich, ob das Motorrad und die Tattoos lediglich seinen Mangel an anderer Stelle wettmachen sollten, doch ich konnte mir nicht vorstellen, dass ein Mann wie er untenrum klein war. Auf keinen Fall besaß er nur eine …

„Gurke?"

Ich blinzelte, nahm den Blick von seinem Schritt und sah ihm in die Augen.

Gurke?

Er hielt mir die Gurkenscheibe von seinem Cheeseburger hin.

„Äh, nein, vielen Dank. Aber iss du nur", sagte ich und befürchtete, dass er ein Gedankenleser war. Gott, ich hoffte, er hatte mich nicht dabei erwischt, wie ich auf seinen Schritt gestarrt hatte. Ich saugte den Rest meines Drinks aus und wünschte nun, es wäre doch Alkohol darin. Dann hätte ich mich vielleicht nicht so geschämt. „Ich habe deine Tattoos bestaunt. Was zeigt das auf deinem rechten Arm?"

„Das ist Chicagos Skyline", sagte er und nahm noch einen Bissen.

„Kommst du da her?"

„Geboren und aufgewachsen, yep, Baby."

Er knurrte und aß weiter. Ich konnte den Blick nicht von seinem Mund nehmen. Ihn essen zu sehen, war erotisch. Wie sich seine Lippen bewegten, wenn er kaute, wie er die Finger einzeln in den Mund nahm und den Fleischsaft ablutschte. Verdammt noch mal. Es war wirklich zu lange her, seit ich Sex gehabt hatte, wenn sogar Essen sexuell wurde.

Houston, wir haben ein Problem.

Kapitel 2

Strahlen der Sonne

City

Spielend leicht hätte ich ihren Wagen anspringen lassen können. Doch ich hatte es nicht gewollt.

Ihre Schönheit stach mir ins Auge und ich wollte mehr über sie wissen.

Fuck, ich wollte sie flachlegen.

Und ich konnte sie nicht einfach da draußen sich selbst überlassen. Zwar war ich normalerweise ein echter Arsch, doch das hätte ich nie getan.

Als ich fast an ihr vorbeigefahren war, wirkte sie hilflos. Und als mein Scheinwerfer sie beleuchtet hatte, waren mir sofort schmutzige Gedanken gekommen. Sie trug Fick-mich-Schuhe mit einem saukurzen Rock und einem weißen Spitzen-Tank-Top, das sofort meinen Schwanz hart machte. Ihr Haar fiel über ihre Brüste und glitzerte im Licht. Es war wie aus Gold gesponnen und ich wollte daran ziehen, während mein Schwanz tief in ihr steckte.

Ich gab vor, ihr zu Hilfe geeilt zu sein, doch ich wollte sie so lange wie möglich hierbehalten. Ich konnte einen der Jungs bitten, das Auto zu ihrer Wohnung zu schleppen.

Als wir in die Bar gegangen waren, hatte ich Angst in ihren Augen gesehen. Sie waren groß wie Untertassen geworden, ihr Mund war geöffnet und sie sah sich um, als hätte sie noch nie zuvor eine Bar von innen gesehen. Die Jungs hier konnten echte Ärsche sein, besonders wenn eine schöne Frau hereinkam. Bear war immer ein Blödmann, doch er hatte recht. Ich wollte sie vögeln, und zwar so versaut wie möglich.

„Wie wär's, wenn ich dir einen richtigen Drink bestelle? Nur einen. Du musst heute nicht mehr fahren, also was soll's?"

Sie kaute an ihrer Unterlippe. „Ich glaube, du hast recht. Meine Woche war furchtbar. Ich könnte etwas Stärkeres gebrauchen." Sie atmete pustend aus, was eine Haarsträhne hochfliegen ließ.

„Gut, dann lass uns das ändern. Schlimmes Date gehabt?", fragte ich. Ich betrachtete ihre Schuhe, ihren ganzen Körper und blieb an ihrem Gesicht hängen. „Was kann ich tun, damit du dich besser fühlst?"

Sie öffnete die Lippen und ihre Brust hob sich, als sie schnell die Luft einsog. „So schlimm ist es gar nicht mehr. Heute Abend hatte es gut angefangen. Ich bin mit einer Freundin Essen gewesen, aber jetzt musste mein blödes Auto alles noch krönen."

Blödes Auto? Drückten sich erwachsene Frauen wirklich so aus?

„Ich bin sicher, das mit dem Auto ist keine große Sache." Ich winkte der Barfrau. „Weißt du schon, was du haben willst?"

„Martini. Einen süßen, bitte."

Sie leerte ihren jungfräulichen Daiquiri. Sie fluchte nicht und trank selten Alkohol. Damit war sie nicht wie die meisten Mädels, die ich kannte. Nicht mal ihre Kleidung war so sexy, wie ich es von einer Frau ihres Alters erwartet hätte.

„Was darf ich dir bringen, Honey?", fragte Sandy.

„Sunshine möchte einen süßen Martini, Sandy. Egal welche Geschmacksrichtung." Ich sah zu Suzy. „Stimmt's?"

„Ja, danke."

Sie passte nicht in eine solche Bar, doch ich wollte sie an meiner Seite haben. Zwar wirkte sie wie ein gutes Mädchen mit reiner Sprache, doch ich spürte, dass ihr Verstand voller unanständiger Gedanken war. Wie sie mich ansah – nein, anstarrte – und jede meiner Bewegungen und meinen ganzen Körper verinnerlichte. Sie wollte mich genauso unbedingt wie ich sie, auch wenn sie es nicht zugeben wollte oder konnte.

„Du kommst sicher oft hierher, oder? Alle scheinen dich zu kennen."

„Die Jungs und ich hängen hier ein paar Abende die Woche nach der Arbeit ab und es ist nicht weit von meinem Haus entfernt. Es ist nur ein Ort, an dem ich entspannen und runterkommen kann, nach einem langen Arbeitstag."

Sie leckte sich die Lippen und ich schwöre bei Gott, dass mein Schwanz zuckte. Ich rutschte auf dem Hocker herum und versuchte, meine vollständige Erektion vor ihrem Blick zu verbergen. Ich sah zu, wie sie sich auf ihrem Hocker bewegte, die Schenkel aneinander rieb, bevor sie sie übereinander schlug. Ich hatte sie am Haken und wusste es genau, doch das Kunststück war, sie nicht abzuschrecken.

„Was arbeitest du, City?" Sie sah auf ihre Hände, um nicht mich ansehen zu müssen.

„Ich bin Künstler. Und du?" Dabei beließ ich es. Es klang cooler als *Tätowierer.* Ich war Künstler aus Leidenschaft, doch meine Leinwand war die menschliche Haut.

„Lehrerin. Was für eine Art Künstler?"

Sie sah nicht aus wie die Lehrerinnen, die ich immer gehabt hatte. Ich hätte niemals dem Unterricht folgen können, wenn sie sich in Heels gestreckt hätte, um an die Tafel zu schreiben. „Tätowierungen", sagte ich und deutete auf meinen Arm. „Hast du welche?"

„Tattoos?", fragte sie mit geweiteten Augen und hochgezogenen Brauen.

„Bei deinem Gesichtsausdruck würde ich schätzen, die Antwort ist Nein."

„Genau." Sie lachte. „Ich fürchte mich zu Tode vor Nadeln." Sie nahm ihr Glas und leerte den Martini zur Hälfte, ohne mit der Wimper zu zucken.

„Fluchst du manchmal?", fragte ich, als sie das Glas auf den Tresen gestellt hatte.

„Was?" Verblüfft sah sie mich an.

„Ob du auch mal fluchst. Einfache Frage. Bisher hast du nur *blöd* gesagt, aber noch nichts Unanständiges."

„Oh. Äh, ja, ich fluche auch." Ihre Wangen färbten sich rosa und ein kleines Lächeln erhellte ihr Gesicht. „Ich bin nur daran gewöhnt, wegen der Schüler auf meine Sprache zu achten."

„Beweise es." Ich sah ihr in die saphirblauen Augen.

„Was? Warum?"

„Weil ich wissen will, ob du es kannst. Bist du immer ein

anständiges Mädchen? Oder steckt noch mehr dahinter, was darauf brennt, herauszukommen?" Ich unterdrückte das Lachen, das aus mir herausbrechen wollte. Das Pink auf ihren Wangen verteilte sich im ganzen Gesicht. Ich wusste, dass ich sie in eine peinliche Lage brachte, doch verdammt noch mal, ich musste einfach wissen, ob ich bei ihr überhaupt eine Chance hatte.

„Klar fluche ich. Was glaubst du, was ich bin? Ich bin kein Kind mehr, City." Sie funkelte mich an, hob das Glas an ihre Lippen und schmiegte sie um den Rand.

Fuck.

Ich wollte diese Lippen um meinen Schwanz spüren, während sie mich tief aufnahm und mir einen blies.

„Das habe ich nie behauptet, Babe. Trinkst du auch öfter mal was, abgesehen von heute?" Jetzt lächelte ich, denn ich wusste, dass sie sauer war. Ich mochte das Feuer in ihren Augen, wenn ich sie auf ihre Braves-Mädchen-Eigenschaften hinwies. In diese Schublade gesteckt zu werden, schien ihr nicht sonderlich zu gefallen.

„Manchmal. Ich bin einfach vernünftig. Ich trinke nicht, wenn ich noch fahren muss. Mein Dad war ein Cop, und ich wurde schon früh so erzogen."

Ihre Worte trafen mich wie eine Tonne Steine. Betrunken zu fahren war eine Sache, die mein Blut zum Kochen brachte.

Braves-Mädchen-Lehrerin mit einem Cop als Vater. Ich war aber auch ein Glückspilz. „Das ist gut so. Also Virgin Martinis sind nicht dein Standardgetränk?"

„Warum? Sollte ich lieber eine Trinkerin sein? Ich meine, macht es mich sonst weniger erwachsen?"

„Nein, Suzy. Ich möchte nur herausfinden, wer du bist, und was du bist."

Bei meinen Worten ließ sie die Schultern sinken und schien sich etwas zu entspannen.

„Willst du noch einen Drink? Diesen hier hast du recht schnell abgebohrt." Damit hatte sie mich überrascht, womit die Frage nach ihrem Trinkverhalten beantwortet war, doch ich wollte zusehen, wie sie ein bisschen angeheitert wurde.

„Noch einen, aber dann ist Schluss."

„Bestell dir noch was und ich gehe kurz zu meinem Freund rüber. Er ist Mechaniker. Er kann vielleicht heute noch etwas wegen deinem Auto unternehmen." Ich stand auf und winkte Sandy zu Suzy herüber.

„Okay, aber lass mich hier nicht zu lange allein."

„Höchstens zwei Minuten. Versprochen." Als Sandy kam, ging ich.

Ohne meine Anwesenheit würden bald die Geier über ihr kreisen.

„Schon gelangweilt von Sunshine, Kumpel?", fragte Tank, lehnte sich im Stuhl zurück und die anderen lachten. Tank grinste breit und das Gelächter stachelte ihn noch an. „Ich kann dich ablösen, wenn du willst. Ich hätte nix dagegen, mit der süßen Blume die Nacht zu verbringen."

Ich setzte mich auf meinen Stammplatz neben Bear. „Du hältst dich heute mal zurück." Ich deutete auf Tank. „Ich kann deinen Scheiß nicht gebrauchen." Tank grinste nur. Ich wusste, dass Tank gern herumvögelte, aber heute ärgerte es mich. Ich kannte ihn schon seit Jahren und obwohl er eine Nervensäge sein konnte, hatte er ein Herz aus Gold.

„Immer schön ruhig bleiben, City. Was ist dir denn über die Leber gelaufen?", fragte Bear.

„Nichts, Mann. Es war ein langer Tag. Sorry, Bro."

„Die Kleine macht dich an, was? Wusste gar nicht, dass du so einen Stock im Arsch haben kannst, geschweige denn so beschützerisch wegen einer Frau bist", sagte Bear.

„Bin ich gar nicht, aber Mann, der Scheiß, den du manchmal ablässt, regt mich auf."

„Sorry. Ich zieh dich nur auf."

„Schon gut." Ich schlug Bear auf die Schulter und hoffte, die Stimmung verbessern zu können. Egal, wie bescheuert die Jungs sein konnten, sie waren immer noch meine Freunde. Und sie ließen mich nie im Stich. „Du musst mir einen Gefallen tun, Tank."

„Spuck's aus."

„Ihre Karre ist liegen geblieben und springt nicht an. Kann leicht repariert werden, aber es geht noch um was anderes.

Meinst du, du kannst dich drum kümmern und den Wagen morgen zu ihr nach Hause fahren?"

„Klar. Was auch immer du willst. Soll ich es ordentlich reparieren oder die Karre nur zum Laufen bringen?"

„Reparier sie und ich bezahle es dir. Nimm kein Geld von ihr. Stell das Auto einfach vor ihre Tür."

„Alles klar. Ich brauch die Schlüssel." Er öffnete eine Erdnuss und warf die Schale auf den Boden.

„Ich gebe sie dir, bevor ich gehe. Danke, Mann." Ich erhob mich schnell, denn ich musste zu Suzy zurück. Ich war schon viel zu lange weg.

„Gute Nacht. Viel Spaß mit Sunshine. Verbrenn dich nicht", sagte Bear.

Scheißkerl.

Ein Mann stand viel zu nahe bei Suzy. Sie wich so weit zurück, wie sie konnte, ohne vom Hocker zu fallen. Er sah schmierig aus, mit strähnigem Haar, einem dreckigen Hemd, fleckiger Hose, und hatte alte, ausgeblichene Tattoos. Ich hatte den Kerl hier schon öfter gesehen und das hatte nie hübsch geendet. Er jagte immer Frauen einen Schrecken ein, und nachdem er zu viel gesoffen hatte, beförderte ihn immer jemand auf seinen Arsch.

„Entschuldige mal", sagte ich hinter ihm und wartete darauf, dass er sich umdrehte.

„Was?", fragte er, ohne sich umzudrehen.

„Die Lady will nicht mit dir reden." Ich ballte die Fäuste und versuchte, mein Temperament wegen Suzy zu zügeln.

„Ich hab dich nicht nach deiner Meinung gefragt."

Mit geweiteten Augen schüttelte Suzy den Kopf. Die Wut stand mir wohl deutlich ins Gesicht geschrieben. Ich fühlte mich bereits, als ob ich Feuer atmete.

„Mach sofort, dass du von meinem Mädchen verschwindest, oder es wird nicht schön für dich enden." Ich kreuzte die Arme vor der Brust und blieb felsenfest stehen. Wenn Suzy nicht da gewesen wäre, hätte ich den Motherfucker bereits umgelegt, doch sie schien mir nicht der Typ Frau zu sein, der auf Bar-Schlägereien stand.

Er funkelte sie an und war sauer, doch das war mir scheißegal. „Ich sehe nicht deinen Namen an ihr, Arschloch."

„Was geht hier ab?", fragte Bear hinter mir.

Ich packte den Bastard am Kragen und war bereit, sein Gesicht in eine blutige Masse zu verwandeln. „Das Arschloch hier belästigt mein Mädchen. Ich glaube, er braucht eine Lektion." Ich verstärkte den Griff in dem Stoff, der von seinem Körper hing.

Sein Adamsapfel hüpfte, als er schluckte. Ich wusste, dass Bear die Sache beenden würde und der Wichser würde davonkommen, ohne dass ich ihm die Fresse polierte.

„Tschuldigung, Jungs. Ihr solltet vorsichtiger sein und euer Eigentum nicht unbeaufsichtigt lassen. Nächstes Mal ist es vielleicht nicht mehr da, wenn ihr zurückkommt. Wäre eine Schande, wenn einer so hübschen Gestalt was zustoßen würde." Der verdammte Bastard grinste.

Meine Faust landete in seinem Gesicht, noch ehe ich begriff, was ich da tat. Der Wichser verdiente viel mehr als nur einen Kinnhaken. Er war ein ekliger Widerling, der jemanden belästigte, der ganz offensichtlich nicht belästigt werden wollte. „Mach, dass du verschwindest! Sofort!", brüllte ich, als er am Boden lag und sich das Kinn hielt.

„Los jetzt, Arschgesicht. Zeit, abzuhauen." Bear hob ihn auf und zerrte ihn zur Tür, während dessen Beine über die Bodendielen schleiften. „Wenn du schlau bist, lass deine Fresse nie wieder hier blicken."

Schmerz jagte in meine Finger und ich schüttelte die Hand aus. Ich wusste, diesen Schlag würde ich ein paar Tage spüren, doch er war es wert, diesen Abschaum flachgelegt und von Suzy fortgebracht zu haben. „Alles okay?", fragte ich sie, streckte und dehnte meine Finger und betrachtete ihr Gesicht.

„Ja, alles okay. Danke, dass du mich schon wieder gerettet hast." Sie lächelte und sah auf meine Hand. Ihr Lächeln verschwand, als sie meine Dehnübungen sah. „Alles in Ordnung?"

„Ja. Der Mistkerl hat nur steinharte Knochen." Ich schüttelte die Hand ein letztes Mal aus.

Sie griff danach. „Sandy, kannst du uns etwas Eis bringen?", fragte sie über die Schulter hinweg und rieb mit ihren zarten, warmen Händen meine Knöchel. Ich wollte die Augen schließen und das Gefühl ihrer Haut auf meiner genießen. Ich wollte sie anfassen. Ich wollte sie küssen, doch hier war nicht der geeignete Ort.

„Das ist wirklich nicht nötig. Ich will nur wissen, ob mit dir alles in Ordnung ist, Suzy." Doch ich hinderte sie nicht daran, mich anzufassen. Ich spürte ihre Hitze noch, als sie längst eine andere Stelle meiner Hand berührte. Mir taten die Hände immer weh, nachdem ich stundenlang an einem Design gearbeitet hatte, und der Kinnhaken tat da nicht gerade gut. Mit der freien Hand berührte ich ihre Wange, die sie mir entgegenstreckte, als ob sie den Kontakt suchte. „Dir geht es doch gut, oder?"

„Ja. Der Typ war gruselig, aber er hat mir nichts getan. Vielen Dank für die Rettung."

„Entschuldige, ich hätte besser aufpassen und dich gar nicht erst allein lassen sollen. Ich hoffe, ich habe dich nicht beleidigt, indem ich dich als mein Mädchen bezeichnet habe?"

„Oh, nein. So hat mich noch nie jemand genannt." Sie betrachtete meine Hand und ihre Mundwinkel sanken nach unten.

Wieso hatte das noch nie jemand zu ihr gesagt?

„Hey." Ich hob ihr Kinn an, damit sie mich ansah. „Jede Frau sollte das in ihrem Leben wenigstens einmal gehört haben." Ich lächelte nicht, denn ich wollte, dass sie erkannte, wie ernst ich es meinte.

„Tja, ich noch nicht."

Sie ließ meine Hand los und wandte sich ab.

Ich hatte es auch noch zu keiner Frau gesagt, außer zu Joni. Ein scharfer Stich bohrte sich durch meine Brust, als ich an meine Ex dachte, die einzige Frau, die ich je geliebt hatte. Bei Suzy reagierte ich ähnlich wie bei Joni, und als ich sah, dass ein anderer Mann sie bedrängte, hatte ich Rot gesehen. Ich wollte sie beschützen, anders als ich es bei Joni getan hatte.

Ich räusperte mich und schüttelte den Kopf, in dem Versuch, die Gedanken an meine verlorene Liebe zu verdrängen. „Nun, es ist ja noch nicht zu spät. Ich hätte nie gedacht, dass ich heute in einer Bar sitzen und mit so einer schönen Frau reden würde, doch siehe da, hier bin ich. Und deine Geschichte ist noch nicht geschrieben."

„Ich werde auch nie mein Märchen aufgeben", sagte sie, nahm ihren Martini und trank die letzten Tropfen. „Ist es heiß hier drin?" Sie zupfte an ihrem Tank-Top, um Luft darunter zu bekommen. Immer, wenn sie den Stoff vom Körper zog, bekam ich einen kleinen Ausblick auf ihren Brustansatz und musste mich zusammenreißen, nicht auffällig hinzustarren.

„Magst du eine Runde mit dem Bike fahren, um etwas abzukühlen?", fragte ich. Ich wollte ihren Körper wieder an meinem spüren, wie ihre Schenkel meine Hüften umschmiegten und ihre Arme meinen Bauch.

Sie rieb sich die Stirn. „Ich fühle mich etwas schwindlig. Ich hätte den zweiten Drink nicht trinken sollen."

„Ich pass auf, dass du nicht vom Bike fällst. Halte dich nur an mir fest und ich bringe dich sicher nach Hause." Ich berührte ihr Knie, um herauszufinden, ob sie mir ausweichen würde, doch das tat sie nicht. Ihre Haut war weich und glatt. Am liebsten hätte ich ihren Schenkel gestreichelt und zugesehen, wie sie in Ekstase den Kopf nach hinten warf. Ich wollte sie mit nach Hause nehmen und es ihr besorgen, doch darum konnte ich sie nicht einfach bitten.

„Was ist mit meinem Auto?", hauchte sie, als ich meine Hand zurückzog.

Gemessen an ihrer Stimme hatte meine Berührung eine Wirkung auf sie. Sie war nicht gut darin, ihre Gefühle zu verbergen.

„Ich habe mit Tank gesprochen. Er wird sich heute noch darum kümmern und es dir morgen wiederbringen. Er braucht nur noch den Schlüssel."

„Echt? Das würde er für mich tun?" Sie öffnete leicht die Lippen und hob die Augenbrauen.

„Ja, und für mich. Schlüssel?" Ich hielt ihr meine geöffnete Hand entgegen, bereit, aus diesem verdammten Lokal abzuhauen.

Sie wühlte in ihrer Handtasche, holte den Autoschlüssel heraus und legte ihn in meine Hand. Dann schob sie ihre Haare über ihre Schultern. Ich wollte meine Zähne in ihrer Haut versenken. Wollte Suzy stöhnen hören und atemlos unter mir liegen sehen. Sie war wirklich schön. Und besaß einen natürlichen Sexappeal. Sie stellte ihre Schönheit nicht zur Schau und ich glaubte nicht einmal, dass sie wusste, wie verdammt heiß ich sie fand. Sie war wie das Mädchen von nebenan, der unberührte Bücherwurm, den jeder Kerl gern erobern würde. Ich wollte ihre Reinheit beschmutzen. Wollte sie dazu bringen, obszöne Worte zu schreien, während ich sie fickte. Ich wollte diese Frau auf die schlimmste Weise verderben. Das würde eine Herausforderung werden, und vielleicht war sie diejenige, die meine Zeit auch wert war.

„Woher weiß er, wo ich wohne?"

„Du hast doch sicher die Papiere im Handschuhfach liegen." Ich drehte den Schlüssel am Ring in den Fingern und reichte ihr die andere Hand. „Fertig?"

„Ach so", sagte sie und schüttelte den Kopf wegen der Papiere und der Tatsache, dass sie daran nicht gedacht hatte. Sie nahm meine Hand.

Ich konnte nur lachen. Sie stand wackelig auf den hohen Absätzen und hielt sich an meinem T-Shirt fest. Sie strahlte nicht gerade puren Sex aus. Sie hatte eine gewisse Schrulligkeit an sich, die ich nicht so recht benennen konnte, doch dicht unter der Oberfläche schlummerte auf jeden Fall ein Betthäschen.

„Nach Hause?" Lieber hätte ich gefragt *zu mir oder zu dir?*, doch diese Art Frau war sie nicht. Mein Leben war zu einer endlosen Parade solcher Mädels geworden, doch an Suzy schrie absolut nichts nach *nimm mich mit und fick mich.*

„Ja", sagte sie.

Ich winkte Tank und er kam zu uns, als wir zur Tür gingen. „Das Auto steht zwei Meilen südlich, Mann. Schaffst du es bis morgen?" Ich legte ihm den Schlüssel in die Hand.

„Klar, Alter. Ich bringe ihn zu ihr nach Hause, so schnell ich kann."

„Danke“, sagte ich und schüttelte seine Hand.
„Mist“, sagte Suzy.
„Was?“ Wir sahen sie beide an.
„Ich muss dem Automobilclub absagen.“
„Hier.“ Ich reichte ihr mein Handy. „Ruf sie gleich an, bevor wir fahren.“
„Danke.“
Auf unsicheren Beinen entfernte sie sich. Die Drinks mussten sie stärker erwischt haben, als ich gedacht hatte. Sie stützte sich mit dem Handy am Ohr auf einen Tisch und streckte den Hintern heraus. Der Rock rutschte hoch und gab mir eine geile Sicht auf ihre Unterschenkel. Sie bewegte sich vor und zurück, wobei sie die Muskeln anspannte. Ich konnte mir nicht vorstellen, wie man angetrunken in diesen Schuhen laufen konnte. Frauen waren verrückt.
„Reparier die Karre ordentlich, bevor du sie zurückbringst, okay? Keine halben Sachen, Tank. Ich will nicht, dass sie noch mal damit liegen bleibt.“
„Kapiert. Ich mache aber sowieso keine halben Sachen, City. Haste dich in die Kleine verguckt?“
„Ich hab mich nicht in sie verguckt, aber mein Schwanz schon. Sie ist aber trotzdem einfach nur ein Weib. Halt mich nicht auf und tu mir den Gefallen, ja?“
Tank lachte. „Klar doch. Ich kümmere mich um das Auto und du dich um sie – bring sie sicher nach Hause.“ Er zwinkerte mir zu.
Ich rollte mit den Augen und knirschte mit den Zähnen. „Ich bin immer ein Gentleman, Tank.“
„Den Teufel bist du, Alter. Manchmal ganz nett, aber niemals ein Gentleman“, sagte er im Weggehen und wirbelte den Schlüsselring um seinen Finger.
„Okay, fertig. Subtrahieren wir uns“, sagte sie und berührte mich an der Schulter.
Sagte sie gerade *subtrahieren*?
Verflucht und zugenäht. Diese Frau hatte mich am Haken. Ich wusste es auf den ersten Blick, aber mein Schwanz wollte nicht die Stimme der Vernunft sein. Noch nie, dieser Verräter.

„Okay, bringen wir dich hier raus und aus diesen Schuhen, Suzy.“ Ich legte den Arm um ihre Taille und half ihr, zur Tür zu gelangen.

Kapitel 3

Skrupellos

Suzy

Sagte ich gerade *subtrahieren wir uns*?

Hallo, die Neunziger wollen ihren Spruch wiederhaben!

Noch nie war ich die Coole, die sich den heißen Typen angelt, aber Mann, heute war ich in seltener Topform.

Als wir auf den Parkplatz gingen, fühlten sich meine Beine wie Wackelpudding an. Ich war dankbar für die Kühle der Nacht und die frische Luft. City machte mich nervös und mein ganzer Körper schrie nach seiner Berührung.

Ich konnte den Blick nicht von seinem knackigen Hintern nehmen, als er den Helm nahm und sich zu mir umdrehte.

„Kannst du den allein aufsetzen, oder soll ich dir helfen?“, fragte er mit leicht zur Seite geneigtem Kopf und einem Lächeln auf den Lippen.

Ich wollte, dass er mich anfasste. „Kannst du das bitte machen? Ich hab Angst, dass ich es nicht richtig mache.“

„Kein Problem, schöne Frau.“

Ich schloss die Augen. Mein Körper schwankte leicht, egal, wie still ich stand. Ich fühlte mich wunderbar, wie auf Wolken. Als er mit den Verschlüssen hantierte, öffnete ich die Augen, um ihn zu beobachten. Immer, wenn ich die Augen schloss, schien sich die Erde schneller zu drehen. Seine Finger berührten mich und ich schwöre, dass Strom durch seine Hände floss. Ich wollte mehr – brauchte mehr davon.

„Okay, sexy Frau. Fertig.“

Sexy Frau? Oh Gott, wie ich diesen Mann wollte.

Er setzte sich auf das Bike und hielt mir seine Hand hin.

„Na dann, wird schon schiefgehen“, murmelte ich, nahm seine Hand und stieg hinter ihm auf.

„Schön festhalten.“

Er schob sich nach hinten und drängte sich zwischen meine Beine. Mein ganzer Körper stand in Flammen. Ich schlang die Arme um seinen Torso und verschränkte die

Hände vor seiner Brust. Unter meinen Fingern spürte ich die Bewegungen seiner Muskeln. Ich wollte über sie reiben.

Nein, ich wollte sie ablecken.

Ich presste die Beine zusammen und ließ kein bisschen Platz zwischen uns, schmiegte mich und meine Brüste an seinen Rücken.

„Wohin soll ich fahren?", fragte er und startete die Maschine.

Bitte, bitte lass mich nicht falsch liegen. „Zu dir." Nachdem ich die Worte gesagt hatte, hielt ich die Luft an und wartete darauf, dass er mich auslachte.

„Ganz sicher?", fragte er ungerührt und ohne sich umzudrehen.

Noch nie war ich so wagemutig gewesen. „Ja, es sei denn, du willst nicht …" Hatte ich die Signale falsch gedeutet?

Gott, was bin ich nur für eine Idiotin.

„Machst du Witze? Ich wollte schon in dir sein, als ich dich am Straßenrand gefunden habe. Halt dich fest, Sugar, du wirst gleich den Ritt deines Lebens erleben."

Ich versuchte, nach diesen Worten meine Atmung unter Kontrolle zu bringen, doch es nutzte alles nichts. Aufregung erfüllte mich. Glücklicherweise sorgte der Alkohol dafür, dass ich mich traute, mit diesem verflucht sexy Mann nach Hause zu gehen. Vielleicht konnte man es auch eher Dummheit nennen, doch momentan dachte ich nur daran, was die Nacht noch versprach.

Ich klammerte mich um des nackten Lebens willens an ihn, während wir über die ländlichen Straßen zu ihm nach Hause fuhren. Ich wusste nicht einmal, wo das war und achtete auch nicht auf den Weg. Ich dachte nur daran, wie City sich unter meinen Händen anfühlte. Innere Bilder von ihm, nackt, fluteten meinen Verstand und mein Herz schlug fast genauso schnell, wie das Bike raste. Ich verlor das Zeitgefühl und sorgte mich weniger, als ich mich auf seine Härte konzentrierte.

Als das Bike langsamer wurde, zupfte ich mein Gesicht von seinem Rücken und sah mich um. Vor uns stand ein kleines weißes Haus mit grünen Fensterläden. Soweit ich es erkennen konnte, stand das Haus auf einem recht großen Grundstück. Die Straße lag weit zurück und eine lange Einfahrt führte zu ihr.

„Hast du deine Meinung geändert, Prinzessin?“

„Nein, ich habe es ernst gemeint.“ Meine Stimme schwankte jedoch und mein ganzer Körper schien zu beben.

„Steig ab, stütz dich an meinen Schultern auf.“

Ich packte seine harten Schultern. Er war wirklich überall muskulös. Bisher hatte ich noch nichts Weiches an ihm in die Finger bekommen. Mich selbst hätte ich immer als ein bisschen weich beschrieben. Ich war nicht dürr und muskulös, ich hatte Kurven und weiche Stellen, doch nicht so City. Er war muskelbepackt.

An seinen Schultern drückte ich mich vom Bike. Der Kies der Einfahrt machte es mir fast unmöglich, still und aufrecht zu stehen. Die Drinks waren auch nicht gerade hilfreich, und meine Killer-Ansätze fanden überhaupt keinen Halt auf diesem Boden.

Ich sah zu, wie er vom Bike stieg und sich seine Muskeln bei jeder Bewegung anspannten. Mir lief das Wasser im Mund zusammen bei der Vorstellung, ihn zu berühren und die ganze Nacht ihm zu gehören.

Er kam auf mich zu. Ich schluckte schwer. Je näher er kam, desto schneller schlug mein Herz. Vor Aufregung und nervöser Angst schloss ich die Augen. Ich spitzte die Lippen und wartete auf seinen Kuss.

Nichts geschah.

„Lass mich dir den Helm abnehmen.“

Lieber Gott, bitte lass mich verschwinden!

Den blöden Helm hatte ich total vergessen. Ich musste wie eine komplette Idiotin ausgesehen haben, wie ich da stand, die Augen geschlossen, auf einen Kuss wartend, im Wind schwankend, und mit diesem Eimer auf dem Kopf.

Ich war so in den Moment versunken, dass ich nur noch an ihn dachte, ihn zu küssen, ihn nackt zu sehen, ihn zu berühren … nur ihn.

Ich lächelte und spürte Hitze in meine Wangen steigen. Schmetterlinge tobten in meinem Bauch und ich schloss erneut die Augen, in der Hoffnung, dass dieser peinliche Moment schnell vergessen sein würde.

Leise lachte er in sich hinein, öffnete den Held und zog ihn mir aus. „Süß."

Ich öffnete die Augen und blinzelte ihn an. „Süß? Was zum Geier ist süß?"

„Du." Er tippte mir auf die Nasenspitze.

Ich rollte mit den Augen. „Na toll."

„Yep, du bist süß. Unschuldig, aber wild darauf, unanständig zu sein."

Er legte den Helm auf das Bike und sah mich wieder an. Er berührte mein Kinn und hob meinen Kopf, bis ich ihm in die Augen sah. Sein rauer Daumen glitt über meine Wange. Ich atmete hektisch ein. „Ich werde dich dazu bringen, obszöne Dinge zu sagen, und wenn es das Letzte ist, was ich tue. Heute Nacht wirst du versaute Sachen schreien."

Mein Körper entflammte. Mein Herz hämmerte, meine Hände zitterten und ich stand einfach nur da, auf bebenden Beinen, und spürte seine Nähe. Dieser Mann raubte mir den Atem und nahm mir die Fähigkeit zur menschlichen Kommunikation.

Er schlang die starken Arme um mich, zog mich an seinen stahlharten Torso und seine Lippen befanden sich dicht an meinen. Sein heißer Atem strich über meinen Mund und seine Finger ruhten an meinem Hals. Mein Puls raste unter seinen Fingerspitzen und allein seine Berührung erhöhte meinen Herzschlag. Seine Lippen zogen leicht an meiner Unterlippe und ein lustvoller Blitz jagte durch mich hindurch.

Mit einem überwältigenden Drang nach mehr schmolz ich an ihm dahin. Sein Mund traf hart auf meinen und mir entkam ein kleines Stöhnen. Ich krallte mich an seine Schultern, legte den Kopf zurück und ermöglichte ihm so, den Kuss zu vertiefen. Ich wollte ihm alles geben, was ich zu geben hatte. Sämtliche Zweifel verschwanden und wurden durch schieres Verlangen ersetzt.

Ich wurde von purer Lust eingenommen, als er meinen Mund verschlang und den Kuss tief, warm und fest führte.

Die Wärme seiner Finger in meinem Nacken verursachte mir Gänsehaut. Ich wollte seine Hitze spüren, wollte einen engeren Kontakt, hob sein T-Shirt an und strich mit den Fingern über seinen seidigen Rücken. Nahe seines Rückgrats fühlte ich Grübchen und an seinen Seiten bewegten sich die Muskeln unter meinen Berührungen. Mit den Fingern glitt ich am Rand seiner Hose entlang, schlüpfte hinein und kratzte leicht über seine Haut. Er packte mich fester im Genick und stöhnte in meinen Mund. Wir beatmeten uns gegenseitig, ließen keinen Raum, um etwas anderes einzusaugen als einander. Ich wollte alles, was dieser Mann zu geben hatte. Ich wollte sein Versprechen erleben, dass er mich dazu bringen würde, Worte zu schreien, die ich normalerweise nicht benutzte.

Er bückte sich, packte mich unter dem Hintern und hob mich hoch, ohne von meinem Mund abzulassen. In meinem Bauch fuhr alles Achterbahn und die Erregung übernahm meine Sinne. Freudige Erwartung blubberte in mir hoch.

Er trug mich ins Haus und ins Schlafzimmer.

Ich schlang die Beine um seine Taille, verhakte die Knöchel übereinander und spürte seine Härte an meiner Mitte. Bei jedem Schritt rieb er an meine Klit. Es brachte mich fast zum Orgasmus, bis er mich höher und auf seinen Bauch schob. Als sein Hausschlüssel ins Schloss traf, löste das Geräusch erneut Aufregung in mir aus. Ich tat es tatsächlich. Ich tat es! Mit den Fingern fuhr ich durch sein Haar und biss ihm in die Lippen, bevor ich die Augen öffnete.

„Oh, Suzy hat auch Krallen?“, fragte er an meinen Lippen und sein warmer Atem streichelte mein Gesicht.

Ich kniff die Augen zu und hoffte, dass er jetzt keine Unterhaltung führen wollte. Ich wollte weder reden noch es mir anders überlegen können. City war der aufregendste Mann, den ich je geküsst hatte, geschweige denn mit dem ich geschlafen hatte.

„Willst du es hart, meine Schöne, oder sanft und langsam?“ Er kniff mir in den Hintern und kickte die Tür zu.

Ich atmete zischend ein und wusste nicht, was ich darauf sagen sollte. Noch nie hatte mich jemand nach meinen

Wünschen gefragt. „Äh …"

Er zog mich leicht von seiner Brust und sah mir in die Augen. „Hat dich noch keiner gefragt, was du gern magst?"

Was zum Geier? War er ein Gedankenleser?

„Nein." Ich versuchte, seinen Blick zu meiden. Ich fühlte mich zu durchsichtig für ihn und konnte es nicht ertragen, derartig durchschaut zu werden.

Er rieb seine Härte an mir und flüsterte in mein Ohr. „Sag mir, was du magst, und ich werde es dir erfüllen."

Ich kaute an meiner Unterlippe und sah ihn an. Kein Lächeln oder Grinsen stand in seinem Gesicht. City wirkte wie ein entschlossener Mann und ich zweifelte nicht daran, dass er sein Angebot wahrmachen würde. Ich wusste nicht, was ich wollte, doch ich wollte ihn, egal wie.

Was war seine Vorstellung von hart? Schwere Entscheidung. „Kann ich beides haben?"

Seine blauen Augen funkelten und spiegelten sein Lächeln. Aufregung erfüllte mich bei dem Gedanken an ihn, nackt und in mir. Ich atmete schneller in dem Wissen, dass wir uns dem Ziel näherten.

Im Dunkeln trug er mich durch das Haus. Ich sah mich um und er knabberte an meinem Hals. Ich hörte nur seine Schritte und unsere Atmung, während er mich trug.

Plötzlich ging das Licht an und blendete mich einen Moment. Als sich meine Augen daran gewöhnt hatten, sah ich mich im Schlafzimmer um. Er setzte mich aufs Bett. Der großzügige Raum hatte weiße Wände. Über der Kommode hing ein großes Harley-Poster und war die einzige Deko. Ich ließ die Beine aus dem Bett hängen und mir fiel auf, dass die einzigen Farben im Zimmer der schwarze Bettüberwurf und der rotbraune Parkettboden waren.

City sah zu, wie ich mich umsah, zog sein T-Shirt aus, sagte aber nichts, als er näherkam. Beim Anblick seines perfekten, gebräunten Oberkörpers musste ich schwer schlucken. Ich war sprachlos, und das passierte mir selten. Sein Six-Pack ließ mir das Wasser im Mund zusammenlaufen, und es brannte mir unter den Nägeln, es zu berühren. Als er sich näherte, konnte ich die verschlungenen kunstvollen Zeichnungen auf seiner Brust und an den Armen klar erkennen. Ein schwarzer Drache bedeckt rechts seine Rippen, schwarze Tribal-Muster zierten die rechte Schulter und hoben sich auf der dunklen Haut stark ab. Ich war nicht besonders an Tattoos interessiert, doch zu ihm passten sie perfekt und waren verdammt einzigartig.

Ein Glitzern fiel mir ins Auge. Ich beugte mich vor, um seine Brust genauer zu betrachten. Miniaturhanteln steckten in seinem einen Nippel. Ich war schockiert. Tattoos waren zur gesellschaftlichen Norm geworden, doch Piercings waren in meinen Augen immer noch so etwas wie ein Tabu. Nicht, dass ich es ekelhaft fand, sondern eher das Gegenteil. Ich wollte damit spielen wie mit einem neuen Spielzeug zu Weihnachten.

„Sagst du immer noch Ja, Prinzessin?“, fragte er und stellte sich zwischen meine Beine.

„Und ob.“ Ich klang jetzt viel selbstsicherer und entschlossener als vorhin, als ich im *Neon Cowboy* so quietschig gesprochen hatte.

Er beugte sich über mich und drückte mich in die Matratze. Mein Gesicht war an seiner Brust vergraben, während er in den Nachttisch griff. Ich konnte mich nicht zurückhalten und musste einfach das Metall in seinem Nippel ablecken. Sein Stöhnen erfüllte den Raum, als ich ihn mit der Zunge berührte. Ich hörte am Geräusch der Verpackung, dass er ein Kondom geholt hatte. Jetzt gab es kein Zurück mehr. Heute Nacht gehörte ich ihm – und zumindest war er gut vorbereitet.

„Gefällt dir, was du siehst?“, fragte er und ein Lächeln bewegte leicht seine Mundwinkel.

Er wusste genau, dass er gut aussah. Ganz sicher hatte er noch nie an seiner erotischen Ausstrahlung und seinen sexuellen Fähigkeiten gezweifelt.

„Deine Tattoos sind umwerfend und das Piercing ist einfach … wow.“ Ich wusste nicht, wie ich es anders ausdrücken sollte. Mir gefiel alles, was ich sah, und ich konnte den Rest kaum erwarten.

Er schwebte über mir, sah mir in die Augen und blieb ganz

dicht über meinen Lippen. Ich legte die Hände auf seine Brust, spürte seinen festen Körper und grub die Fingernägel in seine Haut. Seine Finger berührten meinen Bauch und ich wusste plötzlich, was ich wollte. Ich wollte es nicht langsam, sondern schnell und wild … die ganze Nacht.

Die Zärtlichkeit seines Kusses traf mich unvorbereitet. Ich hatte erwartet, dass er von vorn herein stürmisch rangehen würde, doch er erkundete meine Lippen mit seinen, stellte meine Entschlossenheit auf die Probe. Er war der perfekte Küsser. Mit dem Hauch eines Zungeneinsatzes fuhr er über meine Unterlippe, auf der Suche nach Einlass, und willig gewährte ich ihn. Seine Hände erforschten meinen Körper und unsere Zungen tanzten zusammen. Ich wollte ihn, sehnte mich nach seinen Berührungen. Seine Hand rieb über meinen Spitzen-BH und entlockte mir ein Stöhnen. Ich wand mich unter seinen geschickten Fingern, die meine Nippel zogen und drehten.

Er unterbrach den Kuss und ich konnte wieder atmen. „Setz dich", befahl er.

Ich zögerte nicht lange. Ich drückte mich hoch und er betrachtete mich. Sein Ausdruck machte mich unsicher, doch er blickte nicht kritisch. Eher verschlang er mich. Seine Mundwinkel hoben sich, während er mich betrachtete, und ich erkannte, dass er nur eine Sache im Sinn hatte. Er griff nach meinem T-Shirt und begann, es mir auszuziehen.

„Arme hoch, Babe", sagte er.

Ich gehorchte sofort und er ging zu meinem BH-Verschluss über. Ich konnte nur sein freches Grinsen ansehen, als er mich auszog. Er wirkte nicht wie irgendein anderer Mann, mit dem ich zusammen gewesen war. Von ihm ausgezogen zu werden, war der erotischste Moment meines Lebens. Sein Duft umgab mich, eine Mischung aus Erde, Schweiß und Moschus. Als ich glaubte, mein Herz könnte auf keinen Fall noch schneller schlagen, streichelte er meine Schulter, und mein Herz schien einen Schlag auszusetzen, ehe es noch heftiger raste. Am liebsten wäre ich auf die Knie gesunken und hatte dafür gebetet, dass ich dieses Erlebnis überlebte.

„Atmen nicht vergessen", sagte er.

Schnell sog ich Luft ein. Mir war nicht bewusst, dass ich den Atem angehalten hatte. Ich wollte meinen Körper bedecken, doch sein schiefes Grinsen überzeugte mich vom Gegenteil.

Er legte eine Hand in meinen Nacken und küsste mich. Alles in mir zog sich bei diesem leidenschaftlichen Kuss zusammen. Ich spürte seinen Hunger, als ob er mich gleich mit Haut und Haaren verspeisen wollte. Ich presste mich an ihn und stellte mich bereitwillig als seine Mahlzeit zur Verfügung.

Unsere Hände und Münder verschlangen sich ineinander und die Laute unserer Atemstöße und saugenden Lippen erfüllten den Raum. Ich öffnete die Augen und der Anblick seines Mundes zog mich in den Bann. Ich sah zu, wie er mich küsste, und studierte seine Gesichtszüge. Seine langen dunklen Wimpern ruhten auf seinen gewölbten Wangenknochen und wurden von dichten, dunklen Augenbrauen noch betont. Ein Bartschatten war an seinem Kiefer entstanden, der sich seitlich nach oben fortsetzte und von dem ich die Finger nicht lassen konnte.

Sein Bartwuchs kitzelte mich, als ich mit den Fingern bis zu seinem Mund fuhr. Unter den Fingerspitzen spürte ich, wie sich unsere Lippen bewegten. Fieberhaft erforschten wir uns gegenseitig mit den Händen, spürten die Stellen auf, an denen der andere zusammenzuckte und erbebte. Das Ganze war eine köstliche Art von Folter.

Meine Klit pochte, als seine Hand an meinem Schenkel hochfuhr und an mein Höschen stieß. Er riss es mir vom Leib, sodass ich nach Luft schnappte. Es war mir egal, dass es sich um meine schönste Unterwäsche für besondere Gelegenheiten handelte. Ich wollte ihn nur in mir spüren. Er legte die Hand auf meine Mitte und übte Druck aus. Ich neigte den Kopf zurück und stöhnte. Mit den Fingern strich er durch meine Nässe und ich war nicht in der Lage, den Kopf wieder zu heben.

„Oh Gott", sagte ich, verdrehte die Augen und meine Lider schlossen sich.

Wärme umgab meine Brustspitzen, als sich sein Mund darum schloss und er in einem pulsierenden Rhythmus abwechselnd an ihnen saugte. Ich krallte die Nägel in seine Haut, um mich irgendwo festzuhalten. Er biss leicht in eine der pochenden Spitzen und ich schrie auf. Mit den Fingern tastete er an meiner Mitte und drang dann irrsinnig langsam in mich ein. Ich wollte ganz ausgefüllt werden und den Druck seiner Handfläche spüren, um das Verlangen zu befriedigen.

Ich stieß mit den Hüften nach oben in seine Handfläche, bettelte um mehr. Er entzog mir seinen Finger und führte ihn erneut ein. Liebend gern hätte ich meine Hand auf die Jeans über seinem Schwanz gepresst, doch er war zu groß und sein Schritt zu weit entfernt. Ich griff in sein Haar, woraufhin er stöhnte. Diese Vibration an meinem Nippel brachte mich an den Rand des Höhepunktes. Seine warme, raue Hand rieb meine Klit, während er seine Finger hinein und heraus bewegte und meinen G-Punkt massierte. Ich keuchte und stöhnte und er bearbeitete mich wie in einer gut choreografierten Tanznummer.

Ich konnte es nicht aufhalten. Ich zuckte, als mich der Orgasmus plötzlich überrollte. Laut rief ich seinen Namen, während die Lustwellen durch mich hindurch rasten. Ich keuchte, versuchte, zu Atem zu kommen, und die kleinen Nachbeben drückten gegen seine Finger und saugten sie noch tiefer in mich.

„Oh Gott“, murmelte ich und wischte mir ein bisschen Spucke aus dem Mundwinkel. Noch nie hatte ich einen so intensiven Orgasmus erlebt. Keiner hatte je meinen G-Punkt gefunden, und schon gar nicht mit so viel Raffinesse gereizt. Nach Luft schnappend lag ich da, hatte den Rock noch an und sah zu, wie City aufstand und seinen Gürtel öffnete.

„Das ist noch gar nichts, Sugar.“ Sein tiefes Lachen erfüllte den Raum.

„Oh, äh …“ Schmetterlinge tanzten in meinem Bauch. Ich musste mich bewegen. „Lass mich das machen“, sagte ich.

Er ließ den Gürtel los und trat näher ans Bett. Wie eine Katze kroch ich über das Bett, bis ich direkt vor ihm war, und setzte mich auf die Hacken. Aufreizend langsam zog ich seinen Gürtel aus den Schlaufen. Ein Zucken lenkte meinen Blick auf die dicke, lange Wölbung unter der Jeans.

„Gefällt dir, was du siehst?"

Oh Mann. „Ja", sagte ich und schluckte schwer. Ich streichelte über seinen Bauch, glitt langsam tiefer und griff nach seinem Knopf. „Bist du dir auch ganz sicher?" Ich dachte mir, ich drehe die Sache einmal um. Er hatte mich ja auch gefragt, ob ich mir sicher war, und ich wollte ihn auf jeden Fall.

„Ja", sagte er mit einem Lächeln und einem Glitzern in den Augen, während er die Hände an seinen Seiten hängen ließ.

Er grinste, als wüsste er mehr als ich. Ein schmaler Streifen Haare verschwand im Bund seiner Jeans. Wie ein Wegweiser. Ich öffnete den Knopf und den Reißverschluss, sogar mit ruhigerer Hand, als ich für möglich gehalten hätte. Das Geräusch des Reißverschlusses bei jedem Zähnchen erhöhte meinen Puls. Ich genoss es, seine Erektion zu befreien. Ich küsste die weichen, dunklen Haare, die unter dem Stoff gefangen waren. City erzitterte bei der Berührung und vergrub die Hände in meinen Haaren. Der Jeansstoff fühlte sich rau an, als ich mit der Handfläche seinen starken Schenkel hochfuhr und sie auf seine Wölbung legte. Bei der kleinen Delle an der Spitze hielt ich inne, steckte die Fingerspitzen in den seitlichen Rand und leckte vom Nabel bis zum Reißverschluss über seinen Bauch. Dann zog ich die Hose nach unten, während meine Lippen noch seinen Bauch berührten. Sein Schwanz sprang frei und ich wich leicht zurück. Mit geweiteten Augen und eingesaugtem Atem blieb mir fast das Herz stehen.

Himmel. „Oh …" Erstaunt betrachtete ich ihn. Nicht nur, dass der Mann gut bestückt war, nein, er war auch geschmückt. Von der Spitze hing ein Metallring mit einer Kugel daran. Ich saß ihm Auge in Auge gegenüber und fragte mich, wie ein Mann sich so etwas antun konnte.

„Du darfst es ruhig anfassen." Er lachte. „Es beißt nicht." Er streckte mir seine Hüften entgegen.

„So was habe ich noch nie gesehen." Vorsichtig strich ich über das glänzende Metall. „Werde ich das spüren?" Ich kam mir wie eine komplette Idiotin vor, aber ich hatte so etwas wirklich noch nie gesehen, geschweige denn mit jemandem geschlafen, der ein Piercing hatte.

„Es wird sich für dich erst einmal anders anfühlen, besonders außen an deiner Pussy. Vielleicht wie ein Druck."

Ich wollte es nicht direkt mit den Fingern anfassen, also leckte ich über das kühle, glatte Material. Sein Schwanz zuckte nach oben und seine Hüften nach vorn. Ich schloss die Faust um seine Erektion, bearbeitete ihn mit dem Mund und den Händen, wobei ich auf das Piercing achtete. Er war stahlhart.

„Fuck", stöhnte er, als ich ihn aus dem Mund nahm und an dem Piercing leckte.

Ohne ihn loszulassen, sah ich ihn an. „Habe ich dir wehgetan?" Er hatte den Kopf zurückgeneigt, die Arme ausgestreckt, und die Hände noch in meinen Haaren.

„Sugar, du kannst mir gar nicht wehtun. Nimm dir alles, was du willst."

Ich lächelte ihn an und dass er mich Sugar nannte, machte mich ganz schwummerig. Noch nie war jemand so unverblümt und offen mit mir umgegangen. Mein Rock war schon vorn völlig durchnässt. Ich pumpte Citys Schaft auf und ab und packte fester zu. Sein männlicher Duft benebelte mich.

Ich wusste, dass ich unmöglich das ganze Ding schlucken konnte, doch ich versuchte es trotzdem. Ich übte einen stärkeren Druck mit der Zunge aus, was City zum Erzittern brachte, und seine Atmung wurde schnell und abrupt.

„Fuck, Baby. Das ist die Stelle, genau da."

Er krallte die Hände fester in meine Haare, sodass mir Tränen in die Augen traten. Ich stöhnte um seinen Schwanz herum und City atmete zittrig aus. Mit jeder Bewegung meiner Lippen an seiner warmen, glatten Haut versuchte ich, ihn tiefer aufzunehmen. Das Metall traf auf meine Zähne, ich hielt inne und schnippte es leicht an, woraufhin Citys Hüften zuckten. Mit der Hand in meinem Haar zog und schob er mich, bestimmte das Tempo, und jedes Mal würgte ich ein bisschen, wenn seine Spitze an meine Kehle stieß. Ich sah zu ihm hoch. Er hatte den Mund leicht geöffnet, sein Brustkorb hob und senkte sich schwer atmend, und er hatte eine Gänsehaut. Ich konzentrierte mich auf seine Spitze und ein salziger Geschmack kitzelte meine Zunge.

„Ich will dich schmecken." Bei seinen Worten spürte ich noch mehr Nässe zwischen den Beinen und meine Mitte zog sich zusammen.

„Aber ich bin noch nicht fertig", wandte ich erstaunt ein und streichelte ihn weiter mit der Hand von unten nach oben. „Willst du nicht, dass ich bis zum Ende weitermache?" Ich sah ihn an und runzelte die Stirn.

Er grinste und nahm die Hand aus meinen Haaren. „Wir sind ja noch nicht fertig. Ich will mein Gesicht zwischen deine Beine stecken und dich noch mal zum Schreien bringen."

Tja, Mist, wer konnte dazu schon Nein sagen?

„Habe ich etwas falsch gemacht?" Ich schüttelte den Kopf und senkte den Blick auf meine Knie.

Er umfasste mein Kinn, hob meinen Kopf an und sah mir in die Augen. „Suzy, du hast nichts falsch gemacht. Fuck, du warst perfekt. Aber ich will dich lecken, saugen und dann ficken, Sugar."

Seine Worte raubten mir den Atem und weckten meine Begierde. Ich fühlte mich schön und begehrt.

Er führte mein Gesicht zu seinem und eroberte meinen Mund, saugte meine Zunge ein und zog mir dabei den Rock von den Hüften.

„Sag mir, dass du geleckt werden willst", murmelte er an meinen Lippen.

Ich schluckte schwer. Die Worte versagten mir.

„Sag es, Suzy."

Mit einer Hand hielt er meine Haare fest und die andere lag auf meinem Rücken und machte mich unbeweglich. Ich war nicht daran gewöhnt, beim Sex zu reden, was mich an meine Grenzen brachte.

„Ich warte."

Er biss mir in die Lippe und holte mich aus den Gedanken.

„Ich möchte, dass du mich leckst“, sagte ich und konnte nur fasziniert in seine dunklen Augen schauen.

Er verstärkte den Griff in meine Haare, zog meinen Kopf zurück und legte mich auf den Rücken. Ich kam mir vor wie eine Gummipuppe, war Wachs in seinen Händen. Aufgeregt schlug mein Herz und ich wartete auf seinen Mund auf mir. Er kniete sich vor das Bett und zog mich bis an den Rand. Ich klammerte mich ans Laken, um mich an irgendetwas festzuhalten, lehnte den Kopf zurück und schloss die Augen.

Bei dem Gedanken daran, dass er mir nun direkt zwischen die Beine starrte, wurden meine Wangen heiß. Ich hob den Kopf und sah ihn an. Er lächelte, streichelte meine Schenkel, leckte sich die Lippen und sog den Anblick vor sich ein. Nicht nur an einer Stelle, sondern er betrachtete mich vollständig. Sein Blick wanderte über mich, ehe er den Kopf senkte.

Ich schloss erneut die Augen, konnte nicht hinsehen. Seine Lippen berührten die empfindliche Stelle gleich neben meiner Pussy und ich verkrampfte mich, wollte mehr. Er begann, zu saugen, und ich begann, zu erbeben. Seine Hände glitten an meinen Beinen hinab, ich stand komplett in Flammen und sehnte mich nach mehr, brauchte mehr, doch es fühlte sich an, als wollte er mich nur reizen. Er ergriff meine Knöchel, hob meine Beine und legte sie über seine Schultern.

Mit dem Finger fuhr er durch meine Nässe und mit der Zunge kitzelte er meine pochende Klit. Mein Körper hob sich automatisch von der Matratze, ich konnte nichts dagegen tun, denn die Lust, die mich durchschoss, war zu intensiv. Er senkte den Mund auf mich nieder und gleichzeitig drang er mit einem Finger in mich ein. Er hatte große Hände, doch ich wollte mehr von ihm, als meine Mitte seinen Finger einsaugte. Mit der Zunge umkreiste er mein Zentrum. Mein Atem klang zittrig und ich versuchte, nicht vor Ekstase laut zu schreien. Ich war bereits wieder kurz vor dem Höhepunkt.

Als er noch einen Finger in mich schob, wurde ich fast bis

zur Grenze gedehnt und es tat etwas weh. Wie sollte ich da seinen Schwanz ertragen?

Mit der Zunge umkreiste er meine Klit, seine Finger streichelten meine brennende Haut, seine Hand glitt unter meinen Po, seine Finger bohrten sich in meine Haut und er kippte meine Hüften. Ich verdrehte die Augen und seine Finger und seine Zunge machten es mir unmöglich, einen klaren Gedanken zu fassen. Ich war total in dem Moment verloren, bis sein Mund von mir abließ und ich seine Finger nicht mehr spürte.

„Willst du mich?“, knurrte er an meiner Klit.

Ich öffnete die Augen und erwiderte seinen Blick. Zitternd versuchte ich, meinen Atem unter Kontrolle zu bekommen. „Ja.“

„Was, ja? Was willst du?“ Er löste den Blick nicht von meinen Augen und hielt inne.

„Dass du mit mir schläfst.“ Ich wusste, was er hören wollte. Das F-Wort. Doch ich brachte es nicht über die Lippen.

„Suzy“, sagte er gedehnt wie ein ungeduldiger Lehrer. Kurz leckte er über meine Klit. „Du weißt, was du sagen sollst. Sag mir ganz genau, was du willst.“

Er zog Finger und Zunge zurück und ließ mich mit meinem Verlangen verhungern.

Ich schloss die Augen und atmete tief durch. Musste meine Gedanken sammeln. Es waren nur Worte, sogar welche, die ich auch oft benutzte, nur nicht im Bett. Zittrig atmete ich aus. „Ich will dich. Fick mich, City.“

Kapitel 4

Sündhafte Methoden

City

Es hatte seinen Reiz, jemanden zu verderben.

Sie benutzte keine schmutzigen Wörter und mochte es auch nicht, und diese Worte aus ihrem Mund ließen meinen Schwanz zucken. Sie sah verflucht schön aus, so auf meinem Bett ausgebreitet, mit dem blonden Haar um sich herum und den funkelnden, blauen Augen. Sie war nicht muskulös vom Krafttraining oder dünn wie eine Süchtige. Am besten passte die Beschreibung *klassische Wespentaille* – große Brüste, kurvige Hüften und eine schmale Körpermitte. Beinahe engelhaft wirkte ihre helle Haut auf der schwarzen Überdecke.

Ich griff unter sie, packte sie an den Ellbogen und warf sie ein Stück höher auf das Bett.

„Wow.“ Sie lachte, als sie auf der Matratze aufdotzte. „Du hast mich geworfen, als ob ich nichts wiegen würde.“

„Du bist wie eine Feder“, sagte ich, stieg über sie und angelte mir ein Kondom vom Nachttisch.

Sie kicherte und ihre Augen weiteten sich, als sie beobachtete, wie ich die Kondomverpackung mit den Zähnen aufriss. Sie hatte so etwas verdammt Unschuldiges an sich, dass ich in sie kriechen und nie wieder herauskommen wollte.

Ich lag zwischen ihren Beinen, mit einem Arm unter ihr, damit ich sie nicht mit meinem Gewicht erdrückte. „Lach nur, solange du noch kannst, Sugar“, murmelte ich an ihren Lippen. „Ich bring dich gleich dazu, all die schlimmen Wörter zu schreien, die du dich nicht traust.“

Ihre Augen waren groß wie Untertassen, während sie zusah, wie ich das Kondom über das Piercing und meinen Schaft zog. Mit den Knien schob ich ihre Beine weiter auseinander. Ihre Pussy glänzte. Ich wollte Suzy ausfüllen, ihren Körper und sie für heute besitzen. Ohne auf eine Antwort von ihr zu warten, legte ich die Lippen auf ihre und verschlang sie, sog ihre Zunge in meinen Mund. Stundenlang hätte ich sie küssen können, jeden Winkel erforschen und damit zufrieden sein, doch meine Eier waren schwer und pochten, brauchten die Erlösung. Ich kniff ihr in die Nippel, rollte sie leicht zwischen den Fingern. Sie stöhnte in meinen Mund und mein Schwanz reagierte mit einem Zucken, verlangte danach, in ihr zu sein.

Mit dem Mund, der niemals den ihren verließ, fing ich all ihre leisen Laute ein. Sie gehörten mir und nur ich durfte sie genießen. Sie schlängelte sich unter mir bei meinem rücksichtslosen Angriff auf ihre Nippel, meinen Fingern auf ihrer empfindlichen Haut. Am liebsten hätte ich sie so zum Kommen gebracht, doch dafür war später noch Zeit.

Unter meiner Zunge fühlte sich ihre Haut zart an, ich inhalierte den Duft ihres Parfüms, hielt an ihrem Schlüsselbein inne und biss dann leicht zu. Sie hob die Hüften vom Bett und ihre Pussy drückte gegen meinen Schwanz. Eine direkte Einladung.

„Was möchtest du?“, fragte ich und knabberte an ihrer Schulter.

„Dich.“

„Welchen Teil von mir?“ Ich wollte es ihr nicht zu leicht machen. Es machte mich an, sie bei jeder Frage oder Aufforderung sich winden zu sehen.

„Deinen Penis.“

Herrgott noch mal … echt jetzt? Normalerweise würde ich denken, dass es nur gespielt war, doch diese Frau war so aufrichtig, wie es nur ging, und ich wollte bei ihr einen Durchbruch erlangen. Der Gedanke, sie zu erobern, zu versauen und zu besitzen, machte mich an.

„Das andere Wort. Vorher werde ich dich nicht ficken.“ Vielleicht hatte ich bis dahin blaue Eier, doch irgendwann würde sie es sagen. Ich wollte nicht nachgeben.

Mit den Lippen fing ich einen ihrer Nippel ein und schnippte ihn mit der Zunge an.

„Bitte, City“, bat sie und krallte sich in meine Schultern, dass ihr fast die Nägel abbrachen.

Mit den Zähnen hielt ich ihren Nippel gefangen. „Sag es.“

„Ich kann nicht.“ Sie presste ihre Pussy an mich. „Tu es

einfach, City."

Ich antwortete, indem ich meinen Schwanz an ihrer Nässe rieb.

„Oh Gott", stöhnte sie.

„Der hilft dir jetzt nicht. Sag es, und er gehört dir." Ich saugte an ihrem Nippel.

„Ich will deinen Sch…"

„Sag es, und ich stoße direkt in deine heiße, nasse Pussy und bring dich zum Schreien. Das garantiere ich dir." Wieder glitt ich mit meinem Schaft über ihre Klit. „Sag es."

„Schwanz." Sie atmete aus. „Ich will deinen Schwanz."

„Das war doch gar nicht so schlimm, oder?" Ich lächelte sie an. Mir war klar, dass es ihr unangenehm war, aber es war mir egal. Sie kam mir wie ein Mensch vor, der in einer sehr gut kontrollierten Welt lebte. Sie setzte sich Grenzen und überschritt diese nicht. Ich würde ihr helfen, ihre imaginären Linien zu übertreten.

Ich küsste sie innig und dehnte ihren Eingang mit meiner Schwanzspitze. Sie schwang die Beine um mich und zerrte mich praktisch in ihren Schoß. Sie wusste genau, was sie wollte. Mit einem Stöhnen und Wimmern zwang sie mich in sich.

Ein wohliger Schauer überlief mich, als ich in ihren warmen und glatten Körper eindrang. Am liebsten hätte ich tief in sie gestoßen, bis zum Anschlag, doch ich wollte das Tempo kontrollieren. Ich leckte über ihre Lippen, sah ihr in die Augen und drang langsam tiefer ein, bis es nicht mehr weiterging. Für einen Moment hielt ich inne, genoss das Gefühl, in ihr zu sein, wo ich schon seit dem ersten Moment, als ich sie gesehen hatte, sein wollte.

Sie sah wunderschön aus, wie sie da so auf meinem Kissen lag und das blonde Haar ihr Gesicht wie eine goldene Krone umrahmte. Im Licht schimmerten ihre blauen Augen und ihre Wangen waren vor Erregung und Lust rosa.

Ich musste mich jetzt unbedingt in ihr bewegen. Und ich wollte sie zum Schreien bringen. Langsam zog ich mich aus ihr zurück. Sie bohrte die Fingernägel in meine Schultern. Unbeherrscht stieß ich fest in sie.

Bei jedem Stoß stöhnte und wimmerte sie. Ich erhöhte das Tempo, unfähig, mich zu beherrschen. Ich wollte ihr Gesicht sehen, während ich sie fickte. Ich nahm ihre Beine von meinem Rücken und stellte ihre Füße auf meine Schultern. Ich lächelte sie an und leckte über meinen Daumen.

„Willst du noch mehr?“ Ich zog mich ein Stück aus ihr heraus.

„Ja.“ Ihre Stimme war nur ein geflüsterter Hauch.

Ich drückte den Daumen auf ihre geschwollene Klit und bewegte ihn kreisförmig.

„Oh Gott“, stöhnte sie erneut. Ihre Pussy zog sich um einen Schaft zusammen.

„Möchtest du kommen?“, fragte ich und zog mich bis auf die Spitze heraus.

Sie leckte sich die Lippen und sah mich mit verklärtem Blick an. „Ja.“

„Willst du, dass ich dich ficke?“ Ich versagte ihr, was sie am meisten wollte – meinen Schwanz und einen Orgasmus.

„Bitte“, wimmerte sie.

„Sag es.“ Mein Mundwinkel zuckte, als ich versuchte, nicht zu grinsen oder zu lachen. Sie errötete. „Es ist nur ein simpler Satz. Willst du meinen Schwanz? Sag mir, was ich damit machen soll.“

Sie öffnete die zusammengekniffenen Augen, atmete aus und sagte schnell: „Fick mich.“

„Gern.“ Ich stieß in sie und bewegte den Daumen rhythmisch über ihre Klit. Sie drückte den Kopf tiefer in das Kissen und ihr Körper zuckte. Mit der freien Hand packte ich ihren Schenkel und hielt sie fest, während ich sie fickte.

„Deine Pussy fühlt sich verdammt gut an.“ Ich stöhnte. Ich fickte sie nicht vorsichtig, denn sie war ja nicht aus Glas.

Ihre Atmung wurde hektischer und ihr Körper glänzte im Licht. Ihre Pussy molk mich, wollte mehr.

Ich hielt inne.

„Hey“, rief sie, öffnete die Augen und sah mich mit größerer Leidenschaft und Frustration an, als ich für möglich gehalten hätte. „Ich war so kurz davor.“

Ich sagte nichts und zog ihre Beine fester um mich. Ihre

Füße befanden sich nahe an meinem Gesicht und ihre Beine lagen eng an mir. Ich griff nach ihren Schenkeln und hielt sie davon ab, sich zu bewegen. Dann hämmerte ich in sie. Fasziniert betrachtete ich das Wippen ihrer Brüste bei jedem Stoß.

„Oh Gott!"

„Gut so, Sugar. Lass dich gehen. Fühl mich. Ich will dich so sehr."

Ich fickte sie unter Einsatz jedes Muskels in meinem Körper. Ich wollte ihr klarmachen, dass sie in diesem Moment mir gehörte, ebenso wie ihr Orgasmus. Sie begann, zu zittern und ihre Oberschenkel spannten sich an. Ich umfasste sie stärker, um sie stillzuhalten.

„Oh, fuck", entkam es ihr.

Ich konnte mich nicht mehr beherrschen. Ich hatte sie nicht einmal überreden müssen, dieses Wort zu benutzen, sondern mein Schwanz hatte sie dazu gebracht.

„Du bist so verdammt eng." Ich erkannte, dass sie am Rand des Höhepunktes balancierte. Sie war schweißbedeckt, errötet, hatte den Mund halb geöffnet und wirkte vor Lust wie in Trance.

Sie berührte ihre Brust und löste damit die Wogen aus, während ich noch härter in sie stieß. „Oh Gott, hör jetzt verfickt noch mal nicht auf."

Ihr nackter Körper, das unanständige Gerede, zu sehen, wie sie sich selbst berührte … meine Eier zogen sich zusammen und der Orgasmus jagte durch mich hindurch. Ich erschauderte und stöhnte, stieß weiter in sie. Ihre Beine umklammerten mich wie ein Schraubstock. Alles an mir kribbelte und kleine Nachbeben erschütterten mein Innerstes.

Ich musste wieder zu Atem kommen. Ich hörte nur noch, wie wir nach Luft schnappten und dann das Geräusch des Kondoms, als ich es entfernte. „Hölle, das war fantastisch", sagte ich und küsste ihren Knöchel, streichelte ihr Bein entlang.

„Ich hab noch nie …", sagte sie.

„Was?"

Kapitel 5

Nur in meinen Fantasien

Suzy

„Ich hab so was noch nie erlebt“, sagte ich.

Wie sollte ich es erklären, ohne mich lächerlich zu machen? Verdammt, nichts in meinem Leben hielt dem Vergleich stand, mit ihm Sex zu haben. Da waren ein paar One-Night-Stands im College, aber diese Jungs hatten nicht wirklich gewusst, was sie taten.

City war grob und bestimmend, und das liebte ich. Er kniete vor mir und ich betrachtete seinen schönen Körper. Seine Haut glänzte und seine Muskeln bewegten sich mit seinem schweren Atem. Am liebsten hätte ich ein Foto gemacht, um nie zu vergessen, wie er aussah. Verschwitzt und verdammt sexy.

„Das ist noch gar nichts im Vergleich zu dem, was ich noch mit dir machen könnte“, sagte er heiser und wischte sich den Schweiß von der Stirn.

Ich wollte ihm die Perlen vom Körper lecken. Wollte Dinge mit ihm tun, an die ich normalerweise nicht einmal denken würde. Bei ihm war alles anders.

„Oh Mann“, sagte ich, weil mir nichts Besseres einfiel. Das war noch gar nichts? War eine Steigerung überhaupt möglich?

„Vielleicht lässt du es mich dir irgendwann beweisen.“

Ein Lächeln erhellte sein Gesicht, doch es war nicht nur süß. Dieser Mann kannte definitiv einige Tricks. Bei dem Gedanken daran, ihn erneut in mir zu spüren, schlug mein Herz schneller.

„Du willst, dass wir uns wiedersehen?“, fragte ich und konnte es nicht glauben. Wir waren total gegensätzlich und ich wusste nicht, warum er mich wiedersehen wollte.

„Wieso nicht?“ Er runzelte die Stirn und irgendwie auch die Nase.

Ich hielt mir die Augen zu und kam mir blöd vor. „Keine

Ahnung. Ich dachte, das hier ist nur ein One-Night-Stand."

„Ich will nicht lügen, denn das dachte ich auch erst. Ich wollte dich schon, als ich dich am Straßenrand gesehen hatte." Er legte sich neben mich und schlang einen Arm um mich. „Aber du bist nicht wie meine Freunde oder andere Frauen."

„Nun ja, ich habe schon Leute wie deine Freunde gesehen." Ich zog die Augenbrauen zusammen und dachte an die Kerle, die ihn umgaben. Die meisten davon machten einen undurchsichtigen Eindruck. „Sie wirken wie eine Klasse von Versagern oder gesuchten Verbrechern. Nicht gerade mein Fall."

„So schlimm sehen sie aus?", sagte er neben meinem Ohr.

Das tiefe Timbre versetzte meinen Körper erneut in Schwingungen. „Sie sind gruselig, City. Und erinnern mich wirklich an Kriminelle."

Er lachte. „Das ist witzig, Sugar. Sie sehen schlimmer aus, als sie sind." Er kuschelte sich an meine Schulter und steckte das Gesicht in meine Haare. „Ich hänge nicht mit allen von ihnen ab. Die meisten sind Kunden, einige davon meine besten. Ich halte manchmal auf dem Nachhauseweg an der Bar an. Viele sind nett, und einige … hast du ja erlebt, sind Arschlöcher."

„Das kannst du laut sagen."

Sein stummes Lachen erschütterte die Matratze und ließ mich mit erbeben. „Ich bin öfter mit meiner Familie zusammen als mit den Deppen in der Bar." Er strich mein Haar von meiner Wange, streichelte meinen Hals und ließ die Hand auf meiner Brust ruhen. Ich fühlte mich irgendwie zu nackt. „Frierst du?", fragte er, weil ich mich schüttelte.

„Ein bisschen", log ich. Ich wollte mich bedecken.

„Möchtest du lieber gehen?" Er gähnte.

„Äh, du bist sicher müde. Wenn du willst, bleibe ich. Liegt ganz bei dir." Ich wollte diesen heißen, attraktiven Mann nicht verlassen und in mein leeres Bett gehen.

Wirf mich bitte nicht wie eine Tüte Müll hinaus.

Er griff nach der Decke und legte sie über uns beide.

Ja!

Innerlich schlug ich vor Erleichterung Purzelbäume.

Er zog mich an sich und legte die Arme um mich. Sein Körper war fest und gemütlich. Ich lehnte die Stirn an seine Wange und hörte das Herz in seiner Brust schlagen. Die Decke war aus der weichsten Baumwolle, die ich je gefühlt hatte. Und ganz anders als von so einem Kerl erwartet. Ich hatte ihn mehr für den Flanell-Typ gehalten oder angenommen, dass er diese kratzige Bettwäsche hatte, die man in Hotels vorfand.

Er atmete zufrieden durch. „Bequem?"

„Sehr."

Seit Jahren hatte ich nicht mehr in den Armen eines Mannes geschlafen. Normalerweise fand ich keine gemütliche Lage oder die Kerle waren so knochig, dass es wehtat. Doch City war wie dazu gemacht, auf ihm zu schlafen. Er schien für alles gemacht zu sein, das mit zwei Körpern zu tun hatte.

Ich wusste allerdings nicht genau, wohin mit meiner einen Hand. Sollte ich sie auf seine Brust legen oder neben mich? Sophia würde diese Geschichte nie glauben. Sie kannte mich nur als das brave Mädchen, das in seiner kontrollierbaren Umgebung lebte, unflexibel. Aber City war wie ein Tsunami, der langsam begann und sich schnell in eine Flutwelle der Sünde verwandelte.

„Hand, Sugar."

„Was?"

„Gib mir deine Hand."

Ich nahm die Hand von meinem Schenkel und hielt sie ihm hin, ohne seine Haut zu berühren. Er legte sie auf seine stahlharte Brust und bedeckte sie mit seiner.

„Perfekt", sagte er.

Ich machte mir keine Illusionen. Mir war klar, dass ich nur diese eine Nacht mit City hatte. Wir waren nicht füreinander geschaffen und er war nicht, wonach ich suchte. Er war nicht der Typ, der zu meinem Plan gehörte. Ich wollte einfach nur hier liegen und die Zeit in seinen Armen genießen.

Ich hörte, wie sich seine Atmung änderte und langsamer wurde. Seine Hand zuckte ab und zu und drückte meine Finger, während er in einen tieferen Schlaf fiel. Ich war erschöpft, wollte jedoch gar nicht schlafen. Dann hätte ich City nicht mehr bewundern können.

Ich lauschte seinen tiefen Atemzügen und ließ die Gedanken wandern. Liebend gern würde ich ihn wiedersehen, aber wäre das nicht bloße Zeitverschwendung? Wollte ich wirklich in eine Einbahnstraße steuern und mich am Ende zu sehr an ihn klammern? Mir war klar, dass diese Gefahr bestand. Obwohl ich jemanden fürs Leben finden wollte, öffnete ich mein Herz nicht für jeden. Liebeskummer war etwas, das ich um jeden Preis vermied. Und mein Herz aufs Spiel zu setzen, wenn die Sache ganz sicher katastrophal enden würde, musste nun wirklich nicht sein.

Für und Wider stritten in mir noch eine Weile, bis ich das Thema beiseiteschob und nur das Hier und Jetzt genießen wollte. Alles andere konnte warten.

Ein metallisches Klicken weckte mich. Erschrocken setzte ich mich auf. Ich hatte Angst, jemand war eingebrochen, während ich schlief. Ich sah mich um und stellte fest, dass ich gar nicht in meinem Schlafzimmer war. Und die Nacht war kein Traum gewesen.

Ich griff neben mich, wo er gelegen hatte, doch das Laken war kalt. Sonnenlicht schien durch die weißen Vorhänge, wurde von den Wänden reflektiert und noch greller gemacht. Das Zimmer war aufgeräumt, abgesehen von unserer verstreuten Kleidung auf dem Boden.

Mir tat alles weh, als ich mich streckte. Ich versuchte, den Schmerz zu dehnen und die Steifheit von den nächtlichen Aktivitäten loszuwerden. Ich brauchte etwas zum Anziehen und ein Badezimmer. In eine Decke gewickelt, um nicht zu frieren, stieg ich aus dem Bett. An der Tür hing ein Flanell-Hemd. Ich roch an dem weichen Stoff. Der Hauch von Rasierwasser und der Duft seiner Haut zog meine Pussy zusammen. Ich ließ die Decke fallen, legte das Hemd um mich und rieb den Ärmel an meine Wange. So fühlte ich mich wie von City umgeben.

Ich ging zu der Tür, hinter der ich das Bad vermutete, fand aber nur einen begehbaren Kleiderschrank. Mist. Er war voller T-Shirts, Jeans und Kapuzenpullover. Ich sah mir alles an, strich mit den Fingern über die weichen Stoffe und schloss dann die Tür. Es gab nur noch eine andere Tür, doch auch die führte nicht in ein Badezimmer.

An der Rückseite der Tür hing ein Spiegel und mein Anblick ließ mich zusammenzucken. Mein blondes Haar sah aus wie ein Krähennest. Meine Augen sahen übermüdet aus, wie nach einer Nacht in seinem Bett. Ein provisorischer Pferdeschwanz half etwas, meine Mähne zu bändigen, sodass ich mich halbwegs präsentabel fühlte. Es musste reichen. Ich lugte in den Flur und tippelte aus dem Zimmer. Ein weiteres lautes Geräusch ertönte, als ich den ersten Schritt machte.

„Bist du auf?“, rief er aus der Küche.

„Ja.“ Ich versuchte, nicht genervt zu klingen. „Ich komme gleich.“

„Lass dir Zeit. Ich mache Frühstück.“

Ich hörte das Klappern von Geschirr und wie er sich in der Küche zu schaffen machte. Ich konnte mich nicht daran erinnern, dass mir außer Mom, Sophia oder Kayden je jemand Frühstück gemacht hätte. Der Duft nach Speck und etwas Süßem waberte durch den Flur und brachte meinen Magen zum Knurren.

In dem schwarzweißen Badezimmer befanden sich eine alte Klauenfußbadewanne und ein weißes Standwaschbecken. City schien nichts von Farben zu halten, was mir seltsam vorkam, da er doch Künstler war. Alles war sauber und glänzte. Man sah, dass er auf sein Zuhause stolz war. Ich durchsuchte das Bad nach einer frischen Zahnbürste, versuchte jedoch, leise zu sein. Als es an der Tür klopfte, zuckte ich zusammen, stieß ein paar Flaschen um, die unter den Waschtisch rollten, und rammte mit dem Kopf an etwas Hartes. „Scheiße“, sagte ich und rieb mir die Stelle.

„Alles okay? Brauchst du etwas?“

„Alles okay!“ So was von nicht okay. Jetzt hatte er mich beim Herumschnüffeln erwischt und wahrscheinlich den Knall von meinem Kopf gehört. „Ich brauche eine Zahnbürste. Hast du noch eine?“ Mit der Hand am Kopf und dem Gefühl, eine Idiotin zu sein, war ich dennoch dankbar, dass er mich nicht dabei beobachtet hatte.

„Im Medizinschrank findest du eine. Bedien dich."

Ich hörte an seinen Schritten, dass er sich wieder entfernte.

Als ich aus dem Bad kam, war mein Gesicht immer noch gerötet. Ich ging in die Küche und versuchte, Citys Blick auszuweichen.

„Sind Eier, Pfannkuchen und Speck okay?"

Umwerfend sah er aus. Er trug schwarze Jogginghosen und ein Lächeln.

Beim Anblick des üppigen Frühstücks knurrte mein Magen erneut. „Hast du für eine ganze Armee gekocht?"

„Ich wusste nicht, was du magst, also habe ich ein bisschen was von allem gemacht."

Er legte einen Pfannenwender auf die Arbeitsplatte und kam auf mich zu. Er war so verdammt sexy. Ich leckte mir über die Lippen und schloss die Augen. Sein heißer Atem strich über meinen Mund und ich roch seinen Duft.

„Ich werde dich gleich hier und jetzt ficken. Ja oder nein?"

OMG! OMG! OMG! Ja, ja, ja!

Ich schluckte schwer, nickte und beugte mich leicht vor.

„Worte, Suzy. Die richtige Antwort wäre: Ja, fick mich, City, oder: Nein, kein Interesse."

Könnte ich je Nein zu diesem Mann sagen? Mir fiel ein, dass ich ihn vielleicht nie wiedersehen würde und ergriff meine letzte Chance. „Ja, fick mich, City", wisperte ich an seine Lippen.

Sein Mund traf heftig auf meinen. Ich schmeckte Kaffee und Zucker. Ich hörte nur noch unseren Atem und die Welt um uns verblasste. Seine Hände wanderten meine Schenkel hoch und umfassten meinen Hintern. Verdammt, dieser Mann war die pure Sünde und ich wollte seine Sklavin sein.

Er unterbrach den Kuss und sah mir in die Augen. Sein Atem klang schnell und schwer. „Hände auf die Ablage."

Ja, Sir, gern.

Ich drehte ihm den Rücken zu und legte die Hände auf den Rand der Arbeitsplatte. Er drückte mein Kreuz durch und hob meine Hüften an. Ich wartete, spähte hinter mich und sah, wie er seine Hose hinunterrutschen ließ und seinen Schaft umfasste. Aus der Hosentasche hatte er ein Kondom gefischt. Er hatte das geplant! Das Kondom war einsatzbereit.

Himmel, hilf mir mit diesem Mann!

Könnte ich ihm je widerstehen?

Ich richtete mich soeben wieder auf, als er befahl: „Runterbeugen, Sugar."

Mit geschlossenen Augen befolgte ich seinen Befehl. Er streichelte meine Mitte. Ich seufzte. Seit wann verwandelte ich mich bei einem Mann in einen Wackelpudding?

Langsam glitt er in mich. Ich war schon feucht und bereit für ihn. Er packte mich an den Hüften und hielt mich fest, während seine Härte mit der Präzision einer Maschine in mich stieß. Meine Finger kribbelten von dem Todesgriff um die Arbeitsplatte. Er fühlte sich fantastisch an und das Piercing reizte mich zusätzlich. Ich stand auf Zehenspitzen und meine Muskeln begannen, zu schmerzen. Er hämmerte in mich und in meinen Ohren rangen der Klang unserer aufeinander klatschenden Haut und sein Stöhnen. Er verstärkte seinen Griff, bis es fast schmerzte.

„Fuck, deine Pussy ist so verdammt eng", stöhnte er.

„Ich liebe deinen Schwanz." Ups, das war mir einfach so entschlüpft, als ob ich es jeden Tag sagen würde.

„Und ich liebe es, in deiner süßen Pussy zu stecken, Baby."

Die ordinären Worte und sein Druck in meinen Tiefen beförderten mich über die Klippe. Ich begann, zu erbeben und stöhnte. „City!"

Ich hörte ein Klatschen und mein Hintern brannte.

Hatte er mich etwa geschlagen?

Der Schmerz strahlte in meinen ganzen Körper aus und ließ den Höhepunkt anwachsen und intensiver werden. Meine inneren Wände zogen sich um seine Länge zusammen und mein Griff rutschte fast von der Arbeitsplatte.

Klatsch!

Oh mein Gott!

„Fuck!", rief er und seine Bewegungen wurden abrupter und hektischer.

Ich spürte, wie er in mir noch härter wurde. Er rammte mich gegen den Tresen, kam, und legte dann den Kopf auf meinen Rücken. So blieben wir einen Moment stehen.

„Du machst mich total verrückt, Suzy“, sagte er schwer atmend.

„Du mich auch.“ Ich war froh, dass die gekachelte Arbeitsplatte kühl war. Ich war schweißgebadet und glühte von der Gewalt seiner Stöße.

Er zog sich heraus und ich spürte sofort den Verlust des Gefühls von ihm in mir. Ich wartete kurz, bis meine Füße nicht mehr mit einem Krampf drohten, ehe ich zu einem Stuhl schwankte. City entsorgte das Kondom im Mülleimer. Gut, dass der Stuhl nicht weit entfernt stand.

City rückte seinen Schritt in der Hose zurecht, grinste teuflisch und ging zum Herd.

„Pfannkuchen?“ Er hielt die Pfanne hoch und sah mich mit seinen blauen Augen an, bis ich zustimmte, dass er mir einen Pfannkuchen auf den Teller legen durfte.

Ich hatte meinen Hunger total vergessen. Wie konnte der Mann mich wie ein Irrer vögeln und sich im nächsten Moment in einen Koch wie Guy Fieri aus dem Fernsehen verwandeln?

„Gern. Ich habe noch nie etwas zu Essen gesehen, das ich nicht mochte.“ Innerlich betete ich zu Gott, dass die Schmetterlinge in meinen Bauch so lange Ruhe hielten, bis ich diese gigantische Mahlzeit gegessen hatte, die er extra für mich zubereitet hatte.

„Ich liebe es, das zu hören. Meine Schwester ist so dermaßen wählerisch, das regt mich total auf.“

Ich gab Butter auf meinen Pfannkuchen und sah aus dem Augenwinkel, wie City die Pfanne mit den Eiern vom Herd nahm. Ich blickte auf meinen Teller und fand die Stille irgendwie peinlich. Eben noch hatte er seinen Schwanz in mir, und was nun? Ich wollte die Unterhaltung am Laufen halten und griff auf, was er als letztes gesagt hatte.

„Hast du nur die eine Schwester?“

„Ja, aber ich habe noch drei Brüder. Eier?“

„Alles.“ Ich schob den Pfannkuchen zur Seite, damit die

Eier und der Speck daneben passten. „Fünf Kinder, wow, deine Mutter muss eine beeindruckende Frau sein."

„Ja, ich glaube, an den meisten ihrer grauen Haare sind wir schuld. Sie färbt sie jetzt, um ein jugendliches Aussehen zu behalten. Wir sind keine typische italienische Familie. Hast du Geschwister?"

Er legte Eier auf seinen Teller und stellte die Pfanne auf den Herd zurück.

„Eine Schwester, aber sie wohnt nicht hier. Sie ist noch im Norden, wo wir aufgewachsen sind." Ich goss Sirup auf meinen goldenen Pfannkuchen und schnitt ein Stück ab.

Ich beneidete City. Er hatte eine große Familie und stand ihr nahe, was bei mir nicht so war. Er hatte das, was ich schon immer haben wollte.

„Oh, ich kann mir gar nicht vorstellen, nur ein Geschwister zu haben. Wir sind wie eine Gang und machen alles zusammen." Er aß etwas von seinen Spiegeleiern und ein Stück knusprigen Speck. „Da hast du was verpasst."

Mir gefiel, dass wir so locker miteinander reden konnten und uns wohlfühlten. Mit ihm war es einfach so. „Kann sein, aber ich habe ein paar Freunde, denen ich näher stehe als meiner Familie." Ich gabelte ein Stück von dem buttrigen Pfannkuchen auf, steckte es mir in den Mund und genoss es auf der Zunge, bevor ich es kaute. „Meine Mom ist etwas unzuverlässig und mein Dad arbeitet immer, aber ich habe ja meine Freunde."

„Oh, das ist schade. Meine Familie kommt jeden Sonntag zum Essen zusammen, und da geht's immer etwas lauter zu."

„Jeden Sonntag?" Zwar sah ich meine Eltern jede Woche, doch meistens nur für eine Stunde, und Familienessen fanden nur an Feiertagen statt.

Ich versuchte, langsam zu essen und nicht alles, was auf dem Teller lag, denn ich wollte nicht wie ein Vielfraß rüberkommen, doch ich war am Verhungern.

„Ja, jeden Sonntag. Das ist Pflichtprogramm, oder meine Eltern denken, dass etwas passiert sein muss. Manchmal gesellen sich meine Großeltern noch dazu, und dann wird es zu einem Ganztags-Event. Mom steht meistens schon früh auf und macht die Soße und die Fleischbällchen. Wir müssen um eins da sein, und das Ganze ist dann ein frühes Abendessen."

Das klang nett. So etwas kannte ich nicht und kannte auch keine Familie, die es genauso machte, außer aus Filmen.

„Das klingt nach viel Spaß." Ich aß mein Frühstück und dachte darüber nach, was ich alles an Familiensachen verpasst hatte. Meine Eltern schienen immer zu beschäftigt gewesen zu sein, um sich um uns zu kümmern, ganz zu schweigen davon, mich sonntags zu Essen einzuladen. Ich wusste, dass sie mich und meine Schwester liebten, doch wir hatten nicht dieses enge Familienverhältnis, das City hatte.

„Das ist es, aber ich arbeite auch mit meinen Geschwistern zusammen, sodass es manchmal ein bisschen zu viel wird. Also, Babe, darf ich dich jetzt zu einem anständigen Date ausführen?"

„Oh, klar. Ich würde gern mit dir ausgehen. Ich meine, schließlich haben wir ja schon …" Ich wedelte unschlüssig mit der Hand, auf der Suche nach dem richtigen Wort.

„Gefickt." Er lachte. „Ich weiß nicht, ob ich mich je an dein Braves-Mädchen-Gehabe gewöhnen werde."

„Ich bin kein braves Mädchen." Das war ich wirklich nicht. Brave Mädchen hatten nicht meine Art von Gedanken. Sie wollten auch nicht, was ich wollte, und ganz sicher gingen sie nicht mit Fremden nach Hause. „Was wir gestern gemacht haben, wäre nicht passiert, wenn ich ein braves Mädchen wäre." Ich lächelte ihn an.

„Du bist eine Frau, Suzy. Sex allein macht dich nicht zu einem verruchten Mädchen. Er macht dich nur menschlich. Gestern war explosiv und heute Früh wollte ich unbedingt wieder in dir sein. Und daran würde ich auch nichts ändern wollen." Er spürte wohl, dass diese Unterhaltung mir unangenehm war. „Ich glaube nicht, dass du ein böses Mädchen bist. Falls jemand so denkt, vergiss ihn. Mir ist es scheißegal, was andere von mir denken."

„Ich weiß. Aber es ist nicht immer so leicht." Ich musste das Thema wechseln. „Soll ich meine Freundin anrufen, dass sie mich abholen kommt?“ Ich wollte jetzt nicht weiter analysiert werden.

„Nach dem Frühstück kann ich dich nach Hause fahren, okay?“

„Vielen Dank. Ich muss heute tonnenweise Sachen erledigen.“ Ich musste einen Test korrigieren. Es war Benotungszeit und am Montag war der Termin fällig. Ich musste einen neuen Stundenplan aufstellen und meine Rechnungen bezahlen, ehe die Woche vorbei war. Meine Arbeit hörte nie auf, nicht mal an Wochenenden. Lehrer verließen nicht einfach freitags die Schule und ließen alles hinter sich. Wir arbeiteten an den Wochenenden, um montags gut vorbereitet zu sein und die Schüler zu unterrichten, die daran oft gar nicht wirklich interessiert waren. Ich seufzte und dachte an die Arbeit, die vor mir lag und bei der mir leider niemand helfen konnte.

„Kein Problem. Ich muss erst mittags bei der Arbeit sein, also keine Eile.“

Ich wischte mir den Mund ab und konnte keinen Krümel mehr hinunterbringen. „Wo arbeitest du?“

„Bei *Inked*. Schon mal gehört?“

„Auf dem Weg zur Arbeit fahre ich immer daran vorbei, glaube ich.“ Ich erinnerte mich an das Schild, war aber noch nie dort gewesen. „Sieht nett aus.“

„Warst du schon mal da?“

„Nein. Ich meinte, von außen. Sieht nicht aus wie die anderen Tattoo-Läden in der Gegend. Deiner sieht gut aus. Wie lange arbeitest du schon da?“

„So hat das noch keiner beschrieben. Meine Schwester ist für die Deko zuständig. Der Laden gehört uns. Wir haben ihn vor ungefähr fünf Jahren eröffnet.“

Oh, vielleicht war er doch nicht der brotlose Künstler, für den ich ihn gehalten hatte.

„Komm doch einfach mal vorbei. Ich würde mich freuen, dich zu entjungfern.“

Ich verschluckte mich.

„Mit Tinte, Babe. Ich würde dir gern dein erstes Tattoo verpassen.“ Er lachte.

Ich klopfte mir auf den Brustkorb und hustete. „Irgendwann darfst du das. Meine Eltern sind total gegen Tattoos, und ich habe noch nichts gefunden, was ich mir ein Leben lang an mir ansehen will. Wie hast du deine ausgewählt?"

„Jedes einzelne hat eine Bedeutung in meinem Leben." Er deutete auf die Skyline auf seinem Arm. „Das hier erinnert daran, wo meine Familie herkommt. Chicago. Dort bin ich aufgewachsen und fahre jeden Sommer hin, um meine Freunde zu besuchen. Es ist in mehr als einer Hinsicht ein Teil von mir." Er lachte und rieb über seinen Arm.

„Und der Fisch?"

„Ah, der Koi. Den hat mir mein Bruder Anthony gestochen, als wir den Laden aufgemacht haben. Er steht für Ausdauer und die Kraft, ein Ziel zu erreichen. Wir hatten schon immer von einem eigenen Laden geträumt und das schließlich auch erreicht. Und mir gefällt die Farbe Orange einfach saugut."

„Wenn ich mir dein Haus so ansehe, sollte man meinen, dass Weiß deine Lieblingsfarbe ist."

Er nahm meinen Teller und lachte. „Das ist nur vorübergehend so. Ich hatte noch keinen Grund, Farbe zu verstreichen. Bei der Arbeit bin ich von Farben umgeben. Es ist beruhigend, zu einer leeren Leinwand heimzukehren."

Künstler – komplexe Kreaturen.

„Verstehe. Meine Wände sind auch weiß, abgesehen von einer blauen im Schlafzimmer. Ich bin kein typisches Barbierosa-Mädchen."

Er räumte die Küche auf und die Spülmaschine ein. Bei jeder Bewegung bewunderte ich seine angespannten Muskeln. Mir lief das Wasser im Mund zusammen bei der Erinnerung daran, wie er sich auf und in mir anfühlte. Ich hatte noch nicht genug von ihm.

„Ich räume nur schnell fertig auf. Du kannst dich in der Zwischenzeit fertig machen, okay?"

Daran könnte ich mich gewöhnen.

Umwerfender Sex? Abgehakt.

Guter Koch? Abgehakt.

Höllisch sexy? Abgehakt.

Männlich, aber nett? Abgehakt.

Er besaß alle guten Qualitäten und erinnerte mich an Kayden. Ich wollte Kayden nicht, aber ich wollte jemanden, der sich gern um mich kümmerte.

„Dauert nur eine Minute“, sagte ich und erhob mich vom Tisch. „Ich will dich nicht noch länger aufhalten.“

„Nimm dir so viel Zeit, wie du brauchst. Ich werde nicht gefeuert, wenn ich zu spät komme.“ Er lachte und schloss die Spülmaschine mit dem Fuß. „Ist Suzy eigentlich dein voller Name?“

Ich hasste meinen vollen Namen. Er klang altmodisch und verstaubt. „Nein.“

„Spuck's aus.“

„Suzette.“

„Wow, das ist ja mal verfickt sexy. Suzette.“

Der Name rollte geradezu von seiner Zunge. Zwischen meinen Beinen wurde es feucht. Verdammt, er machte mich noch zur schwanzverrückten Hure und ich wollte ihn meinen Namen stöhnen hören.

„Ach ja?“ Ich betrachtete seine glatte Haut und die definierten Muskeln, speicherte das Bild in meinem Hirn, bevor ich aus der Tür ging, damit er fertig wurde und ich machen konnte, dass ich hier raus kam. Er könnte mir auf jeden Fall gefährlich werden, wenn ich keinen Abstand hielt. Dieser Yin- und Yang-Scheiß funktionierte im wahren Leben ja doch nicht.

Kapitel 6

Zu gut, um wahr zu sein

City

Ich machte das Bike aus und wartete, bis Suzy abgestiegen war. Sie versuchte, sich den Helm selbst auszuziehen und sah dabei genauso zum Umfallen schön aus wie gestern. Sie fummelte an dem Verschluss herum, runzelte die Stirn und wurde ganz hektisch.

„Lass mich das machen", sagte ich und bedeutete ihr, näher zu kommen.

„Entschuldige", sagte sie und pustete Luft aus.

„Glaub mir, es ist mir ein Vergnügen." Ich zwinkerte und sah zu, wie ihre Wangen rosa wurden. Langsam öffnete ich den Verschluss, versuchte, unsere gemeinsame Zeit zu verlängern.

Es fühlte sich an, als ob sie mir den Laufpass geben wollte. Ihre Körpersprache war eine andere als in den letzten zwölf Stunden. Ich musste mich mit ihr verabreden und tiefer in die Frau eindringen, die sie wirklich war, anstatt der, die sie zu sein vorgab.

„Danke", sagte sie und sah mir in die Augen.

„Bitte schön. Also, noch mal zu unserem Date. Wie wär's mit heute Abend?" Ich sah keinen Sinn darin, Zeit zu verschwenden. Ich wollte sie wieder in meinem Bett haben, oder auf dem Küchentresen.

„Äh, ich denke, das geht klar." Sie nahm den Blick von mir und senkte ihn auf ihre Füße.

„Sugar, es ist nur ein Date. Ein echtes Date, ohne irgendwelche Verpflichtungen." Ich hob ihr Kinn an und sah in ihre himmelblauen Augen. „Wir haben irgendwie den Teil mit dem gegenseitigen Kennenlernen übersprungen, bevor ich dich genommen habe. Ich hole dich um neun ab. Zieh dir was Warmes an."

„Okay, dann werde ich fertig sein. Soll ich fahren?" Sie betrachtete mein Bike, rümpfte die Nase und sah dann ihren

Wagen an. „Warte mal, wie kommt mein Auto hier her? Ich hatte ganz vergessen, dass es kaputt ist. Was ist hier los?“

„Tank hat es repariert und vor einer Stunde hergebracht. Es ist alles schon fertig. Und um deine Frage zu beantworten: nein. Wir nehmen das Bike.“

„Oh. Hast du seine Nummer, damit ich ihn bezahlen kann?“ Mit geweiteten Augen kaute sie an ihrer Unterlippe.

„Nicht nötig. Er hat es als Gefallen für mich getan.“

„Oh, das kann ich nicht annehmen. Dann lass mich dich bezahlen.“

„Suzy, lass mich doch etwas Nettes für dich tun. Es ist wirklich kein Problem. Zwischen Tank und mir ist alles klar. Ich will nicht, dass du noch mal auf einer dunklen Landstraße liegen bleibst.“

„Ich weiß, das war blöd. Ich bin eben sparsam. Aber ich hatte vor, den Wagen reparieren zu lassen.“

„Nun, jetzt ist er es. Neun Uhr und warme Klamotten!“

Ich beugte mich vor, küsste sie auf die Lippen, packte sie im Nacken und zog sie näher. Der leichte, süße Duft ihres Parfüms erfüllte meine Nase. Alles an ihr war so unfassbar süß. Ich konnte nicht genug davon bekommen. Ich verschlang ihren Mund und kommandierte ihren Körper mit meinem Kuss. Ich wollte sie mit weichen Knien und Begierde nach mehr stehen lassen, wenn ich abfuhr. Ich brach den Kuss ab, behielt jedoch meine Hände an ihr. Sie stand dort mit gespitzten Lippen und geschlossenen Augen. Genau die Reaktion, die ich erreichen wollte.

„Sugar“, sagte ich und lächelte, als sie ihre flatternden Lider hob.

„Entschuldige. Irgendwie sage ich das andauernd zu dir.“ Sie kaute auf ihrer Unterlippe und errötete.

„Wir beenden den Kuss später. Ich kann es kaum erwarten, heute Nacht wieder in deine köstliche Pussy zu kriechen. Gib mir deine Nummer“, sagte ich schnell, ehe sie gehen konnte. Ich gab die Nummer in mein Handy ein und schickte ihr eine Nachricht. Sie würde mehr davon haben wollen.

Sie ging zum Haus und ich startete den Motor, ließ ihn ein

paar Mal aufheulen und fuhr los. Sie winkte und hatte ihr süßes Lächeln im Gesicht. Mein Schwanz pochte bei dem Gedanken an all die obszönen Dinge, die ich mit ihr tun wollte. Im Seitenspiegel sah ich, dass sie mir hinterherblickte.

Ich hatte sie am Haken.

„Wo zum Geier warst du, Joey?", fragte Mikey, als ich durch die Tür von *Inked* trat.

Wir hatten das Tattoo-Studio vor fünf Jahren eröffnet. Jeder in der Familie besaß ein künstlerisches Talent und in Geldangelegenheiten vertrauten wir keinen Fremden. Mein Vater hatte uns das Mantra eingebläut: *Vertraue niemandem, wenn du es selbst erledigen kannst.* Wir einigten uns darauf, keine Außenstehenden einzustellen, solange es nicht unbedingt nötig war. Das Problem daran war nur, dass man Familienmitglieder nicht feuern konnte, besonders nicht, wenn sie Teilhaber waren. Mike war ein bisschen abgedreht und dafür bekannt, übertrieben zu reagieren.

„Ich musste jemanden absetzen, Blödmann. Wer hat dich eigentlich zum Chef ernannt?" Ich legte meine Sachen auf meinen Arbeitsplatz.

„Normalerweise bist du immer früh da. Ich hab mir Sorgen gemacht. Du hättest auch anrufen können, du Arsch."

„Reg dich ab, Mama. Jetzt bin ich hier, also halt die Klappe."

Mikey warf die Arme in die Luft. Entweder weil er aufgab, oder frustriert war, ich wusste es nicht. Da er kein Talent für Tattoos hatte, führte er die Organisation des Ladens, aber er war ein fantastischer Piercer. Seine wahre Leidenschaft war jedoch Martial Arts. Vor Jahren war er einem Club beigetreten und reiste viel zu Kämpfen. Kämpfen und Tätowieren passte nicht zusammen. Meine Hände waren mir zu wertvoll. Ich brauchte sie, um meine Magie auszuführen und meine Kunden lächeln zu sehen.

„Mom hat angerufen und uns an morgen erinnert", sagte Anthony, der aus dem Personalbereich zu uns trat. Anthony war mein ältester Bruder und wahrscheinlich der ruhigste von uns allen. Er war ein umwerfend guter Tätowierer und ein Musiker. Er träumte davon, damit einmal berühmt zu werden, aber momentan gehörte er noch uns.

„Was?“, fragte Mikey.

„Wie konnten wir das vergessen? Es ist ja erst seit dreißig Jahren immer am selben Tag“, sagte Izzy und packte ihre Maschine aus.

Izzy war die Jüngste und die einzige Frau neben Mom. Meine Eltern hatten es weiter versucht, bis sie ihre kleine Prinzessin hatten, von der sie schon immer träumten, nachdem sie vier Jungs bekommen hatten, die das Haus auf den Kopf stellten. Sie war mädchenhaft und lieb, doch wenn man ihr in die Quere kam, fuhr sie die Krallen aus. Wir alle waren ihre Beschützer, aber wir fürchteten sie auch. In meiner Familie hatten die Frauen das Sagen und man sollte ihnen nicht widersprechen. Izzy hatte die Feldwebel-Persönlichkeit von Mom geerbt und regierte mit eiserner Faust.

„Lasst uns den Terminkalender durchgehen, bevor ich die Tür aufschließe“, sagte Mikey, beugte sich über den Tresen und sah zu uns Richtung Arbeitsbereich.

Ich hörte zu, wie Mikey die Liste der heutigen Klienten durchging. Ich kannte meine Aufgaben schon. Ich musste ein Rückentattoo fertigstellen, an dem ich bereits seit Monaten arbeitete, und ein Mädel wollte, dass ich ihre dumme Entscheidung für ein Arschgeweih umänderte.

Meine Gedanken wanderten ständig zu Suzette. Mom würde sich freuen, wenn ich endlich einmal eine Frau nach Hause bringen würde. Eine, die ihr eines Tages Enkel schenken könnte. Dazu war ich nicht bereit. Mein Schwanz nahm meinem Kopf das Denken ab. *Reiß dich zusammen, Alter. Da draußen gibt es viel zu viele Pussys, um sich auf eine festzulegen.*

Vielleicht übereilte ich die Dinge, doch Suzy war die erste respektable Frau, die ich seit langem getroffen hatte. Normalerweise nahm ich meine Eroberungen nicht mit zur Familie. Keine von ihnen hatte die Aussicht auf eine Zukunft mit mir gehabt, und ich wollte meine Familie nicht unnötig mit Außenstehenden konfrontieren.

„Joey." Meine Schwester erhob sich und kam mir viel zu nah.

„Was ist, Iz?" Ich sah auf und bemerkte ihre abschätzend verengten Augen, als sie mich studierte.

„Über was grinst du so?", fragte sie.

„Nix."

„Blödsinn." Sie tippte mir mit dem Zeigefinger auf die Stirn. „Du hast jemanden kennen gelernt. Spuck's aus, Bruder."

„Es gibt nichts zu erzählen. Du hältst dich für eine Gedankenleserin, bist du aber nicht, Schwessi."

„Ich kenne dich schon mein ganzes Leben. Immer läufst du hier launisch und ernst herum, aber heute strahlst du richtig, wie ein Weichei."

„Ach, sei still, Schwesterchen."

„Ohhh, ins Schwarze getroffen! Wer ist sie?" Sie lächelte mega-breit, beugte sich vor und starrte mir in die Augen.

Sie würde jetzt nicht mehr lockerlassen. Alle hörten auf, zu tun, was immer sie gerade taten, um zu hören, was ich zu sagen hatte, und Izzys drohendes Kreuzverhör mitzubekommen.

„Na gut, Iz. Ich habe sie gestern kennen gelernt und gehe heute Abend mit ihr aus. Zufrieden?"

Iz wirbelte im Kreis herum und kicherte wie ein Schulmädchen. „Sehr, großer Bruder." Sie küsste mich auf die Wange.

Ich lehnte mich auf meinem Stuhl zurück und sah zu, wie sich meine Schwester freute, als hätte ich soeben geheiratet.

„Stell dir bloß nicht zu viel vor, Iz. Es ist nur ein Date."

„Ach, komm schon. Ich sehe es dir am Gesicht an, dass es mehr ist als ein simples Date. Ich will die Details wissen."

Ich knurrte und verschränkte die Arme vor der Brust. „Sie ist mit dem Auto liegen geblieben. Ich habe angehalten und ihr geholfen. Ich habe sie nach Hause gebracht und heute gehe ich mit ihr aus. Das ist alles."

„Hmm." Sie trat näher und glaubte mir offensichtlich kein Wort.

„Izzy, lass es bitte gut sein."

„Wer ist sie?"

„Sie ist eine Lehrerin, aber ich weiß noch nicht viel über sie."

„Ich sehe dir an, dass du Sex mit ihr hattest." Izzy piekte mir in die Brust. „Vor mir kannst du nichts verheimlichen."

„Also echt jetzt, Iz. Das geht dich wirklich nichts an."

Die Vordertür klingelte und mein Kunde kam herein. Ich war froh, diese Unterhaltung beenden zu können und das Verhör zu verschieben. Doch ich brauchte mich nicht zu sicher zu fühlen. Meine Schwester würde die Vernehmung früher oder später fortführen.

Im Studio war heute die Hölle los. Und alle hatten ein Lächeln im Gesicht. Das herbstliche Wetter machte gute Laune. Ich kolorierte eine schöne Blüte, die ich meiner Kundin Michelle eine Woche zuvor gestochen hatte, doch an dem Tag hatte sie keine Schmerzen mehr ertragen können.

„Es heilt wirklich gut, meine Liebe." Ich wischte Tinte und Blut von ihrer Haut.

„Ja. Ich kann das fertige Ergebnis kaum erwarten. Es tut mir leid, dass ich letzte Woche so ein Schisser war, City." Sie schloss die Augen, als die Nadel in die noch im Heilen befindliche Haut stach.

„Hey, alles okay. Ich habe schon gestandene Männer beim Tätowieren in Tränen aufgelöst gesehen. Ich höre lieber für heute auf, als dass du mir in Ohnmacht fällst."

Sie öffnete die Augen und lachte. „Echt? Männer weinen wirklich dabei?"

„Ja, wie kleine Kinder. Also mach dir keine Gedanken. Und jetzt stillhalten, damit ich es nicht versaue." Mit dem Gummihandschuh tätschelte ich ihr Bein und beendete das wunderschöne Tattoo.

Ich liebte es, mit Farben zu arbeiten. Obwohl Blumen nicht unbedingt mein Ding waren. Ich liebte Tiere und filigrane Muster, doch Blüten waren eine Herausforderung und hatten grelle Farben.

Auf dem Tisch vibrierte mein Handy. Ich tauchte die Nadel in die Farbe Pink und sah auf das Display.

Suzy: *Ich kann heute Abend nicht. Sorry, City.*

Scheiße, sie schoss mich ab. Ich konnte jetzt nicht absetzen und ihr sofort antworten. Die kleine Miss Suzy musste warten. Ich würde sie daran erinnern müssen, wie gut es sich in ihr angefühlt hatte und wie heftig sie mich gemolken hatte.

„Stimmt was nicht, City?“, fragte Michelle.

„Nein. Ich habe nur über etwas nachgedacht.“

„Du hast nicht mein Tattoo versaut, oder?“

„Himmel, nein. So etwas passiert mir nicht.“

„Denkst du an ein Mädel?“ Sie wackelte mit den Augenbrauen.

„Eine Frau.“ Ich sah nicht hoch, sondern betrachtete das Tattoo, um meine Worte nicht zurückzunehmen.

„Glückliche Schlampe“, murmelte sie.

„Wie bitte?“ Ich hatte sie deutlich verstanden, wollte aber wissen, ob sie es wiederholen würde.

„Ach, nichts. Magst du über sie reden?“

„Nee. Das geht nur mich und sie etwas an, Michelle.“

Ich musste bis in Suzys hübschen kleinen Kopf vordringen. Mir war bewusst, dass ich sie verschreckt hatte. Ich war nicht ihr Typ. Ich wusste, wie man eine Frau befriedigt und achtete auch auf meinen eigenen Spaß. Und ich würde sie nicht wie eine verängstigte kleine Prinzessin davonlaufen lassen.

Die Zeit schien stillzustehen, als ich dieselbe Stelle mehrmals kolorierte, um den gewünschten Ton hinzubekommen. Noch ein kleiner Hauch Grau am Blütenstempel, und diese Blume der Folter war vollendet. Ich wischte die Tinte ab und tätschelte Michelle am Knöchel. „Fertig. Sieh es dir an.“

Verführerisch glitt sie mit der Hand an ihrem Bein entlang, doch ich nahm den Köder nicht an. „Es ist wunderschön. Du bist einfach umwerfend.“

Ich fiel nicht darauf rein. Nicht bei ihr.

Ich nahm mein Handy und musste unbedingt Suzys Meinung über heute Abend ändern.

Ich: *Komm schon, es ist Samstagabend. Lebe ein bisschen, Sugar.*

Michelle betrachtete das fertige Meisterwerk und ich wusch mir die Hände. „Weißt du noch, was ich dir das letzte Mal gesagt habe? Nicht in die Sonne gehen, nicht Schwimmen gehen, bis es geheilt ist, und immer schön sauber halten. Für den Nachhauseweg werde ich es erst mal abdecken. Bezahlen kannst du vorne. Iz übernimmt das." Ich zog frische Handschuhe an und klebte das Tattoo ab.

„Warum kassierst du mich nicht ab?"

Ich hörte die Enttäuschung in ihrer Stimme, aber zur Hölle, nein, ich wollte sie nicht abfertigen. Ich hatte nur eine Frau im Kopf, und das war Suzy. Ich griff nach dem Handy und schrieb noch eine Nachricht.

„Pfft, na gut." Michelle stapfte beleidigt davon.

Inzwischen hatte Suzy geantwortet.

Suzy: *Ich glaube, das ist keine gute Idee. Es hat Spaß gemacht mit dir. Danke für deine Hilfe.*

Den Teufel würde ich tun und sie so leicht davonkommen lassen. Sie würde wieder mir gehören.

Ich: *Ich werde um neun da sein – sei fertig. Kein Wenn und Aber.*

Suzy: *City – Nein.*

Ich: *Hast du einen festen Freund?*

Suzy: *Nein. Ich bin schließlich keine Fremdgeherin. Ich glaube einfach nicht, dass es funktionieren würde. Wir passen nicht zusammen.*

Ich: *Sugar, heute Morgen haben wir wunderbar zusammengepasst, als mein Schwanz in dir gesteckt hat und du meinen Namen geschrien hast. Neun Uhr. Keine Verpflichtungen, nur Spaß. Du kennst dieses Wort, oder?*

Ich räumte meinen Arbeitsplatz auf und bereitete mich auf mein nächstes williges Opfer vor.

Ich erlaubte ihr einfach nicht, sich von einer Nacht voller Spaß davonzustehlen. Zwar antwortete sie nicht sofort, doch ich wusste, dass sie es noch tun würde. Jetzt dachte sie darüber nach, wie sie mich angesehen hatte, als ich in ihr war. Ich wusste, dass ich sie am Haken hatte. Ich musste nur in ihr Hirn durchdringen und durch ihre selbstauferlegten Regeln brechen. Ich musste sie mir angeln. Ich wusste, dass mein letzter Satz sie aufregte. Sicherlich wurde sie außer von den Idioten in ihrer Klasse selten von jemandem herausgefordert. Doch ich war kein kleiner Junge mehr und akzeptierte ihr Nein nicht.

Suzy: *Okay, neun Uhr.*

Erwischt!

Suzy öffnete die Tür mit einem Lächeln und einem Killer-Outfit.

„Hi. Du siehst umwerfend aus." Sie trug Stiefel, hautenge Jeans und einen flauschigen, übergroßen Pulli.

Sie betrachtete mich und mein Outfit von oben bis unten. „Ich glaube, ich bin ganz okay angezogen."

„Ich bin kein aufgetakelter Kerl. Ich trage immer Jeans, T-Shirt, Boots oder Sandalen."

Sie verzog das Gesicht. Was sollte das?

„Du machst dich nie chic?", fragte sie, schloss ihre Haustür ab und drehte sich zu mir um.

„Nur, wenn es nötig ist. Und das ist nicht heute." Ich setzte mich auf das Bike und reichte ihr den Helm. „Willst du ihn selbst aufsetzen?" Sie setzte ihn auf ihren Kopf. Ich lachte, weil sie wieder ungeschickt mit dem Verschluss herumhantierte. „Soll ich helfen?"

„Nein, ich bin voll in der Lage, das allein zu schaffen." Sie knipste den Verschluss unter dem Kinn zu. „Siehst du?" Der Helm rutschte nach vorn und über ihre Augen. „Verdammter Mist."

Ich konnte nicht verhindern, laut zu lachen. „Komm her, ich helfe dir."

Genervt schürzte sie die Lippen.

„Keine Sorge, Sugar, das kriegst du schon noch raus."

„Ich bin an all das nicht gewöhnt …" Sie deutete auf das Bike. Der Helm saß immer noch über ihren Augen, als ich sie näher zog.

„Lebe ein bisschen. Lerne, loszulassen."

Ihre Lippen verzogen sich zu einem Lächeln. „Nicht, dass du es nicht schon längst wüsstest, aber ich bin ein totaler Kontroll-Freak."

„Daran arbeiten wir noch." Ich schob den Helm auf ihren Kopf zurück und stellte den Verschluss neu ein.

„Wieso, ich bin doch perfekt, so, wie ich bin." Sie verengte die Augen und ich musste noch mehr lachen. Dieser Wütende-Lehrerin-Ausdruck verursachte mir einen Ständer und schmerzende Eier.

„So habe ich es nicht gemeint, sondern, dass du lernen musst, auch mal Spaß zu haben."

„Zu deiner Information, ich habe jede Menge Spaß."

„Steig auf, Sugar." Ich klopfte auf den Sitz. „Was machst du denn gern aus Spaß?"

Sie legte eine Hand auf meine Schulter und schwang das Bein über das Bike. „Ich lese gern. Manchmal gehe ich mit meinen Freunden aus. Ich liege gern am Pool. Ich mag Gesellschaftsspiele. Ich habe sehr oft Spaß."

Sie lehnte sich an mich und ich schloss die Augen.

Runter mit dir, mein Junge, erst heute Nacht.

Sie erwähnte nicht die eine Sache, die für mich Spaß bedeutete.

„Was ist mit einem Club? Konzerte? Partys?" Eine Frau in ihrem Alter sollte doch schon ein paar Dinge erlebt haben. Sie war auf dem College und musste dort auch Spaß gehabt haben, oder? „Ich weiß, dass du vorher noch nie auf einem Motorrad gesessen hast."

„Ich kann nicht tanzen. Konzerte habe ich ein paar besucht, als ich auf dem College war. Und Partys? Zählen die auf der Arbeit auch?"

Sie schlang die Arme um meine Brust und schloss die Lücke zwischen uns.

„Jeder kann tanzen. Gestern habe ich erlebt, wie du deinen Körper bewegen kannst, Babe. Du kannst tanzen.“ Ich drehte den Schlüssel um und startete die Maschine.

Sie schlug mir auf die Brust. „Ach, sei still.“

Ich hatte sie beschämt. Gut so. Ich musste sie bedrängen. Wollte sie besser kennen lernen. Zwar mochte ich diesen Braves-Mädchen-Scheiß, aber ich wollte wissen, ob eine Sünderin unter der polierten Oberfläche lauerte.

„Tja, dann werden wir heute noch ein paar Sachen auf deiner Lebensliste abhaken.“

„Was hast du vor?“, fragte sie an meinem Rücken, hinter dem sie bereits wieder ihr Gesicht versteckte.

„Wir fahren zum Strand.“

„Es ist aber dunkel.“

„Genau.“

Langsam tuckerte ich durch ihr Wohngebiet und wartete einen geeigneten Moment ab, um mich für den Schlag auf meine Brust zu revanchieren. Als ich auf die offene Landstraße fuhr, gab ich Gas. Im Spiegel konnte ich sehen, wie ihr blondes Haar im Wind flatterte.

Ich erhöhte das Tempo. Suzy drückte an meinen Bauch und rief: „Stopp!“

Ich achtete nicht auf sie und tat so, als ob ich wegen des Windes nichts hörte. Ich deutete auf mein Ohr und schüttelte den Kopf. „Ich verstehe dich nicht.“

„Fahr langsamer!“, schrie sie.

An der nächsten Ampel drehte ich mich zu ihr um. „Niemand ist hinter uns. Es ist vollkommen sicher, versprochen.“

„Ich weiß nicht, ob ich mich je an dieses verdammte Ding gewöhnen werde.“

„Vertraust du mir?“

„Was?“

„Vertrauen, Sugar. Eine einfache Frage.“

Sie seufzte. „Ja.“

„Dann genieß es. Es ist total befreiend wie nichts sonst auf der Welt. Fertig? Halt dich fest." Ich drehte das Bike auf, doch nicht so sehr, dass ich die Kontrolle verlieren könnte, und Suzy schrie in mein Ohr. Ich musste lachen.

Als wir bei der Bar am Strand ankamen, hatten Suzys Arme mich immer noch im Klammergriff. Ich quetschte das Bike in den einzigen verfügbaren Parkplatz. Das *Charlie's* war der Ort, an dem man samstags gesehen werden wollte, und wie es aussah, war die halbe Stadt hier.

„Kann ich jetzt die Augen aufmachen?", fragte sie. Ihre Stimme wurde von meiner Jacke gedämpft, in die sie sprach.

„Wir sind da. Steig ab." Ich zog ihre Finger einzeln auseinander und tätschelte ihre Hand.

„*Charlie's*?" Sie stieg vom Bike und öffnete den Helm schneller, als ich es für möglich gehalten hätte.

„Ja. Warst du schon mal hier?"

„Nein." Sie sah sich auf dem Parkplatz um.

„Hey", sagte ich und ergriff ihr Kinn. „Macht nichts. Mit mir wirst du eine Menge erste Male erleben." Ich lächelte. „Es macht mir Spaß, dir neue Sachen zu zeigen." Es gab so viele Dinge, die ich mit ihr machen wollte. Und sie auf jede mögliche Art versauen. Zum Teufel mit den Anwälten und allen anderen Langweilern.

„Ich gehe selten an den Strand. Schon gar nicht nachts."

„Nun, heute spielt eine Band dort und ich will mit dir tanzen."

„Oh", sagte sie mit schockiertem Blick. „Ich hab doch schon gesagt, dass ich nicht tanzen kann."

„Du kannst und wirst es auch. Vielleicht brauchst du erst ein paar von den süßen Cocktails, die du so magst, aber dann wirst du es."

„Ach, leck mich doch."

„Das habe ich vor." Ich grinste und nahm ihre Hand.

Kapitel 7

Ich bin nicht zu verklemmt, oder?

Suzy

Wusste ich wirklich nicht mehr, was sich zu amüsieren bedeutete? Ich war auf dem College gewesen und wusste, wie man lebte und sich gehen ließ. Doch ich hatte mich derartig auf die Arbeit und meinen Abschluss konzentriert, dass ich vergessen hatte, wie man einen drauf machte.

Ich hatte mir immer den Druck gemacht, im Leben etwas zu erreichen, damit ich mir keine Sorgen machen musste, wie ich die Rechnungen bezahlen sollte. Ich hatte ein angenehmes Leben und war zufrieden damit. Ich genoss es, zu Hause zu bleiben und ein Buch zu lesen. Himmel, das war billiger als in einer Bar etwas zu trinken. Ich musste auf mein Geld achten, und es zu *trinken* erschien mir dumm.

„Ich nehme eine Margarita", sagte ich zum Barkeeper und öffnet meine Handtasche, doch City legte seine Hand auf meine.

„Ich nehme ein Yuengling-Bier, bitte", sagte er zum Barkeeper und sah mich an. „Ich übernehme das, Suzy."

„Ich kann aber selbst bezahlen."

„Wir haben ein Date, Sugar. Da bezahle ich. Steck dein Geld weg. Mir fällt schon was ein, wie du es mir später zurückzahlen kannst."

Schmetterlinge tanzten in meinem Unterleib, als er diese Worte so nahe an meinem Ohr sagte, dass ich die Vibrationen spürte.

Ich nahm mein Glas und ließ die kalte Flüssigkeit durch meine Kehle rinnen. Wenn er dachte, dass ich heute mit ihm tanzen würde, dann brauchte ich einen flüssigen Mutmacher. Tanzen und ich, das passte noch nie zusammen. Ich wusste nicht, was ich mit den Händen machen sollte, und immer hatte ich das Gefühl, dass alle mich anstarrten. Es machte mir Angst. Wenn er unbedingt wollte, dass ich tanzte, würde ich ihm diesen Wunsch erfüllen und einen Affen aus mir machen, um ihm zu beweisen, dass ich recht hatte und er sich irrte.

City nahm sein Bier in die Hand und betrachtete mich. Warum musste er nur so verdammt sexy sein? Ich wollte nicht auf ihn stehen, doch ich tat es. Seine Überheblichkeit war anders als die der anderen Männer, mit denen ich aus gewesen war. Sie hatte nichts mit seinem Beruf oder seinem materiellen Besitz zu tun. Nein, seine war natürlich und sexuell orientiert.

„Eigentlich würde ich dir raten, langsamer zu trinken. Aber scheiß drauf, ich mag es, wenn du angeheitert bist." Er nippte an seinem Bier und lehnte sich gegen die Bar.

„Du dagegen haust nicht gerade rein."

„Kann nicht, muss noch fahren, und das tue ich nicht alkoholisiert. Auf dem Bike braucht man einen klaren Kopf." Er strich mit dem Finger am Rand der Flasche entlang und ich konnte ihn nur fasziniert anstarren.

Die Band trat auf die Bühne und alle klatschten, als der Lead-Sänger sprach. „Vielen, vielen Dank." Er bedeutete der Menge, sich zu beruhigen.

Der Gitarrist spielte und die Zuhörer hörten auf, zu applaudieren. Eine tragende Melodie ertönte und der Sänger bewegte sich rhythmisch mit. Der Sound war berauschend, und wäre ich zu Hause gewesen, hätte ich im Wohnzimmer getanzt und ohne Zeugen einen Narren aus mir gemacht.

„Trink aus." Citys Blick war entschlossen und ich wusste, was er wollte.

„Meinst du, du kommst damit zurecht?" Ich deutete auf meinen Körper. Verdammt, wie konnte ich die Sache noch hinauszögern?

„Und wie." Er leckte sich die Lippen. Ich wollte nicht, dass es mir gefiel, aber er hatte einfach einen Effekt auf mich. „Ich weiß, wie du dich an meinem Schwanz bewegt hast, Sugar." Er schob mein Haar von meiner Schulter und ich spürte ein Kribbeln entlang der Wirbelsäule.

Mein Gesicht wurde heiß bei der Erinnerung an letzte Nacht. Ohne zu antworten leerte ich meine Margarita. Dann sagte ich: „Ich hab dich gewarnt." Lächelnd zuckte ich mit den Schultern. *Los geht's, zeig dem Kerl, was du nicht kannst.*

Händchenhaltend gingen wir auf die Tanzfläche. Die Musik war weder langsam genug, um engumschlungen zu tanzen, noch schnell genug, um mit dem Hintern zu wackeln, wie Sophia es nannte. Unschlüssig stand ich da und sah mich um.

Er legte den Arm um mich und zog mich näher. „Fühl die Musik und mach, was ich mache."

Sein gesamter Oberkörper schmiegte sich an mich und er bewegte sich mit der Musik. Ich legte die Arme um sein Genick, ließ mich von ihm leiten und war erstaunt, wie geschmeidig sich dieser Mann bewegen konnte. Die Reibung seines Körpers an mir richtete meine Nippel auf und erzeugte ein angenehmes Gefühl zwischen meinen Beinen. Die Erinnerung daran, wie er sich in mir angefühlt hatte, im gleichen Rhythmus, erweichte mir die Knie. Er hielt mich fest an sich gepresst und ich ließ ihn meine Bewegungen steuern, wurde Wachs in seinen Händen.

„Siehst du? Du kannst tanzen", sagte er in mein Ohr.

Ich vergrub das Gesicht an seiner Brust. Ich wusste nicht, ob mir der Alkohol die Fähigkeit zum Tanzen gab oder der Mann, der mich festhielt, doch noch nie hatte ich mich so elegant bewegt. Ich sah zu ihm auf und er erwiderte den Blick mit einem leichten Grinsen.

Dieser Mann lebte genau das Gegenteil von meinem Leben, und warum um alles in der Welt wollte er ausgerechnet mich? Wir passten nicht zusammen. Logisch betrachtet ergab es keinen Sinn, aber das hielt meinen Körper nicht davon ab, auf ihn abzufahren, egal, wie sehr ich mir einredete, es zu ignorieren.

„Du denkst viel zu viel nach. Hör auf, innerlich eine Liste zu machen, warum du nicht hier sein solltest. Fühle den Grund, warum doch."

Er küsste mich auf die Lippen und lenkte mich ab. Ich spürte seine Erektion an meinem Bauch. Meine Zweifel verschwanden. Ich lehnte mich an ihn, spürte seine Brustmuskeln unter den Fingern und spielte mit dem Piercing unter seinem T-Shirt.

„Fang nichts an, was du nicht auch zu Ende bringen willst, Suzette“, flüsterte er an meine Lippen.

„Ich bringe immer alles zu Ende, City.“ Ich grinste, zwinkerte und presste die Lippen auf seine. Ihm konnte ich einfach nicht widerstehen. Zumindest nicht, wenn er vor mir stand. Heute wollte ich leben, und mit den Konsequenzen konnte ich mich morgen immer noch auseinandersetzen.

Beim Küssen tanzten wir langsamer. Er glitt mit den Fingern durch meine Haare und ballte eine Faust darin, beugte meinen Kopf zurück, um mich leichter küssen zu können.

Ich atmete seine Luft, zwischen uns passte kein Haar mehr. Er unterbrach den Kuss und es entstand wieder eine kleine Lücke zwischen uns, doch er ließ mich nicht los.

„Ich will dich schmecken.“

Verdammt aber auch. Ich war überall heiß und feucht. Ich wollte City mehr als gestern Abend. „Ach, ja?“ Bisher hatte noch keiner so mit mir gesprochen.

„Und das werde ich auch.“ Seine Augen veränderten sich, die Pupillen waren voll erweitert. „Und ich mache keine falschen Versprechungen.“

Ich schluckte schwer, unfähig, die sexy inneren Bilder aufzuhalten. Wieso konnte er kein Anwalt sein oder so etwas, statt ein Tätowierer mit einem Motorrad? Doch wahrscheinlich hätte er diese Wirkung gar nicht auf mich gehabt, wäre er nicht gewesen, wer er war – City.

„Hör auf, zu denken und tanz.“

Er nahm die Hand aus meinen Haaren, schwang mich von sich, zog mich zurück, und ich prallte gegen ihn.

Himmel, lass Gnade walten.

Zum ersten Mal hatte ich das Gefühl, tatsächlich tanzen zu können. Die Musik war jetzt langsam und sinnlich und ich bewegte mich, ohne mir albern vorzukommen. Wir berührten uns die ganze Zeit und sahen uns in die Augen.

Das Lied war zu Ende und alle applaudierten. „Der nächste Song …“, begann der Sänger.

„Möchtest du noch was trinken, Sugar?“

„Gern, ich bin ganz ausgedörrt.“

City machte mich noch verrückt. Ich hatte das Gefühl, zu

sabbern, aber mein Mund schrie nach etwas Erfrischendem und mein Körper brauchte eine Pause nach diesem Vorspiel auf der Tanzfläche.

City winkte dem Barkeeper, schnippte mit den Fingern und deutete auf mich.

„Du nimmst nichts?“, fragte ich.

„Nur ein Wasser. Ich bin der Fahrer, schon vergessen?“ Ich rechnete es ihm hoch an, bei dieser Einstellung zu bleiben. „Außerdem möchte ich dich ein bisschen anheitern. Wir haben eine Verabredung auf dieser Schaukel.“ Er deutete auf einen dunklen Gegenstand weiter weg.

„Was ist da draußen?“ Ich kniff die Augen zusammen und versuchte, etwas zu erkennen, doch der Strand lag völlig im Dunkeln, bis auf den Schimmer des Mondlichtes auf dem Meer.

„Dunkelheit.“

„Und?“

„Du. Ich. Finsternis.“ Seine Mundwinkel hoben sich und ich hätte schwören können, dass seine Augen funkelten.

Der Barkeeper stellte die Margarita vor mich. Ich brauchte eine Ablenkung und griff danach. Mit der Zunge leckte ich zuerst am Salzrand entlang und nahm dann einen Schluck von der kalten, süßen Flüssigkeit. Schnell schluckte ich und der Alkohol brannte in der Kehle bis nach unten. City beobachtete mich intensiv und neugierig. Wieder leckte ich über den Rand, ließ das Salz auf der Zunge tanzen. Citys Brustkorb weitete sich, als er schneller atmete.

„Mach so weiter, Sugar, und ich lasse dich nicht austrinken.“

„Was denn? Das hier?“ Ich leckte den Rand ab, sah City in die Augen und fuhr mit der Zunge herum, so weit sie reichte.

„Fuck“, murmelte er und rieb sich mit der Hand übers Gesicht.

Tja, zu diesem versauten Spiel gehören zwei, City. Zwar war ich sicherlich nicht so eine Schlampe, an die er wohl gewöhnt war, aber ich wusste trotzdem, wie man einen Mann antörnt.

Ich grinste, trank noch einen Schluck und wandte den

Blick ab. Ich gab Gelassenheit vor. Das Salz schmeckte gut, gemischt mit dem süß-sauren Drink. Ich behielt den Alkohol eine Weile auf der Zunge, ehe ich ihn schluckte. Meine Beine begannen, zu kribbeln, als sich der Alkohol in meiner Blutbahn ausbreitete.

„Verdammt", sagte ich und spürte die Hitze im Gesicht.

„Was ist?" Er hob eine Braue und neigte den Kopf zur Seite.

„Starker Drink. Ich glaube, der Erste steckt mir noch in den Knochen." Ich leerte ihn und saugte die letzten Tropfen aus dem Glas.

„Das war's jetzt. Komm mit, Suzy. Ich habe was anderes zum Ablecken für dich."

Er nahm meine Hand und zerrte mich von der Bar fort.

„Das geht nicht", protestierte ich und konnte gerade noch das Glas auf den Tresen stellen.

„Oh doch, das geht. Du hast gesagt, du bringst immer alles zu Ende, und dieses Versprechen löse ich jetzt ein, Sugar."

Bei dem Wissen, dass wir uns nicht lediglich die Wellen ansehen würden, flatterten Schmetterlinge in meinem Bauch. City hatte etwas mit mir vor und ich konnte jetzt keinen Rückzieher machen.

Wir erreichten das Ende der Holzterrasse und ich hielt inne, ehe ich einen Fuß auf den Sand setzte. „Warte." Ich ließ seine Hand los. „Meine Schuhe. Ich will sie nicht versauen." Ich versuchte, unschuldig zu lächeln. Ich wollte das Leder wirklich nicht ruinieren. Sie hatten mich mehr Geld gekostet, als ich zugeben wollte.

Er knurrte und trat näher. Wir standen uns Auge in Auge gegenüber, er auf dem flachen Strand und ich auf der Treppe der Terrasse. Wortlos hob er mich hoch. Ich lachte, als er mich an seine Brust drückte.

„Leg die Arme um mich."

Ich schlang die Arme um sein Genick, sah ihm ins Gesicht und mein Lachen stoppte. City war ein schöner Mann. Seine dunklen Züge und diese eisblauen Augen, die im Mondlicht so klar wirkten, raubten mir den Atem. Ich strich mit den Fingerspritzen über den Bartschatten an seiner Wange und dachte an gestern Nacht. Seine schönen, vollen Lippen luden zum Küssen ein. Er hatte männliche, doch exakte Augenbrauen, die nicht gezupft waren, aber gepflegt. Sein dunkles Haar bewegte sich locker bei jedem Schritt. Sein Anblick entlockte mir ein Lächeln. Er verkörperte alles, was mir gefiel und genau den Typ Mann, vor dem ich davonlief. Mit mir auf dem Schoß setzte sich City auf eine Schaukel.

„Breitbeinig auf mich", brummte er und bewegte die Schaukel vor und zurück.

„Aber jeder kann uns sehen." Mit klopfendem Herzen sah ich mich um.

„Konntest du von da oben die Schaukel sehen?" Er grinste.

„Nein, aber wenn uns jemand von irgendwo beobachtet, könnten wir Ärger kriegen."

„Sugar, wir kriegen keinen Ärger und niemand findet uns hier, glaub mir. Und jetzt setz dich breitbeinig auf mich."

Ich starrte in die Dunkelheit und er hatte recht. Da war niemand, der uns beobachtete, oder auch nur wahrnahm, dass wir am Strand waren.

„Bist du hier Stammgast?", wollte ich wissen und setzte mich so auf ihn, wie er es wollte.

„Ich komme nur hierher, wenn ich allein sein will. Du bist die erste Frau, mit der ich am Strand bin."

„Schwer zu glauben, dass ich in irgendwas bei dir die Erste sein könnte."

„Sugar, lass uns zur Sache kommen. Küsst du mich jetzt, oder was?" Er umfasste mein Kinn.

„Kommt auf das *oder was* an", sagte ich kichernd.

Er drückte mich an der Taille und zog mich näher, bis sich unsere Nasenspitzen berührten. „Du nimmst den Mund ganz schön voll, Kleines. Ich hol mir jetzt, was ich schon die ganze Zeit haben will."

Kapitel 8

Engel

City

Ich konnte das Bild nicht aus dem Kopf bekommen, wie Suzy gestern Abend mit dem Rücken zu mir auf meinem Schoß saß und ich es ihr mit den Fingern besorgt hatte. Zunächst hatte sie gezögert, aus Angst, wir könnten beobachtet werden. Doch ich öffnete ihre Hose und glitt mit den Fingern hinein, löschte all ihre logischen Gedanken, indem ich sie dort streichelte. Ich betrachtete ihr Gesicht, als sie den Kopf an meine Schulter lehnte, die Augen verdrehte und einen leisen Laut von sich gab.

„Leise, Sugar", flüsterte ich ihr ins Ohr und sie gehorchte. Ich streichelte ihr Inneres, umkreiste ihre Klit, bis sie zitterte und sich ihre Pussy um meine Finger zusammenzog.

Als ich die Finger zurücknahm, bewegte sie sich zuerst nicht. Ich leckte die Finger ab und saugte ihre Säfte ein, während Suzy mir mit offenem Mund und geweiteten Augen zusah.

„Lecker. Schmeck dich selbst an mir." Ich küsste sie und fuhr mit der Zunge über ihre Unterlippe.

„City", stöhnte sie in meinen Mund.

Ich umfasste ihr Gesicht und küsste sie wild.

„Joey! Was zur Hölle …?"

Jemand schlug mir auf die Schulter. Ich blinzelte irritiert. „Iz, was soll das?"

„Seit zehn Minuten hockst du hier wie ein Geistesgestörter im La-La-Land und grinst idiotisch. Komm endlich wieder zu dir!"

„Hättest du mich nicht einfach in meinem Tagtraum lassen können? Und hör auf, mich ständig zu hauen. Du bist die Einzige, die das überlebt! Immer musst du mich mit deinen dürren Fingern malträtieren."

„Essen ist fertig. Mama hat alle an den Tisch gerufen." Sie verdrehte die Augen und ging.

„Komme schon, Ma." Ich justierte meinen Ständer in der

Jeans. Ich hatte mich ein bisschen zu sehr in diese Erinnerung hineingesteigert, doch die dringend benötigte Befriedigung musste noch warten. Ich stand von der Couch auf und tastete in der Hosentasche nach dem Handy, das neben meinem Schwanz vibrierte.

Suzy: *Mir gefällt dein „oder was".*

Anscheinend war ich nicht der Einzige, der an den Strand dachte.

„Iz, wie nennt man in der Grammatik noch mal die Wörter wer, was, wo, wie und warum?"

Ich setzte mich an den Esstisch und Iz sah mich verwirrt an. „Willst du deine Lehrerin beeindrucken?" Sie kicherte.

„Beantworte bitte einfach nur meine Frage." Seufzend sah ich sie an und legte mein Handy auf den Tisch.

„Welche Lehrerin?", fragte Ma.

„Iz, wie nennt man das? Hilf mir bitte aus."

„Fragewörter?" Meine Schwester verdrehte die Augen und wandte sich an unsere Mutter. „Er bumst eine Lehrerin, Ma."

„Isabella! So redet man nicht bei Tisch!" Mom stellte die Lasagne ab. „Ich will Details, Joseph." Ma zwinkerte mir zu.

Ich: *Warte, bis du meine anderen Fragewörter zu spüren kriegst.*

Ich legte das Handy wieder ab und sah mich um. Alle Augen waren auf mich gerichtet anstatt auf das Essen, wie normalerweise. „Was ist?"

„Du lächelst beim Tippen, Joseph. Wer ist diese Frau?", fragte Ma und servierte das erste Stück dampfendheißer Köstlichkeit meinem Vater.

„Eine ganz normale Frau, Ma." Ich hielt ihr meinen Teller hin. Meine Mutter war in vieler Hinsicht sehr traditionell und erlaubte uns nicht, uns selbst zu bedienen. Sie war diejenige, die servierte und sich als Letzte hinsetzte.

Sie hielt das Stück Lasagne über meinen Teller. „So habe ich dich noch nie erlebt. Willst du deine Lasagne haben, mein Baby? Hast du Hunger?"

„Verdammt, ja." Ich leckte mir über die Lippen und schob meinen Teller weiter Richtung Lasagne, die nur ein kleines Stück außerhalb meiner Reichweite schwebte.

„Dann erzählst du mir jetzt mehr von ihr, ja? Keine Informationen bedeutet, es gibt kein Essen." Sie hielt sich die Lasagne unter die Nase und inhalierte den Duft. „Mhm, es wäre doch eine Schande, wenn du dieses leckere Essen verpassen würdest."

Ich seufzte. Weiber – die Wurzel allen Übels auf Erden. Wären Pussys nicht so verflucht perfekt, würde ich ihnen bis in alle Ewigkeit entsagen.

„Na gut, Ma. Ich erzähl dir nach dem Essen von ihr. Kann ich jetzt bitte mein Stück haben?"

„Aber sicher, Baby. Nachher kannst du mir beim Abwasch helfen und mir alles über *sie* erzählen."

Fuck!

„Iz, du bist eine blöde Kuh." Mich meiner Mutter zum Fraß vorzuwerfen, war ihr Talent und hielt Ma von ihr selbst fern. „Was ist eigentlich mit Dean? Triffst du ihn noch?"

„Bella, mit dem Mann solltest du dich lieber nicht mehr einlassen. Er bedeutet nur Ärger", sagte Ma.

Iz warf mir über den Tisch einen Todesblick zu. Das geschah der kleinen Tratsche recht. Was plapperte sie auch meine Angelegenheiten am Tisch aus.

Die Gespräche gingen zu Sport und Football über, so wie jeden Sonntag. Mein Verhör war schnell vergessen und meine Brüder und Dad stopften sich mit Lasagne voll und rieben sich die Bäuche. Ich aß meinen Teller leer, saugte die Soße mit einem Stück Knoblauchbrot auf und wandte mich dann wieder meinem Handy zu.

Suzy: *Was zum Geier?? Ich unterrichte Mathe, was weiß ich schon von Fragewörtern. Hallo? Ich kapier deine Anspielung nicht.*

Ich: *Am Ende meiner geraden Linie habe ich einen Punkt für dich.*

Ergab das überhaupt einen Sinn, oder machte ich mich gerade zum Arsch? Fuck. Diese Frau brachte mich völlig durcheinander.

Meine Eltern wünschten sich, dass ihre Kinder sich auf einen Partner festlegten und Babys bekamen. Doch ich war immer mehr daran interessiert gewesen, mein Können zu perfektionieren und mich nicht zu binden, zumindest nicht direkt nach Joni. Wir hatten nicht jung geheiratet und denselben Weg eingeschlagen wie unsere Eltern, und ich nahm an, dass sie uns heimlich fürs Warten bewunderten. Die beiden waren seit über vierzig Jahren glücklich verheiratet, nachdem sie aus der Highschool gekommen waren. Doch damals waren andere Zeiten gewesen.

Suzy: *Du weißt genau, was eine Frau anmacht.*

Ich: *Dienstagabend = (Dinner) + meine grade Linie + dein Durchmesser.*

„Joey, nimm deinen Teller mit. Wir haben eine Verabredung mit dem Spülbecken und dem Geschirr“, sagte Ma hinter mir.

Ich sah hoch und sie las über meine Schulter das Display. Verdammt!

Suzy: *Geht nicht, ich hab ne Abschlussklasse. Müssen wir auf ein andermal verschieben.*

Ich schaltete das Handy aus und steckte es in meine Hosentasche. In diesem verdammten Haus war aber auch nichts heilig oder vertraulich.

„Alle Mann Teller in die Küche tragen! Kommt schon, räumt den Tisch ab“, befahl Ma.

Murrend und knurrend befolgten wir den Befehl, denn wir alle kannten den Ablauf. Nach dreißig Jahren musste man uns die Familienregeln nicht mehr erklären. Mein Vater war der Familienvorstand, meine Mutter erteilte die Befehle und wir befolgten sie ohne Widerspruch.

Ma wartete vor dem Spülbecken auf mich und ich stellte

meinen Teller ab.

„Hast du jemanden gefunden?", fragte sie strahlend.

„Ma, ich habe sie gerade erst kennen gelernt." Ich schob sie sanft zur Seite, um ans Geschirr zu kommen.

Sie warf sich ein Handtuch über die Schulter. „Wo die Liebe hinfällt, Baby. Deine Schwester hat gesagt, die benimmst dich seltsam. Es steht dir ins Gesicht geschrieben. Manchmal greift das Schicksal ein und bringt einen von dem Kurs ab, den man sich selbst gesetzt hat."

„Fang bloß nicht an, Babydecken zu häkeln, Ma."

Sie legte eine Hand auf meine Schulter, während ich den Augenkontakt vermied und Teller spülte. „Joseph, ich weiß, was für ein Mann du bist. Ich weiß, dass du nach Joni vorsichtig bist, aber irgendwann musst du dich wieder öffnen. Du brauchst jemandem, dem du vertrauen kannst. Hat diese Frau dein Vertrauen verdient? Ist sie ein Risiko wert?"

„Ma, ich kenne sie kaum."

„Oh-oh, jemand wehrt sich ein bisschen zu sehr." Sie küsste mich auf die Wange und zerzauste mein Haar.

Diese Angewohnheit machte mich wahnsinnig, doch mit dem Schaum an den Händen hatte ich keine andere Wahl, als sie machen zu lassen.

„Ich merke, dass du nicht lockerlässt. Also, sie scheint ein guter Mensch zu sein. Sie ist anders, Ma. Natürlich und aufrichtig, aber ich stürze mich nicht zu schnell in die Sache."

„Und sie? Ist sie wie verrückt in meinen kleinen Jungen verliebt?"

„Ma." Eigentlich sollte ich es hassen, wenn sie mich ihren kleinen Jungen oder ihr Baby nannte, aber meine Mutter durfte mich nennen, wie sie wollte. Ich bewunderte diese Frau. „Na ja, sie springt nicht unbedingt auf meinen Zug auf. Ich glaube nicht mal, dass sie sich wirklich mit mir treffen will."

„Was? Warum denn nicht?" Sie verschränkte die Arme vor der Brust und lehnte sich an die Arbeitsplatte. „Du bist doch perfekt."

„Das sagst du nur, weil ich dein Sohn bin. Ich bin ganz und gar nicht perfekt, Ma." Ich stellte den letzten Teller zum

Trocknen hin. „Egal, was du glaubst, aber du weißt nicht wirklich alles über mich."

„Ich weiß mehr, als du denkst, mein Kleiner. Iz plaudert viel, wenn du weißt, was ich meine." Ich sollte meiner Schwester den Hintern versohlen. Ganz sicher erzählte sie Mom nicht alles über ihre eigenen Affären. „Ich weiß, dass du bei den Frauen beliebt bist. Ich verurteile dich nicht, Joey. Zwar bringst du nie Frauen mit nach Hause, aber ich kenne dich gut genug."

Verfluchte Iz. „Sollte ich je die Richtige finden, Ma, wirst du die Erste sein, die es weiß." Ich küsste sie auf die Wange und ihr strahlendes Lächeln erhellte den Raum. „Suzy hält mich für einen Tätowierer mit einem Motorrad, der gern in versifften Kneipen abhängt. Ich glaube nicht, dass ich auf ihrer Traummann-Wunschliste weit oben stehe."

„Ich mag sie jetzt schon." Sie kicherte. Ich liebte ihr Lachen. „Sie weiß also gar nichts über dich und unsere Familie?" Sie hob die Augenbrauen.

„Nein. Ich erzähle niemandem etwas über uns, Ma."

„Listen sind dazu gemacht, geändert zu werden. Sie muss den Joey kennen lernen, den ich kenne. Gehst du mit ihr aus? Machst du sie zu deiner Freundin?"

„Das habe ich vorhin am Tisch versucht, aber sie muss unterrichten."

„Oh, klug ist sie auch noch. Joey, bitte keine Frau per Handy um ein Date. Was ist nur los mit euch jungen Leuten heutzutage? Sie muss deine Stimme hören, wenn du sie fragst. Nachrichten schreiben ist zu unpersönlich und ich werde das nie verstehen. Ruf die Frau an."

„Okay, mach ich. Nachher rufe ich sie an. Zufrieden?"

Ma schlang die Arme um mich. „Sehr."

Kapitel 9

Gebrochene Regeln

Suzy

Ich konnte City nicht aus dem Kopf kriegen, dabei war es weniger als vierundzwanzig Stunden her, dass er mich mit einem knieerweichenden Kuss zu Hause abgesetzt hatte. Sein freches Lächeln, das Spiel seiner Muskeln, seine Berührungen … all das begleitete mich noch lange danach. Noch nie hatte mich jemand mehr dazu verführt, eine Regel zu brechen. Und egal, wie sehr ich mich auch bemühte, mich auf den Lehrplan des nächsten Quartals zu konzentrieren, kehrten meine Gedanken immer wieder zu ihm zurück.

Ich kroch ins Bett, versuchte, mein Hirn abzulenken, und schaltete die Dating-Show *Catfish* ein. Seit die Sendung angefangen hatte, war sie meine heimliche Leidenschaft. Mir gefielen die Geschichten der gebrochenen Herzen, die gedacht hatten, sich verliebt zu haben, um dann herauszufinden, dass diese Menschen nicht das waren, was sie vorgaben zu sein.

Ich neckte immer meine alten Mitbewohner Sophia und Kayden gnadenlos, wie ihre Affäre in New Orleans geendet haben könnte. Deren Situation war anders. Sie hatten gemeinsame Freunde und lernten sich kennen, sodass sie dachten, es sei eine sichere Sache. Aber theoretisch passten sie nicht zusammen. Es war keine Verbindung, die im Himmel geschlossen wurde. Doch ihre Liebe war nicht zu leugnen. Sie war elektrisierend. Sophia folgte ihrem Herzen und seiner Anziehungskraft konnte sie nicht widerstehen. Hals über Kopf verfiel sie ihm. Ich konnte es nicht verstehen, bis ich Kayden kennen lernte. Er war ganz anders, als ich gedacht hatte. Sein Herz war rein, doch sein Lebensweg war ganz anders als meiner. Nie hätte ich gedacht, dass sich Sophia einmal in einen Mann ohne Collegeabschluss und mit einer kriminellen Vergangenheit verlieben würde, doch sie waren das glücklichste Paar, das ich kannte, und diese Art Liebe wünschte ich mir auch für mich selbst.

Meine Checkliste war theoretisch realistisch, doch City hatte mich dazu gebracht, meine Methode zu überdenken. Zwar hatte ich Männer nach meiner Liste getroffen, aber nie hatte die Chemie gestimmt. Und City war einfach City.

Nun saß ich am Ende meiner Zwanziger allein im Bett, aß Pralinen und sah mir *Catfish* an.

Aber ich bin doch glücklich, oder?

Das Handy wanderte vibrierend über den Nachttisch. Ich steckte mir den letzten Krümel Schokoladenhimmel in den Mund. „Hmallo?"

„Hi, Suzette."

Das Vibrato seiner Stimme durch das Telefon brachte mein Herz zum Stolpern und ich schluckte den Rest der Schokolade. Verdammt, wieso hatte ich mir die Praline noch schnell reinstopfen müssen? *Hmallo?* Ich klang, als litt ich unter einer Sprachbehinderung.

„Oh, hi. Wie geht's dir?" Ich nahm das Glas Wasser neben mir und spülte meinen Mund leer.

„Sehr gut, Sugar. Was machst du gerade?"

Ich hörte Geraschel im Hintergrund. War das Bettwäsche? War er nackt? „Ich sehe fern und gehe gleich schlafen, und du?" Ich wischte mir die Schokolade von den Lippen und leckte mir den Finger ab. Diese kleinen Pralinen waren so verdammt lecker.

„Ich bin gerade ins Bett gekrochen. Was hast du an?", fragte er mit weicher Stimme.

Oh mein Gott, hatte er das mich das wirklich gefragt? Ich sah an mir entlang. Ich trug alte Klamotten zum zu Hause herumhängen. „Äh, ein Tank-Top und eine Schlafanzughose."

Ich hörte ihn lachen. „Echt jetzt?"

„Ja, warum? Was hast du denn an?" *Bitte sag nicht, dass du nackt bist.*

„Nichts, Sugar."

Verdammter Mist.

„Bist du noch da?"

„Ja." Ich wusste, dass er mir an der Stimme anhörte, dass ich außer Atem gekommen war.

„Wann kann ich dich wiedersehen?“, fragte er.

„Ich weiß nicht, City.“ Am liebsten hätte ich gerufen *jetzt sofort*, oh Gott, und wie ich das wollte. Doch ich musste erst über ihn – über uns nachdenken.

„Streite nicht ab, dass du mich willst, Suzy. Ich höre es an deiner Stimme. Du denkst an meinen Schwanz in dir und meine Lippen auf deinen.“

Ich hielt kurz die Luft an, als sich vor meinem inneren Auge ein Film abspielte. „Ich streite es nicht ab, aber das macht es noch lange nicht richtig.“ Ich schob die Bettdecke tiefer und machte den Fernseher aus.

„Ich frage dich nicht, ob du meine feste Freundin sein willst, Suzette. Ich erinnere dich nur daran, dass du gestern einen Heidenspaß hattest. Ich kann immer noch das Stöhnen hören, als du an meinen Fingern gekommen bist.“ Er stöhnte leise.

Es tat mir im Herzen weh, als er sagte, dass ich nicht seine feste Freundin sein sollte. Was zum Geier war los mit mir? Warum machte mir das etwas aus? *Immer schön bei der Checkliste bleiben.*

„Das war das verdammt sinnlichste Stöhnen, das ich je gehört habe, Sugar. Und wie du die Augen verdreht und dich auf mir bewegt hast. Oh, fuck.“

Ich quietschte. *OMG! Bitte lass mich jetzt sterben.* „City …“

„Und danach dein Geschmack auf meiner Zunge. Verfickt perfekt. Ich bin stahlhart, wenn ich nur daran denke.“

„Wirklich?“, wisperte ich.

„Verdammt steinhart.“

Er atmete schneller, als ob er mich vögeln würde. Niemals mehr würde ich die Laute vergessen, die dieser Mann von sich gab, wenn er kam.

„Freitagabend, Suzy. Und diesmal keine Ausreden.“

„Okay. Freitag.“

„Gut. Ich werde die ganze Woche an deine heiße Pussy denken, Sugar. Hab schöne Träume.“ Er hatte langsam gesprochen und klang sinnlich wie die sündige Hölle persönlich.

„Gute Nacht“, wisperte ich.

Das Telefon verstummte und damit sein schwerer Atem. Diesem Mann zu lauschen erregte mich und ich wollte zu ihm eilen und es mit ihm treiben, doch das tat ich nicht. Stattdessen holte ich meinen zuverlässigen batteriebetriebenen Hausfreund aus dem Nachttisch und dachte an City, als ich kam. Der Orgasmus war nicht mit dem zu vergleichen, den ich unter Citys geschickten Fingern gehabt hatte. Er hatte mir eine meiner einfachen Vergnügen für immer verdorben.

Verflucht seien Montagmorgende. Da wollte ich nie aufstehen.

Mit fünfminütiger Verspätung stellte ich das Auto auf dem Schulparkplatz ab, eilte in die Klasse, warf meine Tasche auf den Tisch, rannte zum Kopierer und bereitete die Kopien vor, die ich in zehn Minuten brauchte. Verdammt. Ich hasste es, in Hektik arbeiten zu müssen.

Ungeduldig tippte ich mit den Fingern auf dem Kopierer herum, während er langsam ein Blatt nach dem anderen ausspuckte. Kollegen kamen in den Lehrerbereich und gingen wieder, sagten kurz Hallo und wünschten einen schönen Montag.

„Warum grinst du so? Es ist Montag und da lächelst du sonst nie“, sagte Sophia hinter mir.

„Ich habe nicht gelächelt.“ Ich drehte mich um und sah sie grinsen wie eine Irre, die gerade aus der Anstalt entflohen ist.

„Oh doch, Schwester. Was ist los?“

Sophia sah wie immer gestylt und atemberaubend aus.

„Ich habe so viel zu erzählen, wir treffen uns in meiner Planungsstunde.“

„Wie du aussiehst, bist du am Wochenende flachgelegt worden. Und ich meine keinen langweiligen Gelegenheitsfick. Dir wurde es so richtig besorgt“, flüsterte sie mir zu. Ich spürte, wie meine Wangen heiß wurden. „Stimmt doch, oder? Lüg mich nicht an. Ich will jedes Detail wissen.“

Die Schulklingel schrillte. Ich geriet in Panik und grabschte mir die Kopien in einem unordentlichen Stapel. „Bis nachher nach der Dritten. Ich bin spät dran, Sophia. Muss los.“

„Ich werde dir auflauern, wenn du nicht vorbeikommst", rief Sophia mir nach, als ich schon an der Tür war.

„Ich werde da sein, Nervensäge."

Sie grinste wie eine stolze Mutter.

Sophia schloss ihre Bürotür. „Erzähl, und zwar alles."

Ich saß auf ihrer bequemen Couch und lehnte den Hinterkopf an die Wand. „Was willst du wissen?"

„Zier dich nicht so. Über mein Sexleben weißt du mehr als sonst irgendjemand. Ich will alles wissen, angefangen bei wem und wann." Sie setzte sich an ihren Schreibtisch und stützte das Kinn auf der Hand auf.

„Ich habe ihn Freitagabend kennen gelernt."

„Freitag? Ich kann mich gar nicht daran erinnern, dass du jemanden getroffen hast", sagte sie und sah nach oben, während sie sich an die Bar erinnerte, in der wir Martinis getrunken hatten.

„Nachdem ich gegangen war. Mein Auto ist liegen geblieben und ein zum Umfallen toller Mann hat angehalten, um mir zu helfen."

„Ich nehme an, er hat dir auch aus dem Höschen geholfen." Sie kicherte und schlug mit der flachen Hand auf den Tisch.

„Schlussendlich schon." Ich lachte. „Ich hatte dich angerufen, aber du bist nicht drangegangen. Er hat mich auf seinem Bike mitgenommen, um einen Abschleppdienst anzurufen, und hat mich erst einmal auf ein paar Drinks eingeladen."

„Bike? Meinst du so ein Elektroding, auf dem die Besoffenen herumfahren, oder sprechen wir hier von einer sexy Harley Davidson?"

„Sexy Harley."

„Und sein Name?"

„Ist City, aber das ist nur sein Spitzname. Dann hat er mich gefragt, wohin ich will, und ich hab gesagt, zu ihm. Ich hatte zu viel getrunken, denn du weißt ja, dass mir so was nicht ähnlich sieht."

„Egal. Du willst unbedingt ein böses Mädchen sein, aber die verklemmten Säcke, mit denen du normalerweise aus-

gehst, sind alles Pfarrerssöhne. Öde. Sprich weiter."
„Drängel doch nicht so. Also, wenn er sich auszieht …" Ich seufzte. „Oh. Mein. Gott. Er ist von oben bis unten voller Tattoos, hat einen gepiercten Nippel und, und …" Ich legte eine Hand auf den Mund und versuchte, mein dämliches Grinsen zu unterdrücken.
„Durchatmen, Suzy. Und was?"
„Sein Penis ist auch gepierct." Ich schluckte schwer, als ich daran dachte.
„Ich bin begeistert. Du hattest also eine Panne und wurdest von einem sexy Biker mit Tattoos und Piercings gerettet, und …"
„Und ich habe mit ihm geschlafen. Mehr als einmal. Ich bin über Nacht geblieben und vor dem Frühstück haben wir es noch mal getan."
„Hast du seitdem noch Kontakt zu ihm?"
„Ja. Samstagabend, und am Freitag will er mich noch mal treffen."
„Ich kenne doch diesen Blick von dir. Wo ist das Problem?"
„Er ist einfach nicht … wonach ich suche." Ich runzelte die Stirn.
„Suzy, Baby, hör mir zu. Magst du den Mann?"
„Ja."
„Und wie du es sagen würdest, hat er dich zum Kribbeln gebracht und zum Schreien?"
„Ja, öfter, als ich mitzählen konnte."
„Willst du ihn wiedersehen?"
„Ja, aber …"
„Scheiß auf *aber*."
„Er ist Tätowierer und wohnt in einem alten Haus. Er steht nicht auf meiner Checkliste. Er ist ein Biker, Sophia. Was könnten wir schon gemeinsam haben?"
„Du und deine verdammten Listen. Wenn ich eine Liste hätte, hätte ich Kayden und Jett nicht. Ich kann mir aber ein Leben ohne sie nicht vorstellen. Man kann nicht alles im Leben planen und kontrollieren. Manchmal springt es einem direkt ins Gesicht."

„Ich weiß, Soph. Er macht mir Angst."

„Hat er dir wehgetan?" Sie stand auf und kam auf mich zu. Ihre Augenbrauen waren zusammengezogen und ihr Mund ein durchgehender Strich.

„Nein. Ich meine, es macht mir Angst, dass ich ihm verfallen könnte. Ich war noch nie mit jemandem wie ihm zusammen und ich möchte ihn wiedersehen. Ich habe auch nie diesen Funken erlebt und mit ihm fühlt es sich eher wie ein Blitzschlag an."

Sophia setzte sich neben mich und umfasste mein Gesicht. „Hör zu, Suzy. Du bist jung und hast noch dein ganzes Leben vor dir. Wenn du mit ihm zusammen sein willst, dann tu es. Hör auf, jeden in deine vorgefertigten Förmchen eingießen zu wollen. Regeln sind dazu da, gebrochen zu werden. Gib dem Mann eine Chance, Baby. Er fragt dich ja wohl noch nicht, ob du ihn heiraten willst, oder?"

„Nein, er hat sogar gesagt, dass er mich nicht darum bittet, seine feste Freundin zu sein."

„Kayden hat auch nicht nach einer festen Freundin gesucht, und hier sind wir jetzt: verlobt und haben ein Baby. Manchmal liefert uns das Leben nicht, was wir suchen, aber immer, was für uns bestimmt ist. Wir müssen nur bereit sein, den Sprung zu wagen. Lebe ein bisschen. Geh auch mal ein Risiko ein."

Lächelnd umarmte ich sie. „Du hast recht, Sophia. Aber ich brauche etwas Zeit und Abstand. Also macht dich Kayden nach allem immer noch glücklich?"

„Ich würde nicht einen Moment mit ihm eintauschen wollen. Er bedeutet mir alles. Mein Leben ist komplett, Suzy. Und du musst auch den Mann finden, der dich zu einem Ganzen macht. Der dir einen Grund gibt, jeden Morgen aufzuwachen."

„Also soll ich den wilden Ritt einfach genießen?" Ich lachte und wackelte mit den Augenbrauen.

„Wörtlich genommen, ja. Ist er schön?"

„Wer?"

„Sein Penis, Suzy. Ich persönlich habe noch nie einen gepiercten gesehen."

„Oh Gott, er ist das Schönste, was ich je gesehen habe."

„Ich freue mich wirklich für dich." Sie hüpfte mit dem Hintern auf der Couch auf und ab und wir beide gerieten ins Schwanken. „Und wann triffst du ihn noch mal wieder?"

„Freitagabend. Er wollte kein Nein akzeptieren."

„Kluger Mann. Du kannst so ein Dummerchen sein. Hör auf dein Herz anstatt deinen Verstand, okay?"

„Ja, Mom. Kapiert."

„Oh, und Suzy?"

„Ja?" Ich sah die grinsende Sophia an.

„Ich will Fotos."

„Du bist so eine Schlampe." Ich lachte und verließ ihr Büro.

Kapitel 10

Freudige Erwartung

City

Ich: *Bist du im Bett?*

Suzy: *Ja, und du?*

Ich: *Ich auch. Liege hier und denke an dich. Noch vierundzwanzig Stunden, bis ich dich wieder meinen Namen schreien höre.*

Wir chatteten schon den ganzen Tag. Noch nie hatte ich so freudig einem einfachen Anruf oder einer Textnachricht von einer Frau entgegengesehen. Ich sehnte mich nach ihr. Lebte mit einem Dauerständer. Zwar hatten wir keine Exklusivbeziehung, doch andere Frauen schienen mir nichts mehr zu bedeuten. Mein Schwanz reagierte nicht mehr auf andere. Ich wollte nur Suzy und ihre enge, süße Pussy.

Suzy: *Wie ist dein echter Name?*

Ich hatte gedacht, das hätte ich ihr bereits erzählt, aber vielleicht auch nicht.

Ich: *Joseph.*

Suzy: *Darf ich dich Joe oder Joey nennen?*

Ich: *Du darfst mich nennen, wie du willst, Sugar.*

Suzy: *Joey. Der Name passt zu dir.*

Ich hatte mich nie wie ein Joey gefühlt. Der Name klang zu kindisch. Mein Spitzname City passte viel besser zu mir.

Ich: *Tank-Top und Pyjamahose?*

Suzy: *Ja. Und du?*

Ich: *Ich will nur wissen, was ich mir vorstellen soll, während ich mich selbst reibe.*

Es verlangte mich nach der Erlösung und ich pumpte schneller. Morgen wollte ich nicht viel zu schnell kommen, sondern erst ihren Körper ausgiebig genießen.

Ich: *Ich stelle mir vor, wie du deine Beine über meine Schultern legst und deine schönen Titten schaukeln, während ich in dich stoße.*

Ich rieb mich weiter und wartete auf ihre Antwort, streichelte meine Spitze, spielte mit dem Piercing.

Suzy: *Das ist sexy. Ich kann es kaum erwarten, an dir zu saugen. Deine samtige Härte in meinem Mund zu spüren.*

Oh, diese Frau konnte so schmutzig sein. Zeit, sie ein bisschen zu fordern.

Ich: *Verrate mir eine deiner Fantasien.*

Ich wollte, dass unter der Oberfläche ein versautes Mädchen lag, das mit mir unanständige Dinge tun wollte. Langsam pumpte ich meinen Schaft und stellte mir vor, wie ihre enge Pussy mich molk.

Suzy: *Wirklich?*

Bei ihr war nichts zu einfach.

Ich: *Ja, irgendeine.*

Suzy: *Ich habe mir schon immer gewünscht, von hinten genommen zu werden und dass er meine Handgelenke festhält, sodass ich mich nicht bewegen kann.*

Ich: *Was noch? Erzähl mir mehr.*

Suzy: *Ich habe gehört, leicht gewürgt zu werden sei unglaublich gut.*

Meine Hand pumpte schneller und fester. Ich stellte mir vor, die Hände um ihren Hals zu legen, bis sie rosa im Gesicht wurde, ihre Finger auf meiner Brust zu spüren, während ich meinen Schwanz in sie rammte. Die warme Flüssigkeit spritzte mir auf den Bauch, ehe ich mich beherrschen konnte.

Ich: *Fuck, Sugar. Du hast mich grade heftigst zum Spritzen gebracht.*

Suzy: *OMG!*

Ich: *Machst du es dir selbst?*

Ich griff nach meinem T-Shirt und wischte mir die Sauerei ab, die mein mentales Fickfest angerichtet hatte.

Suzy: *Ja! Du machst Dinge mit mir, Joey, die ich so noch nie gefühlt habe.*

Ich: *Warte nur bis morgen, Sugar. Und jetzt steck dir einen Finger rein.*

Keine Antwort. Sie führte wohl meinen Befehl aus. Perfekt.

Ich: *Du musst nichts tippen. Lies nur, was ich schreibe, Suzette. Ich ficke dich von hinten, halte deine Handgelenke so fest, dass deine Finger taub werden. Mein Schwanz pocht in dir und stößt an all deine erogenen Zonen. Er bringt dich zum Schreien, Sugar.*

Wie konnte ich so schnell schon wieder einen Ständer bekommen?

Ich: *Wenn ich merke, dass du erhitzt und deine Haut feucht wird, lege ich von hinten die Hände um deine Kehle und drücke zu, bis du nach Luft schnappst und meinen Schwanz melkst, um mehr zu bekommen.*

Ich: *Komm für mich, Sugar.*

Ich stellte mir vor, wie sie es sich selbst besorgte. *Runter mit dir, Junge – verdammt.*

Suzy: *Du bist ein schlechter Einfluss für mich, Joey.*

Ich: *Wer zum Geier will schon brav sein? Hab süße Träume, meine Schöne.*

Suzy: *Gute Nacht, Joey. Ich freue mich auf den „Ritt“ morgen, hahaha.*

Ich machte das Handy aus und starrte an die Decke hoch. Ich hatte vor, ihr mehr zu geben als worum sie gebeten hatte und wollte all ihre Fantasien wahr werden lassen. Suzy kroch mir unter die Haut und zerstörte die solide Mauer, die ich nach Jonis Tod um mein Herz errichtet hatte.

Luft – ich brauchte frische Luft.

Ich sprang aus dem Bett und zog Jeans und T-Shirt an. Ich musste nachdenken, und das konnte ich am besten auf der offenen Straße.

Ich ließ den Motor ein paar Mal aufheulen, zog die Motorradbrille an und ließ die Nackenwirbel knacken. Die Straßen waren frei. Das kühle Wetter hielt die ganzen Schneevögel aus dem Norden fern, die nach Süden reisten, besonders nachts. Ich drehte das Bike zur vollen Geschwindigkeit auf und genoss den Wind auf der Haut, der mir durch die Haare blies.

Eine Stunde fuhr ich über die kurvige Landstraße und nach Mitternacht rollte ich wieder auf meine Einfahrt. Meine Muskeln vibrierten und ich war erschöpft. Mein Verstand war zu müde, um an etwas anderes zu denken als mein Bett.

Ich schnappte mir die Schlüssel, nahm die Jacke von der Couch und verließ das Haus. Obwohl laut Kalender Oktober war, war die Luft stickig und die Sonne brannte auf der Haut. Doch heute Abend würde es kalt werden. Floridas Winter waren zweischneidig. Manchmal heiß, manchmal kalt. Ein verflixtes Ratespiel, das einen immer auf der Hut sein ließ.

Ich versuchte, Suzys bekloppte Methode anzuwenden und hatte mir eine mentale Checkliste gemacht. Während der Fahrt dachte ich darüber nach, dass Suzy viele Pros hatte. Sie war verflucht hübsch, furchtbar klug, erfolgreich im Beruf, unabhängig, freundlich, unschuldig – doch sie hatte auch Contras. Sie war viel zu verdammt unschuldig und sie könnte mein Herz in eine Million Stücke reißen. *Denk nach, Mann. Da müssen noch andere Nachteile sein.* Mir gefiel der Geek, der in diesem heißen, schönen Körper steckte. Sie war noch nicht verdorben oder bitter geworden von ihren Erfahrungen.

Recht früh betrat ich den Laden. Mikey saß am Empfangstresen und wühlte in Papieren. „Morgen, Mikey."

„Hi, Bro, alles fit im Schritt?"

„Bisschen linkslastig", sagte ich und machte eine justierende Bewegung im Schritt.

„Witzig, hätte dich nie für einen Linksträger gehalten. Eher so mittig."

„Blödmann, wie kann er denn in der Mitte hängen? Musst du dir mal den Kopf untersuchen lassen oder so was?"

„Vielleicht hast du nichts von den Gallo-Familien-Genen abbekommen. Ich mein ja nur."

„Idiot. Du kennst meinen Schwanz, hast mir sogar das Piercing verpasst."

Mikey lachte. „Ich weiß, Mann. Ich verarsch dich doch nur. Sind wir heute ein bisschen empfindlich, ja?"

Ich legte meine Tasche neben meinen Stuhl und ging zum Tresen. „Nicht empfindlich, Mikey. Ich kriege nur diese Frau nicht aus dem Schädel."

Mikey schüttelte den Kopf und lachte erneut. „Oh, erweicht sie dein kaltes, totes Herz?"

„Verflucht, wenn ich es nur wüsste. Ich treffe mich heute

Abend wieder mit ihr. Was mache ich da nur, Mann?"

„Sie ist gut, was? Tolle Pussy?" Er grinste.

„Premium-Pussy. Vernebelt mir völlig das Hirn."

„Hätte nie gedacht, dass der Tag mal kommen würde."

„Da sind wir schon zwei", murmelte ich.

Er legte eine Hand auf meine Schulter. Er war so ein Anfasser und Kuschler, was mich wahnsinnig machte.

„Also, hör mal zu. Willst du, dass noch irgendein anderer sie ficken darf?"

Die Vorstellung, dass ein anderer Kerl Suzy anfasste, verursachte mir eine spontane Übelkeit und ich wollte mich übergeben. Und dann dem Kerl die Lichter ausprügeln. „Verdammt, nein! Ich will der Einzige sein, der an sie darf. Auf keinen Fall will ich die zweite Wahl sein."

„Tja, da hast du deine Antwort."

„Verdammte Scheiße." Ich schüttelte den Kopf und senkte den Blick.

„Du musst sie ja nicht gleich heiraten, Joey. Sorge nur dafür, dass sie keinen anderen mehr ficken will. Nimm sie dir – spring ins kalte Wasser."

„Ausnahmsweise hast du mal völlig recht, Mikey. Ein verficktes Wunder." Ich konnte es nicht länger leugnen. Ich wollte sie für mich haben und konnte den Gedanken nicht ertragen, ein anderer könnte sie anfassen und ihre schönen Lippen küssen.

„Du weißt, dass ich immer für dich da bin, Alter. Das ist alles lange her und Joni würde wollen, dass du glücklich bist." Er griff nach dem Arbeitsbuch auf dem Tresen und in diesem Moment lief der Rest der Gallo-Truppe ein. „Meinst du, Joni und diese Frau hätten Freundinnen werden können?"

Sie hatten einiges gemeinsam. Joni hätte Suzy bestimmt für äußerst amüsant und süß gehalten. „Ja, wahrscheinlich hätten sie sich gemocht."

„Wo auch immer sie jetzt ist, sicher will sie nicht, dass du allein bleibst."

„Danke, Mikey."

Als sich alle an ihre Arbeitsplätze begeben hatten, nahm

ich das Handy und schrieb Suzy eine Nachricht.

Ich: *Heute Abend wirst du mir gehören, Suzette.*

Kapitel 11

Welten prallen aufeinander

Suzy

Der Tag zog sich dahin und die Schüler hatten schlechte Laune. Das Wochenende musste endlich kommen.

Als die Mittagsglocke läutete, ging ich ins Büro, ließ mich auf den Stuhl fallen und lehnte den Kopf zurück. „Himmel noch mal“, murmelte ich. Ich schloss kurz die Augen und genoss die Stille, da die Kinder das Gebäude verlassen hatten. Noch zwei Unterrichtsstunden. Das würde ich schaffen.

Ich holte mein Mittagessen in Form der Reste eines Pastagerichts aus der Schublade und suchte nach dem Handy, in der Hoffnung, dass City mir geschrieben hatte. Ich brauchte etwas, um diesen beschissenen Tag zu erhellen. Beim Blick auf das Display flatterten Schmetterlinge in meinem Bauch. *Ihm* gehören? Wie meinte er das? Rein sexuell?

Zwar hatte ich es noch nie gemocht, Suzette genannt zu werden, doch aus seinem Mund klang der Name atemberaubend. Meistens wisperte er ihn an meine Lippen oder in mein Ohr, und das machte mich ganz verrückt. Ich wünschte mir, dass er auch heute Abend meinen Namen sagen würde.

Ich: *Nur heute Abend?*

Ach du Schande, klang das vielleicht zu bedürftig?

City: *Alles ist möglich.*

Was bedeutete das jetzt schon wieder?

„Hallo, Suzy, bist du da?“, rief Sophia an der Tür.

„Ja, im Büro“, rief ich zurück und stach mit der Gabel in meine Nudeln.

Sophia stand in der Tür und gab einen angewiderten Laut von sich. „Wie kann man nur Spaghetti Bolognese kalt essen. Igitt.“ Sie rümpfte die Nase und steckte andeutungsweise einen Finger in ihren Mund, um Erbrechen vorzugeben.

„Hey, Ruhe auf den billigen Plätzen. Bist du von der italienischen Nudelpolizei?“ Trotzig schob ich mir die Gabel in den Mund.

„Kayden und ich haben uns gefragt, ob du und *Schwanzpiercing* heute Abend zum Grillen vorbeikommen wollt.“

„Du willst ihn nur mit deinen Blicken sexuell belästigen.“

„Nein, will ich nicht. Ich habe bereits meinen Hengst. Ich muss nur an Kayden denken, dann kribbelts bei mir immer noch überall.“ Sie machte ein albernes Gesicht und schüttelte sich, als ob allein der Gedanke an ihn sie zum Kommen brachte. „Ich will den Kerl kennen lernen und mich davon überzeugen, dass er meine kleine Suzy auch wert ist. Außerdem könnte Kayden ein bisschen Ablenkung brauchen. Vielleicht befreunden die beiden sich und wir können alle vier zusammen ausgehen.“

Sie lehnte sich an die Tür, überkreuzte die Beine und dann die Arme.

Ich konnte Sophia noch nie etwas abschlagen. „Da muss ich ihn erst fragen. Keine Ahnung, ob er was geplant hat.“

„Du kannst mir ja eine E-Mail schicken, wenn du ihn gefragt hast. Das wäre doch schön. Und akzeptiere kein Nein von ihm. Du hast mich neugierig auf den Mann gemacht, der dich total durchdrehen lässt. Ich meine, du warst schon immer ein bisschen verrückt, aber er bringt dich dazu, alles in deinem durchgeplanten Leben infrage zu stellen. Ich *muss* ihn kennen lernen.“

„Okay, Soph. Ich werde ihn fragen.“

Ich: *Heute Abend Grillen bei meinen Freunden. Wie wär's?*

„So, ich hab ihn gefragt. Jetzt liegt es ganz bei ihm. Zufrieden?“ Langsam führte ich eine Gabel voll Nudeln zum Mund – nur, um Sophia anzuekeln. Sie war die Königin der Soßen und Fleischbällchen. Ich vermisste den Geruch, wenn das Haus von den Düften ihrer Kochkunst erfüllt war. Oder ich kam nach einem langen Arbeitstag nach Hause und Kayden hatte etwas Himmlisches auf dem Herd. Momentan hieß es, die Bolognese und ich gegen den Rest der Welt.

„Igitt, ich kann nicht zusehen, wie du diesen Mist isst."

Mein Handy zirpte. „Warte kurz", sagte ich, als sie mich verlassen wollte. „Citys Antwort ist da."

„Und?"

City: *Klingt fan-fucking-tastisch. Wann soll ich dir einen „Ritt" geben?*

„Äh", sagte ich und spürte Hitze in meine Wangen steigen. „Er will wissen um welche Uhrzeit."

„So gehoben drückt er sich aus?"

„Nein, aber mehr verrate ich nicht. Also, wann?"

Sie seufzte. „Ist acht okay? Falls ihr euch verspäten solltet, sag mir bitte kurz Bescheid, Flittchen." Sie zwinkerte mir zu und schloss die Tür von außen.

Ich: *Sophia hat gesagt, um acht. Hol mich bitte zehn Minuten früher ab, damit wir pünktlich sind. Sophia mag keine Zuspätkommer.*

Mir war klar, dass Sophia nach einem Blick auf City praktisch Purzelbäume schlagen würde. Seit wir Freundinnen waren, hatte sie nicht eine einzige meiner Männerbekanntschaften gemocht.

Während ich auf Citys Antwort wartete, blätterte ich die Papiere aus meinem internen Briefkasten von heute Morgen durch.

City: *Ich bin um halb sieben da. Sei bereit für mich, denn ich bin hart wie ein verdammter Stein. Bevor wir gehen, habe ich noch etwas mit deiner Pussy vor.*

OMG. OMG. OMG.

Ich: *Ich kann es kaum erwarten.*

Fünf Minuten später fanden sich die nächsten Hooligans

in meinem Büro ein. Die Nachmittagsklassen waren der Horror. Nicht, dass die Schüler böse waren, aber sie waren eine Herausforderung und erschöpften mich geistig.

City: *Nackt.*

Ich las das Display und stand in Flammen.

Kapitel 12

Test bestanden

City

„Komme schon“, rief eine Frauenstimme im Haus.

„Das hast du vor zwanzig Minuten auch gesagt“, murmelte ich in Suzys Ohr.

Sie biss sich auf die Unterlippe und ihre Wangen nahmen einen rosa Ton an. Sie versuchte, ein Lächeln zu unterdrücken. Dann schob sie sich das Haar von den Schultern, zog ihr T-Shirt zurecht, als ob sie unbedingt perfekt aussehen wollte.

„Hör auf mit dem Herumgezappel, Sugar.“

„Oh mein Gott, ich kann nicht. Sophia wirft einen Blick auf mich und weiß genau, was wir eben getan haben.“ Sie tippte sich mit dem Finger an den Mundwinkel.

„Wenn nicht, dann habe ich was falsch gemacht.“

Eine hübsche, lächelnde Brünette öffnete die Tür. Sie scannte mich von oben bis unten, beim Gesicht angefangen, und dann glitt ihr Blick über meinen Körper. Ich fühlte mich fast belästigt, so, wie sie mich abschätzte. Dann sah sie Suzy mit einem teuflischen Grinsen an und zog sie in ihre Arme. Die Mädels flüsterten miteinander, was ich akustisch nicht verstand, doch Sophia behielt mich im Auge.

„Sophia, das ist City.“

„Schön, dich kennen zu lernen, Sophia.“ Ich streckte ihr meine Hand entgegen. Sophia hatte die Haare zu einem lockeren Knoten auf dem Kopf zusammengebunden. Sie hatte ein schneeweißes, strahlendes Lächeln und freundliche Augen.

Sie legte ihre Hand in meine. „Schön, dich auch endlich kennen zu lernen, City. Ich habe schon *alles* über dich gehört.“ Sie zwinkerte.

Ich musste grinsen. Anscheinend hatte ich von Suzys Freundin bereits grünes Licht bekommen. „Hoffentlich nur Gutes.“

„Sie hat nur *Großes* von dir berichtet." Sie kicherte und meine Wangen wurden heiß. Mir wurde klar, dass man als Mann mit diesen beiden Frauen alle Hände voll zu tun hatte. „Kommt rein. Kayden und Jett sind auf der Terrasse und feuern den Grill an."

Ich streckte den Arm aus, damit Suzy vorging, und ließ beide Frauen hineingehen, während ich dicht dahinter blieb.

Sie wohnten in einem kleinen Apartment, das nicht zusammenpassend möbliert war, doch irgendwie funktionierte es trotzdem. Ein Sportsender lief im Fernseher und überall lag Kinderspielzeug herum.

„Bitte nicht auf das Chaos achten. Kinder erobern einfach alles, egal, wie klein oder groß die Wohnung ist."

Sophia gestikulierte mit der Hand herum, hob dann Spielzeug vom Boden auf und warf es in einen Korb neben dem Fernseher.

Die Terrassentür ging auf und ein großer, muskulöser Mann mit einem Kleinkind auf dem Arm kam herein. Sein Kopf war kahlgeschoren und er wirkte wie einer der Kerle, die man im *Neon Cowboy* finden konnte oder der für ein Tattoo in meinen Laden kommen würde.

„Kayden, Baby, Suzy hat ihren neuen Freund City mitgebracht."

Kayden betrachtete mich kritisch. Ich hielt ihm meine Hand hin. „Schön, dich kennen zu lernen, Kayden. Suzy schwärmt sehr von dir und Sophia."

Kayden setzte das Kleinkind auf seinen linken Arm, bevor er meine Hand schüttelte. „Schön, dass du da bist, City."

Er drückte meine Hand fest, fast bis zum Schmerzpunkt, doch ich zog sie nicht weg. Ich kannte diesen Macho-Scheiß. Er stellte seine Beziehung zu Sophia klar und warnte mich gleichzeitig stumm wegen Suzy.

„Oh, Jett, komm her, Baby." Suzy nahm Kayden das Kind vom Arm.

„Kein *Hallo* von dir, Suzy? *Wie geht's dir, Kayden? Ich hab dich vermisst.* Nur *ohhh Jett*?" Kayden lachte.

„Aber Kayden, du weißt doch, dass ich dich liebe. Gib mir einen Kuss." Sie spitzte die Lippen und schloss die Augen.

Bei der Vorstellung von Kaydens Lippen auf ihren begann mein Herz zu rasen. Ich ballte die Hände zu Fäusten. *Sie sind doch nur Freunde.* Aber Kayden gab ihr nur einen Kuss auf die Wange, rieb kurz über den Kopf seines Kindes und ging dann in die Küche, wo er die Arme um seine Frau legte.

„Er ist so groß geworden“, sagte Suzy, schaukelte das Kleinkind auf ihrem Arm und tätschelte dessen Windelhintern.

Sie sah natürlich aus mit dem Kind auf dem Arm, als wäre es etwas, das sie jeden Tag tat. Jett griff nach ihrem Daumen und ihre Augen strahlten.

„Er wächst wie Unkraut“, sagte Sophia in der Küche. „Was wollt ihr trinken? City, was kann ich dir bringen?“

„Gerne ein Bier, wenn ihr welches habt.“ Suzy weitete die Augen und ich wusste nicht, was ich gesagt hatte, aber irgendwie hatte ich Mist gebaut. „Aber es ist egal, ich trinke eigentlich alles.“

„Kommt sofort. Und du, Suzy? Vielleicht einen Virgin Daiquiri?“ Sophia kicherte und sah sich im Kühlschrank um.

„Was habe ich falsches gesagt?“, wisperte ich in Suzys Ohr.

„Kayden trinkt nichts. Er ist Alkoholiker und seit einem Jahr trocken.“

Sie sah zu Kayden und Sophia und wandte sich dann wieder dem zappelnden Kind auf ihrem Arm zu.

„Das wusste ich nicht. Scheiße, du hättest mich vorwarnen sollen, Sugar.“

„Entschuldige. Ich hatte es ganz vergessen.“

Kayden brachte mir ein Bier. „Schon gut, City. Die Frauen reden nicht gern darüber. Das ist immer ein Tabuthema. Aber ich kann von Alkohol umgeben sein und trotzdem nicht trinken.“ Er setzte sich auf die Couch und legte die Füße auf dem Couchtisch ab. „Setz dich. Lassen wir die Frauen in der Küche ihre Magie wirken. Und wir kümmern uns um Fleisch und Würstchen, so, wie der liebe Gott es vorgesehen hat.“

„Ich will nichts über dein Würstchen hören, Kayden.“ Suzy kicherte.

„Ab in die Küche, Suzy. Aber lass Sophia kochen." Er zeigte in die Küche und schnippte mit den Fingern.

„Ich kann kochen, Kayden", antwortete sie, rieb mit der Nasenspitze am Gesicht des Kindes, übergab es Kayden und ging.

„City, Suzy kann nicht mal Wasser kochen. Sie ist die Königin der Fertigessen und Fix-Tütchen. Nur zu deiner Info", sagte Kayden, legte das Kind auf seinen Schoß und streichelte ihm über die Wange.

Ich stellte das Bier auf mein Knie und entspannte mich. „Gut, dass ich kochen kann, also ist das kein Beziehungskiller für mich. Bist du ein Fan der Bucs?"

„Fuck, nein, Mann. Geboren und erzogen als Browns-Fan." Er streckte die Beine von sich und legte eine Hand hinter seinen Kopf.

„Echt jetzt? Du stehst auf einen Außenseiter und Herumpöbler?" Ich grinste und hob das Bier an meine Lippen.

„Ich bleibe meinen Regeln treu. Und du?"

„Bears-Fan. Geht gar nicht anders."

„Die hatten eine furchtbare Saison, aber die Browns sind die Hauptverlierer."

„Da hast du recht", sagte ich und deutete mit der Bierflasche in seine Richtung. „Suzy hat erzählt, dass ihr drei zusammen gewohnt habt."

„Ja, für eine Weile. Sie war meine Lebensretterin und ich schulde ihr was. Wenn du ihr das Herz brichst, prügele ich es dir aus dem Leib." Er lachte. „Im Ernst, dann wirst du noch ein paar mehr Löcher haben, zu denen, die du jetzt schon hast."

Was? Anscheinend hatten sich die Mädels wirklich über *jedes* Detail unterhalten. „Das habe ich nicht vor", antwortete ich. „Suzy ist nicht wie andere Frauen."

Suzy lehnte sich über die Küchentheke und sah Sophia beim Kochen zu, während sie sich unterhielten. Sie sahen zu uns herüber und lachten.

„Nein, das ist sie nicht. Sie ist lieb, rein und zu vertrauensvoll. Sie ist wie meine kleine Schwester und ich beschütze sie wie meine eigene Familie."

„Ich hab verstanden. Klar und deutlich."

„Seid ihr Jungs fertig mit dem Schwanzvergleich?", fragte Sophia, die mit einem Tablett voller Hamburger und Würstchen herüberkam. „Diese Dinger grillen sich nicht von allein."

„Ich übernehme das Fleisch", sagte Kayden und reichte Jett an Suzy weiter.

„Das hat sie auch gesagt." Sophia kicherte.

Kayden nahm ihr das Tablett ab und küsste sie auf die Lippen. Sie grinste ihn verschleiert an.

„Wenn du ein braves Mädchen bist, darfst du später an mein Fleisch ran."

Sophia schlug ihm an die Schulter. „Nicht vor den Gästen."

„Bei denen kann einem übel werden, stimmt's?", fragte mich Suzy neben mir, die Jett auf den Armen schaukelte. Er lutschte an seinen Fingern und hatte die Augen fast geschlossen.

„Nur ein bisschen." Ich fühlte mich wohl bei den dreien. Ich spürte das Band, die Liebe, die sie füreinander empfanden.

„Sie haben mehr durchgemacht als die meisten Leute in ihrem ganzen Leben. Und am Ende hatten sie diese unzerbrechliche Verbindung. Irgendwann erzähle ich dir ihre Geschichte. Wenn es wirklich ein Schicksal gibt, dann sind die beiden das perfekte Beispiel. Sie wurden füreinander geschaffen." Sie lächelte die beiden an, die auf der Terrasse standen.

Sie berührten einander und küssten sich, trennten sich nie lange. Sein Verhalten zeigte, wie sehr er diese Frau bewunderte. „Sind sie verheiratet?"

„Noch nicht. Eines Tages, hoffe ich. Sie waren beide schon mal verheiratet und benutzen es als Ausrede, nichts zu *überstürzen*." Sie verdrehte die Augen. „Ich habe sie daran erinnert, dass sie ein Baby haben. Aber ich bin vielleicht altmodisch." Sie zuckte mit den Schultern.

Ich sorgte immer dafür, dass mir das nicht passieren konnte. Daher hatte ich noch nie ohne Kondom gefickt und ging keine Art Risiko ein. „Ich wurde auch so erzogen. Aber man kann nicht übersehen, was sie trotzdem miteinander teilen. Ich bin sicher, irgendwann werden sie so weit sein."

Der Abend war entspannend und ich unterhielt mich gern mit Kayden. Er kam immer auf den Punkt und Sophia war eine besondere Nummer. Ihr lag das Herz auf der Zunge und sie zog Suzy gnadenlos auf.

„Habe ich den Test bei deinen Freunden bestanden?", fragte ich Suzy, als wir auf das Bike stiegen.

„Ja, hast du gut gemacht. Du hast von Sophia ihren Segen bekommen."

„Sie ist nicht diejenige, über die ich mir Gedanken mache."

„Kayden? Keine Sorge. Er macht gern einen auf Macho, aber in Wahrheit ist er der mit dem weichen Herz. Er will mich nur glücklich sehen."

„Er hat gesagt, er macht mich fertig, wenn ich dir das Herz breche."

Sie schlang die Arme um mich, während ich das Bike vom Haus wegschob, um nicht so viel Lärm zu machen. „Kayden ist zwar dafür bekannt, Sachen in die eigene Hand zu nehmen, aber ich werde ihm wegen uns ein paar Instruktionen geben", sagte sie in mein Ohr und kicherte.

„Wie meinst du das?" Ich startete die Maschine.

„Ach, nichts."

Sie lehnte den Kopf an meine Schulter und spielte mit meinem Nippelpiercing. Zum ersten Mal spürte ich, dass sie auf dem Bike nicht total angespannt war. Vielleicht ließ sie sich endlich fallen und hatte Spaß, ohne alles übertrieben zu analysieren.

Kapitel 13

Am Scheideweg

Suzy

Ich war daran gewöhnt, bei Sophia und Kayden das fünfte Rad am Wagen zu sein, doch heute hatte sich alles total gut angefühlt. Kayden und City hatten miteinander gelacht und stundenlang über Sport geredet und Sophia und ich über die Arbeit und Jett.

Ich wollte nicht mehr allein sein.

Und ich wollte meine Zeit nicht mit City verschwenden. Mein Herz wurde schwer, wenn ich Kayden und Sophia sah. Ich beneidete sie, wollte, was sie hatten, diese große Liebe, die man fast anfassen konnte, und wollte mich nicht mit weniger zufrieden geben. Ich musste von City Abstand nehmen und im Leben vorankommen.

Als wir vom Bike stiegen, hatte ich Tränen in den Augen, weil ich ihn aufgeben musste. Ich legte den Helm auf das Motorrad und ging zur Haustür. Er sollte den feuchten Glanz in meinen Augen nicht sehen.

„Wohin rennst du so schnell?“ Er erwischte mich am Handgelenk und zog mich in seine Arme.

„Nirgends, ich wollte nur die Tür aufschließen.“ Ich zuckte mit den Schultern, ließ die Arme hängen, anstatt mich an ihn zu schmiegen.

„Alles in Ordnung, Sugar?“ Fragend sah er mir in die Augen.

„Ja. Der Wind hat mir Tränen in die Augen getrieben.“ Ich lächelte ihn an.

„Mit einer Brille passiert das nicht. Wir müssen dir eine besorgen.“

Glücklicherweise kaufte er mir den Mist ab. Er legte die Arme um mich und drückte mein Gesicht an sein T-Shirt. Ich inhalierte und genoss seinen männlichen Duft. Mit geschlossenen Augen badete ich in seinem Geruch. „Vielleicht.“ Ich fühlte mich furchtbar und mein Herz schmerzte.

Wozu noch eine Brille kaufen? Ich hatte nicht vor, den Rest meines Lebens auf diesem Bike mitzufahren. Zwar funktionierte es bei Sophia und Kayden, obwohl sie so gegensätzlich waren, doch City und ich hatten keine gemeinsame Zukunft.

„Was ist los?“, wollte er wissen und drückte mich fester an sich.

„Nichts. Ich bin nur müde.“ Ich erwiderte die Umarmung und genoss das Gefühl seiner harten Muskeln.

Sag es nicht. Mach dich nicht zu einem Mädchen, das an Märchen glaubt.

„Sugar, das ist Blödsinn. Du bist noch nie vor mir weggelaufen oder warst so kurz angebunden. Dein Strahlen ist weg. Spuck's aus.“

Sag es nicht. Er ist nicht dein Ritter in glänzender Rüstung auf einem weißen Pferd.

Ich starrte auf den Boden und wich seinem Blick aus. „Es ist nichts, City. Ich muss nur schlafen. Ich schwöre es.“ Die Lüge fiel mir leichter, als ich gedacht hatte.

„Sieh mir in die Augen und wiederhol das.“

Er zwang mich, das Kinn zu heben und in seine klaren, himmelblauen Augen zu schauen, die traurig wirkten. Ich schluckte schwer und versuchte, gleichmäßig zu atmen. Mir war klar, dass er mich wie ein offenes Buch lesen konnte, das konnte jeder, und ich musste das jetzt durchziehen.

Nicht weinen oder blinzeln, einfach nur atmen.

„Ich bin wirklich nur müde.“ Ich stellte mich auf die Zehenspitzen und küsste ihn auf die Lippen. Das letzte Mal, dass ich ihn küsste. Ich konnte nicht länger mit ihm zusammen sein, ohne mein Herz zu riskieren. Sofort könnte ich mich in ihn verlieben, doch ich wollte das gebrochene Herz später nicht in Kauf nehmen.

„Willst du nicht, dass ich mit reinkomme, meine Schöne?“ Er zog die Augenbrauen zusammen und betrachtete mein Gesicht.

„Heute nicht, City. Ich will einfach nur ins Bett und einschlafen. Wenn du mit reinkommst, wissen wir beide, was passieren wird.“ Ich grinste ihn an und er lächelte leicht. Mit dem Finger streichelte er über meine Wange und ich wollte mich an seine Hand schmiegen, wollte mehr. „Nein, nein. Fang gar nicht erst an.“ Er wollte mich für einen Kuss an sich ziehen, doch ich kicherte und wich ihm aus. „Ganz ruhig, Brauner.“

„Dann morgen?“ Er küsste mich kurz auf die Lippen.

Sofort spürte ich den Verlust seiner Hitze an mir, als er mich losließ. Ich sah ihn an. Er war wirklich ein schöner Mann. Er sah aus wie die Fantasievorstellung aller Frauen, mit dem Bike hinter sich, den harten Muskeln, den verträumten Augen und seiner lieben Art. Ich durfte ihm nicht noch mehr verfallen. Immer, wenn mein Handy klingelte, meine Nachrichtenanzeige pingte oder ich in seiner Gegenwart war, raste mein Herz. Doch er war nicht der Typ, mit dem man sich niederlassen und eine Familie gründen konnte, und ich konnte es ihm auch nicht verdenken. Er war ein Playboy mit einem anderen Leben als meinem. Er befand sich einfach auf einem anderen Lebensweg.

Ich stand an einem Scheideweg. In die eine Richtung konnte ich weiter dem Weg zum gebrochenen Herzen und in seine Welt folgen. Die andere führte zu einem klaren Schnitt und meinem eigenen Weg zum ultimativen Glück und der großen Liebe, auf die ich nicht verzichten wollte.

„Morgen, großer Junge“, sagte ich mit einem schwachen Lächeln und winkte ihm, bevor ich im Haus verschwand und nicht zusah, wie er abfuhr.

Ich warf die Schlüssel auf den Tisch und ging durch das dunkle Haus ins Schlafzimmer. Meine Augen waren tonnenschwer und brannten vor zurückgehaltenen Tränen. Das Röhren seines Motors ließ die Wände erzittern. Nie wieder würde ich dieses Geräusch hören können, ohne Schmetterlinge im Bauch zu spüren. Er hatte bereits meine Gedankenmuster geändert und war in meinen Verstand eingedrungen.

Ich zog mich aus und meinen Lieblingsschlafanzug an. Kurz sah ich mich im Spiegel. Gern hätte ich die Zeit zurückgedreht. Zu einem Punkt, an dem sich das Leben einfacher angefühlt hatte. Als ich die animalische Anziehungskraft und die sexuelle Chemie zwischen uns noch nicht kannte. Dahingehend hatte er mich für immer verdorben.

Mein Handy vibrierte. Ich drehte es in der Hand und las die Nachricht.

City: *Es ist morgen. Eine Minute nach Mitternacht.*

Ich legte das Handy auf den Nachttisch, betrachtete das leere Bett und überlegte, wie anders die Nacht ohne ihn sein würde.

Ich: *Gute Nacht, City. Fahr vorsichtig.*

Ich kroch unter die Decke und genoss den rauen Stoff auf der Haut. Ich starrte nach oben und sah dem Deckenventilator beim Kreisen zu, der auf dem weißen Hintergrund Schatten warf.

Ich konnte nicht einschlafen, schaltete den Fernseher an und hoffte, dass die hirnlose Unterhaltung half, meine Gedanken zu beruhigen und ihn zu vergessen.

Das Handy tanzte auf der hölzernen Oberfläche.

Nimm es nicht in die Hand.

Ich durfte das nicht tun. Ich musste ausprobieren, ob ich mich von ihm befreien konnte. Kalter Entzug, wie bei einer Sucht. Ich musste Abstand zwischen uns bringen. Ich kannte ihn erst eine Woche und schon war er massiv in mein Leben eingedrungen.

Ich zappte durch die Kanäle und blieb bei einer Sendung über Biker hängen. Davon hatte ich schon gehört, war aber nie daran interessiert gewesen. Bis jetzt. Ich konnte einfach nicht umschalten. Jeder Mann auf dem Bildschirm erinnerte mich an ihn. Das Röhren der Maschinen erweckte Schmetterlinge im Bauch und mein Magen zog sich zusammen. Ich legte mich auf die Seite, umarmte das Kissen und Tränen tropften auf den Stoff. Ich wollte den Wind in den Haaren spüren und die Arme um ihn schlingen, aber das durfte nicht mehr sein.

Meine Augen brannten und beim Klang von Motorrädern

nickte ich endlich ein.

Ich erwachte von Citys Textnachrichten. Er wünschte mir einen guten Morgen und fragte, wann wir uns wiedersehen würden.

Ich ließ das Handy auf dem Nachttisch liegen, machte mir einen Tee, setzte mich auf meine Vordertreppe und schlürfte die warme Flüssigkeit, die nach Zimt schmeckte. Diese Gegend war ruhig, nur ein paar Pärchen gingen auf dem Bürgersteig entlang und in einem Vorgarten spielten ein paar Kinder. Ich betrachtete das von der Sonne glänzende, feuchte Gras und dachte an City. Ich konnte nicht den ganzen Tag hier sitzen und an ihn denken. Lieber sollte ich mich mit etwas Sinnvollem beschäftigen, mich von ihm ablenken und an die Zukunft denken. Ich musste duschen, seinen Duft von mir waschen, und den Tag beginnen. Kein Suhlen im Selbstmitleid und keine Hektik der letzten Woche mehr.

Ich holte das Handy vom Nachttisch, und diesmal waren keine neuen Nachrichten von City da. Vielleicht hatte er den Wink mit dem Zaunpfahl verstanden, nachdem ich ihm einen knappen Morgengruß geschickt hatte.

Ich wartete darauf, dass der Boiler das Duschwasser erwärmte, und zuckte zusammen, als das Handy klingelte. Vorsichtig blickte ich auf das Display und war erleichtert, dass es Derek war und nicht City.

„Hi", sagte ich und starrte nackt in den Spiegel. Wasserdampf aus der laufenden Dusche vernebelte meine Gestalt.

„Hi, Suzy. Was machst du nachher so?"

Dereks Stimme war tief, hatte aber nicht dieselbe Wirkung auf mich wie Citys.

„Nicht viel. Ich will gerade duschen. Warum?"

Sein scharfes Luftholen verriet, dass er sich mich soeben nackt vorstellte. „Ich wollte dich fragen, ob du Lust hast, heute Abend Essen zu gehen und ein bisschen Mini-Golf zu spielen. Möchtest du mitkommen?"

„Oh, also …" Ich kaute am Daumennagel und überlegte, ob ich die Einladung zu einem Date mit Derek annehmen sollte. Laut meiner Liste passte er zu mir und wir verkehrten in denselben Kreisen. Unsere Welten ähnelten sich und wir verstanden uns. Vielleicht war er der Weg, dem ich folgen sollte. Zumindest würde er mir dabei helfen, nicht an City zu denken.

„Komm schon, Suzy. Es wird Spaß machen. Was sagst du dazu?"

Er klang hoffnungsvoll. Man konnte ihm nicht vorwerfen, nicht hartnäckig zu sein. Ein Nein ließ er nicht gelten.

„Okay, Derek." Ich strich mit der Hand zwischen meinen Brüsten entlang und genoss das weiche Gefühl. Sofort fühlte ich mich schuldig, Ja gesagt zu haben, wo ich doch eigentlich nur in Citys Arme rennen wollte.

„Dann haben wir ein Date. Ich hol dich um sechs ab."

„Okay, dann um sechs."

„Super. Ich kann es kaum erwarten. Bis später, Suzy."

„Bis später."

Ich hörte, wie er seinen Sieg bejubelte, bevor ich auflegte.

In der Dusche träumte ich von City, berührte mich selbst und erlöste den Drang zwischen meinen Beinen. Doch der Orgasmus war viel weniger befriedigend, als ich gehofft hatte. Er dämpfte mein Verlangen nach City nur etwas. Ich sehnte mich nach den weltenerschütternden Höhepunkten unter seinen geschickten Händen, doch ich konnte nicht zulassen, dass mein sexuelles Verlangen meinen gesunden Menschenverstand beeinflusste.

Bevor mich Derek am Abend abholte, hatte mir City noch zwei Nachrichten geschickt. Ich ignorierte das Bedürfnis, ihm zu antworten, legte Make-up auf, schminkte die Lippen rot und bürstete ein letztes Mal meine Haare. Der enge schwarze Minirock und das gelbe Tank-Top halfen, meine langsam verblassende Sommerbräune mehr zu betonen. Bald würden die Winterkälte und die schwache Sonne meine Haut wieder in ihr fast gespensterhaftes Weiß verwandeln. Ich holte die schwarzen Stilettos aus dem Schrank und musste daran denken, wann ich sie das letzte Mal getragen hatte. An dem Abend, als City in mein Leben gerollt war. Für später steckte ich meine Sandalen in die Handtasche, wenn mir die Füße wehtaten und wir Mini-Golf spielten.

Die Türklingel riss mich aus den Gedanken an die erste Nacht in Citys Bett. Ich öffnete und betrachtete den Anblick, den Derek bot. Er trug khakifarbene Hosen und ein schneeweißes Leinenhemd. Unter dem Saum der Hosenbeine lugten seine Zehen hervor. Er lächelte strahlend, als er mich von oben bis unten scannte, mein Outfit bewunderte und bei den Brüsten hängen blieb. Er leckte sich über die Lippen, ehe er mein Gesicht fand und dümmlich grinste.

„Wow, du siehst sexy aus, Suzy." Erneut glitt sein Blick über meine Figur.

Ich bekam eine unangenehme Gänsehaut. „Danke, du siehst auch gut aus." Das stimmte, doch nicht auf eine atemberaubende, Höschen ausziehende Art.

Er hielt mir die Hand hin. „Fertig?"

Ich legte die Finger in seine glatte Handfläche. „Ja", sagte ich, obwohl ich alles andere als bereit war.

Derek öffnete die Tür seines alten Nissan Altima, wartete darauf, dass ich einstieg, küsste meine Hand und warf die Tür zu.

Er ging ums Auto herum und ich seufzte. Auf seinem Gesicht leuchtete ein triumphierendes Lächeln. „Oh Mann, das ist so eine bescheuerte Idee", murmelte ich.

Er öffnete die Tür und stieg ein. „Was hast du gesagt?"

„Nichts. Nur, dass ich Hunger habe. Wo essen wir?"

Er streckte die Hand nach mir aus, schob das Haar von meiner Schulter, streichelte mit den Fingerspitzen meine Haut und verweilte dort länger, als es mir angenehm war. Automatisch wich ich ihm leicht aus.

„Entschuldige", sagte er und umfasste das Lenkrad so fest, dass seine Finger weiß wurden. „Wenn es dir recht ist, gehen wir ins *Paesano's*, Italienisch essen."

„Klingt gut."

Ich blickte aus dem Fenster und sah zu, wie die Bäume neben uns verschwammen, während Derek von der Arbeit plauderte. Ich dagegen freute mich immer auf die Wochenenden, an denen ich dem Job und dem Stress entkommen konnte, doch Derek wollte immer nur darüber reden. Ich hörte ihm zu und antwortete, wenn er mich etwas fragte, aber ich langweilte mich bereits zu Tode.

Glücklicherweise dauerte die Fahrt zum Restaurant nicht lange. Ich stieg aus dem Wagen und Derek joggte auf meine Seite, griff nach meinem Arm und hakte ihn bei sich unter.

Die Konversation während des Essens verlief träge. Außer der Arbeit hatten wir nicht viel gemeinsam. Das fiel mir besonders auf, als er anfing, über Videospiele zu reden. Meine Vorstellung von einem gelungenen Abend beinhaltete nicht, ein hirnloses Spiel auf dem Fernseher zu spielen.

Als endlich das Essen serviert wurde, war ich dankbar für die Stille, während er gedankenlos die Pasta in sich stopfte. Er aß wie ein Schwein. Soße lief ihm übers Kinn und blieb in seinen Mundwinkeln hängen. Ich schob das Essen auf meinem Teller hin und her und versuchte angestrengt, nicht hinzustarren.

„Magst du danach etwas trinken gehen, oder minigolfen?“, fragte er mit vollem Mund. Ein Stück Nudel fiel auf seinen Schoß.

Lieber Gott, wieso hatte ich nur gedacht, dass das hier eine gute Idee wäre? „Etwas trinken gehen klingt gut.“ Ich betete darum, dass ein paar Drinks mich dazu brachten, ihn für interessanter zu halten, und dass der Abend doch noch ganz nett endete.

Wir verzichteten auf den Nachtisch und fuhren zum *Club Karma*. Der Club hatte erst vor ein paar Monaten eröffnet und ich war noch nie hier gewesen. Die Athmosphäre war mehr wie in einer Großstadt und nicht wie in den typischen Kleinstadtkneipen. Die Wände waren blutrot, dekoriert mit Schwarzweißfotos, die Paare in unterschiedlichen sexuellen Stellungen und verschiedenen Stadien der Nacktheit zeigten. Bunte Beleuchtung wurde vom schwarz gefliesten Boden reflektiert, während die Leute tanzten und sich aneinander rieben. Kleine Sitzecken mit Sofas waren mit Pärchen besetzt, die lachten und sich berührten, und es gab eine lange Bar.

„Erst etwas trinken?“, fragte Derek.

Ich nickte und sah mich um, als er mich durch den überfüllten Club führte.

Derek lehnte sich an die Bar und sein Arm berührte mich. „Willst du tanzen?“, brüllte er über die Musik in mein Ohr.

Ich schüttelte den Kopf und wartete darauf, dass der weibliche Barkeeper in unsere Nähe kam. Über den Getränkeflaschen an der Wand hing ein riesiger Spiegel. Die Leute beim Tanzen zu beobachten, die sich erotisch und zielgerichtet miteinander bewegten, erinnerte mich an City und unseren Tanz. Noch nie war ich mir auf der Tanzfläche sexy vorgekommen, doch mit ihm war ich in der Lage gewesen, die Musik zu fühlen, anstatt über meine nächste Bewegung nachzudenken.

Ich bestellte einen Martini, weil ich Alkohol wollte, anstatt einem Virgin Daiquiri, damit ich City vergessen und Derek anziehender wirken lassen konnte. Sein Arm strich über meinen Rücken, als er eine Hand auf die Bar legte und mich effektiv gefangen setzte. Ich ignorierte ihn und blickte in den Spiegel. Die Barkeeperin stellte meinen Drink vor mich hin. Ich nahm einen Schluck und schmeckte die Süße des Himbeer-Martinis.

Dieser Abend war wirklich eine bescheuerte Idee. Ich hatte es gleich gewusst. Und ich hätte nie eingewilligt, wenn ich nicht versuchen würde, den großen, muskulösen italienischen Mann zu vergessen.

„Suzy“, flüsterte Derek in mein Ohr und kam mir erneut viel zu nah.

„Was?“, fragte ich mit dem Glas an den Lippen.

„Trink aus, Babe, denn ich kann es nicht erwarten, mit dir hier rauszukommen.“

Derek wackelte mit dem Kopf wie eine Cartoon-Figur. Ich konnte ihn im Spiegel sehen. Meine Wangen wurden heiß bei dem Gedanken, dass mich jemand mit ihm hier sehen könnte.

„Oh-oh.“ Ich drehte mich nicht zu ihm um, sondern betrachtete uns im Spriegel, als ob ich eine Fernsehserie anschaute. Ich musste Zeit schinden. Ich konnte nicht mit ihm auf die Tanzfläche gehen. Auf keinen Fall würde ich das tun. Er konnte mich nicht wie City tanzen lassen, und seine ungeschickten Bewegungen würden nur die Aufmerksamkeit auf uns lenken, wo ich doch unbedingt unauffällig bleiben wollte.

Seine Finger berührten meinen Arm und meine Hand. Ich musste den Drang niederkämpfen, ihm in die Weichteile zu treten. Er plapperte weiter über seine Collegezeit, wo er der König der Tanzfläche gewesen war und die Leute innegehalten hatten, um seinen nächsten *coolen Move* zu sehen.

Fast hätte ich meinen Drink über die Bar gespuckt. Ich brach in Gelächter aus, bis ich Tränen in den Augen hatte. Ich stellte mir die Szene vor. Derek dachte tatsächlich, dass die Leute anhielten, weil sie sein Talent bewunderten, dabei waren sie bestimmt nur schockiert und ungemein amüsiert gewesen.

„Was ist so witzig?“ Er kniff die Lippen zusammen und sah mich an.

„Ach, nichts. Mir ist nur was aus der Collegezeit eingefallen.“ Himmel, ich war schon immer eine schlechte Lügnerin. Aber ich wollte seine Gefühle nicht verletzen. Der Mann besaß Selbstbewusstsein, und welches Recht hatte ich, es ihm zu nehmen?

„Okay, ich dachte schon, du lachst mich aus.“ Er zuckte mit den Schultern, trank von seinem Bier und wischte sich den Mund an seiner Schulter ab. „Komm schon, nur ein Tanz.“ Er entließ mich aus seinem Klammergefängnis.

Ich hob das Glas mit der rosa Flüssigkeit, das nun halb leer war, an die Lippen. Ich schuldete ihm zumindest einen Tanz für seine Bemühungen. Ich schluckte den Rest aus dem Glas und stellte es auf die Bar. „Aber wirklich nur einen.“

Seine Augen strahlten. Er nahm meine Hand und zog mich in die Mitte zwischen die sich windenden Körper.

Wegen der lauten Musik konnte ich meinen Puls nicht spüren, war aber sicher, dass er am Hämmern war. Bei dem Gedanken, dass alle zusahen, wie ich mich zum Affen machte, hätte ich mich am liebsten übergeben. Als wir genau in der Mitte waren, änderte der DJ die Songs. Oh fuck, warum passierte das ausgerechnet mir? Eine traurige, langsame Melodie ertönte und Derek zog mich in seine Arme. Viel lieber hätte ich bei einem wilden Rhythmus eine Idiotin aus mir gemacht, der keine engen Berührungen erforderte.

„Perfekt“, sagte er, schlang die Arme um mich und legte die Hände etwas zu nah an meinen Hintern.

Ich legte meine Hände auf seine Schultern und versuchte, Abstand zwischen uns zu halten, doch Derek verstand den Wink nicht. Er fühlte sich überhaupt nicht wie City an. Da war nichts Festes. Dereks Hände fuhren über meinen Rücken, während er uns zur Musik hin und her bewegte. Ich gab nach und ließ mich von ihm führen. Er sprach nicht beim Tanzen. Die Zeit zog sich wie Kaugummi und es fühlte sich so an, als wäre ich schon seit Stunden in seinen Armen gefangen, ohne dass es einen Ausweg gab.

Als das Lied vorbei war, ließ Derek mich los und trat zurück. Er grinste mich an. „Danke.“

„Wofür?“, brüllte ich, als der nächste Song aus den Lautsprechern dröhnte.

„Den Tanz. Es hat sich toll angefühlt, dich in den Armen zu halten.“ Er nahm meine Hand und küsste sie.

„Das ist süß von dir.“ Ich errötete. Er war eigentlich kein schlechter Kerl. Nur eben nicht City.

„Noch einen Drink?“

„Wenn ich es nicht besser wüsste, Derek, könnte man meinen, dass du mich betrunken machen willst.“

Er lächelte und wurde ein bisschen rot. Dann führte er mich von der Tanzfläche. „Den Versuch kann man einem Mann nicht übelnehmen.“

Wir kamen an ein paar Sofas vorbei und etwas fiel mir ins Auge. Da saß eine Frau in einem hautengen Kleid, das sie kaum bedeckte, mit roten Stilettos und langen, braunen Haaren. Doch es war nicht die Frau, die mir auffiel, sondern der Mann, auf dessen Schoß sie saß.

City.

Er sprach mit ihr und sah mich nicht, war ganz auf sie konzentriert. Seine Hand lag auf ihrem Hintern und sie knabberte an seinen Lippen.

Ich wollte mich auf der Stelle übergeben.

Er schien kein Problem damit zu haben, mich schnell zu vergessen.

Der Anblick der beiden ließ mir die Galle hochkommen. Da hatte ich den ganzen Tag versucht, ihn zu vergessen – völlig erfolglos – und er war bereits weitergezogen.

„Ich nehme dein Angebot an, Derek."

Da ich City und die Frau nicht länger ansehen konnte, ging ich zur Bar und Derek folgte mir. Er hatte heute nur Augen für mich und sein Lächeln zeigte deutlich, dass ich ihn damit glücklich machte.

Obwohl ich diejenige war, die City ignorierte, tat es trotzdem weh, ihn mit einer anderen zu sehen.

„Was soll es sein?", fragte die Barkeeperin und lehnte sich lächelnd an den Tresen.

„Irgendwas kurzes, süßes, und noch einen Himbeer-Martini bitte."

„Ich nehme noch ein Bier", sagte Derek, ehe sie wegging. „Einen Kurzen, ja?"

„Es ist Samstagabend und ich brauche jetzt was Stärkeres."

„Ich wusste gar nicht, dass du gern trinkst, Suzy." Er nahm unsere Gläser, schob mir meins zu und legte der Barkeeperin einen Zwanziger hin.

„Normalerweise nicht, aber was soll's, warum nicht?" Ich zuckte mit den Schultern, nahm das Schnapsglas in die Hand und roch daran. Es war etwas Süßes, aber egal was. Das Zeug sollte nur den Eifersuchtsstich, den ich beim Anblick der Frau in Rot fühlte, dämpfen. „Auf das Leben und die Liebe", sagte ich, hob das Glas und kippte es ab.

Derek deutete mit der Bierflasche auf mich und hob sie dann an seine Lippen. „Wieso bist du noch Single?", fragte er hinter der braunen Flasche.

Ich zuckte die Achseln. „Ich suche noch den Richtigen." Der Martini schwappte aus dem Glas, als ich ihn zu schnell ansetzte. Ein Drink und ein Kurzer, und schon war mir egal, dass ich mir die Brüste bekleckerte. Tränen brannten in meinen Augen. Ich schluckte den Martini und hoffte, dass er mein Gehirn vorübergehend betäuben würde.

Das Gefühl einer Hand auf meiner Brust ließ mich zusammenzucken und der Rest meines himmlischen Himbeerdrinks landete auf dem Boden. „Was soll das?" Ich sah an mir hinab und Derek nahm die Hand von meiner Brust.

„Entschuldige.“ Er grinste. „Ich wollte das nur wegwischen.“ Er lutschte seinen Finger ab und starrte auf meine Möpse.

Ich schnaubte und näherte mich seinem Gesicht. „Egal, wie besoffen ich bin, du fasst mich nicht ohne Erlaubnis an. Hab ich mich klar genug ausgedrückt?“

„Jawoll, Ma'am.“ Er salutierte vor mir.

Was für ein Arsch. Ich stieß ihm meinen Zeigefinger in die Brust und sprach sehr langsam. „Das ist mein Ernst, Witzbold. Fass. Mich. Nicht. An.“ Ich drehte mich um und sah im Spiegel, dass das rote Kleid immer noch auf Citys Schoß saß. Ich krallte die Fingernägel in die hölzerne Theke.

„Okay, Suzy. Wegen mir hast du deinen Drink verschüttet. Lass es mich wiedergutmachen und dir einen neuen bestellen.“

Ich schloss die Augen, rieb mir den Nasenrücken und sah ihn an. „Nicht nötig. Bringst du mich bitte nach Hause?“

„Nur noch einen, Suzy. Ich schwöre, meine Hände bei mir zu lassen. Ich möchte nicht, dass der Abend so endet. Bitte.“

Ich betrachtete ihn und fand, dass er es wohl ehrlich meinte. Er lächelte traurig und sein Blick war bittend. Ich drohte ihm mit dem Zeigefinger. „Also gut, noch einen, aber dann möchte ich gehen.“

„Wunderbar.“ Er hob die Hand und schnippte mit den Fingern, um die Aufmerksamkeit der Barkeeperin zu erlangen.

Ich lehnte mich an die Theke und mein Blick wanderte ständig zum Spiegel. Der dritte Martini ging leicht runter. Meine Beine wurden wackelig und ich brauchte die Theke, um nicht umzufallen. Derek plapperte in mein Ohr und hielt Abstand, während wir unsere dritten Drinks leerten.

Er stellte die Bierflasche ab. „Bist du soweit?“

„Kannst du noch fahren?“ Zwar war ich betrunken, aber noch nicht völlig benebelt.

„Ich vertrage mehr als drei Bier, Babe.“

Als ich aus seinem Mund das Wort Babe hörte, hätte ich ihm am liebsten auf die Schuhe gekotzt. Alles an ihm nervte mich. Nie wieder würde ich mit Derek ausgehen. Laut meiner Liste war er zwar passend, aber in Wahrheit war er eklig und abstoßend, und regte meine Libido nicht an.

„Okay, gehen wir.“ Ich nahm meine Handtasche und schwankte auf wackeligen Beinen zum Ausgang. Derek folgte mir.

„Soll ich dir die Hand reichen?“

„Warum?“ Ich wandte mich ihm zu, wobei ich fast umkippte. Ich hatte zu viel getrunken und erst jetzt wurde mir bewusst, wie sehr zu viel.

„Weil du nicht mehr grade gehen kannst. Halte dich einfach bis zum Auto an meinem Arm fest.“ Er reichte mir den Arm und wartete darauf, dass ich mich an ihm festhielt.

Er grinste oder lächelte nicht und meinte es wohl ehrlich. Der Alkohol hinderte mein Hirn am Denken. Ich hakte mich bei Derek unter und lehnte mich an ihn, schwankte über den Parkplatz und war froh, als wir am Auto ankamen.

Ich lehnte mich an den Wagen und wartete darauf, dass Derek die Tür öffnete. Ich schloss die Augen und genoss die kühle Luft auf meiner feuchtwarmen Haut. Im Club war es stickig gewesen. Meine Wut und Eifersucht wegen City hatte mich erhitzt und noch zusätzlich zum Schwitzen gebracht. Ich war selbst schuld. Ich hatte City weggestoßen. Ich war eine Idiotin. Das war mir klargeworden, als ich ihn mit der Frau im Arm gesehen hatte.

Dereks Lippen befanden sich schneller auf meinen, als ich reagieren konnte. Ich war zwischen ihm und dem Wagen eingeklemmt, stieß mich von ihm ab und schlug auf seine Brust ein. Meine Arme fühlten sich wie Wackelpudding an und ich hatte keine Ahnung, wie fest ich nach ihm schlug, während mein Herzschlag in den Ohren dröhnte. „Hör auf“, murmelte ich zwischen seinen Küssen, doch er hörte nicht auf, sondern presste sich nur fester gegen mich. Seine Lippen wanderten über meine Wange zum Hals und seine Hände umfassten meine Brüste und kneteten sie. „Derek, hör verdammt noch mal auf damit!“, rief ich und schlug auf seine Rippen ein.

„Du willst es doch auch, Suzy“, sagte er an meinem Hals.

„Nein! Hör auf!“ Ich stieß gegen ihn, hatte seinem Gewicht aber nichts entgegenzusetzen. Ich holte aus und schlug ihm mit einem lauten Klatschen ins Gesicht. Meine Hand brannte.

Er hob den Kopf und sah mich an. Sein Mund war nur noch eine schmale Linie. „Du hast mich geschlagen. Was soll der Mist? Ich geb dir doch nur, was du willst, Baby.“

Entweder hatte ich die falschen Signale gegeben, oder er war einfach nur ein Idiot. „Lass mich in Ruhe.“

„Du bist so verführerisch in diesen Klamotten. Du kannst es leugnen, so oft du willst, aber ich weiß, dass du mich willst.“

„Nein, ich …“

Ehe ich es verhindern konnte, lagen seine Lippen erneut auf mir. Ich wehrte mich, hob das Knie, um ihm in die Weichteile zu treten, doch ich traf nur auf leeren Raum.

Er war rückwärts weggeflogen.

City hielt Derek an der Kehle gepackt und hob ihn auf seine Augenhöhe. „Warum suchst du dir keinen ebenbürtigen Gegner, Wichser?“ City sah ihn hasserfüllt an.

„Das geht dich gar nichts an, Mann“, spuckte Derek aus. „Das ist eine Sache zwischen mir und ihr.“ Derek versuchte, sich aus Citys Griff zu befreien.

City wandte sich an mich. „Ist das dein Freund?“ Sein Blick studierte mein Outfit. Ich schüttelte den Kopf und hielt mich am Auto fest, ohne mich zu bewegen. „Darf er dich anfassen?“ Er sah zu Derek und dann wieder zu mir.

Dereks Gesicht hatte einen dunklen Rotton angenommen, fast schon lila, und City verstärkte seinen Griff.

„Nein! Ich habe ihm gesagt, dass er aufhören soll!“, sagte ich. „Aber er ist ein Arbeitskollege von mir. Tu ihm nicht weh.“

City knurrte und seine Brust hob und senkte sich, während er überlegte, was er tun sollte. „Fuck“, brummte er und ließ Derek auf den Boden fallen.

Derek schnappte angestrengt nach Luft und versuchte, aufzustehen, landete jedoch auf allen vieren. Luft drang in meine Lungen, als mir bewusst wurde, dass ich sie angehalten hatte, in der Erwartung, mitansehen zu müssen, wie City Derek zusammenschlagen würde. Hatte er es verdient? Natürlich, aber ich wollte nicht zusehen oder mit den Konsequenzen umgehen müssen.

City stand mit geballten Fäusten an seinen Seiten vor mir und starrte mich an. Seine harten Züge wurden durch seine Wut noch mehr hervorgehoben. Die Muskeln an seinen Wangen zuckten.

„Was ist los, Suzy? Ich habe dich angerufen und du hast nicht geantwortet, und jetzt bist du hier mit diesem Wichser und lässt dich fast vergewaltigen?“

Er fuhr sich durchs Haar, sah zu Derek zurück und dann wieder mich an.

„Es tut mir l… leid.“ Ich hatte keine Ahnung, wie ich aus der Nummer rauskommen konnte. Es gab keine Ausreden. „Ich wusste nicht, was ich dir sagen sollte. Außerdem hattest du da drin anscheinend sowieso die Hände voll.“ Das klang schnippisch.

„Wovon zur Hölle redest du?“

„Brünett, rotes Kleid, halber Trockenfick auf der Couch. Läutet da was bei dir?“ Was fiel ihm ein, *mich* zu kritisieren?

„Fuck.“ Erneut ballte er die Hände zu Fäusten. „Kaylee bedeutet mir nichts.“

„Und ich auch nicht, nehme ich an.“

„Weib, du hast keine Ahnung, was du da sagst.“

Er kam näher und mein Körper nahm instinktiv seine Nähe wahr. Ich wurde feucht zwischen den Beinen. Ich schluckte schwer, was nicht einfach war, denn meine Kehle war wie ausgedörrt. „Ich habe deine Hände auf ihrem Hintern gesehen und sie hat dich geküsst. Wie willst du das erklären? Frauen scheinen für dich wertlose Objekte zu sein.“

„Halt den Mund, Suzy. Ich bin dir hier raus gefolgt, weil ich gesehen habe, dass du mit jemandem, den ich nicht kenne, nach draußen gestolpert bist. Ich wollte nach dir sehen. Kaylee ist niemand. Verstehst du das? Niemand! Ich bin weder mit ihr hergekommen noch habe ich sie gebeten, sich auf meinen Schoß zu setzen. Ich war nur freundlich zu ihr.“

„Na, wenn das bedeutet, sie zu befummeln, warst du ja

ziemlich freundlich zu ihr."

„Suzy, hör mir zu. Ich habe dich angerufen und wollte ein Date mit dir. Aber du hast mich abblitzen lassen. Was sollte ich da machen? Rumsitzen und auf deinen Anruf warten?"

Er verringerte den Abstand zwischen uns und mir entwich schlagartig die Atemluft.

Tränen strömten über meine Wangen, als ich die Situation begriff. Hätte City Derek nicht aufgehalten, hätte ich mich allein gegen ihn wehren können? City hatte mich gerade gerettet und ich benahm mich wie eine blöde Zicke. Ein Schluchzen entkam mir und ich brach zusammen. City nahm mich in die Arme und küsste mich auf die Stirn. Er fühlte sich an mir so verdammt *richtig* an. Bei ihm fühlte ich mich wohl und sicher, egal, wie wenig wir nach meiner Liste zusammenpassten.

Er sagte nichts, gab beruhigende Laute von sich und ich verbarg mein Gesicht an seinem weichen T-Shirt. Meine Finger fanden sein Nippelpiercing und spielten automatisch damit, während ich versuchte, mich zu beruhigen.

„Kann ich dich jetzt nach Hause bringen, Sugar?", fragte er mich mit dem Gesicht in meinem Haar.

„Ja", wimmerte ich und klammerte mich an ihn wie an einen Rettungsring.

Wortlos hob er mich hoch und trug mich über den Parkplatz. Ich schmiegte mich an ihn und legte den Kopf an seine Schulter. Der Gedanke an Kaylee stach immer noch schmerzhaft, doch ich konnte ihm nicht länger böse sein. Er rettete mich vor einem total schiefgelaufenen Abend und dafür verdiente er meine Vergebung.

Als er mich mit dem Hintern auf den kühlen Motorradsitz platzierte, krampfte sich in mir alles zusammen. Ich sagte nichts, während er mir den Helm anzog und ihn unter dem Kinn verschloss. Er strahlte genau die richtige Mischung aus, die das Herz jeder Frau höherschlagen lässt: furchtbar wütend und gleichzeitig anbetungswürdiges Alpha-Tier.

„Kannst du dich an mir festhalten?", fragte er mit meinem Kinn zwischen seinem Daumen und Zeigefinger.

„Ja." Ich klang atemlos und mein Tonfall verriet mein Verlangen.

Er stieg auf die Maschine, schob seinen Hintern zwischen meine Schenkel und umfasste die Handgriffe. Ich schmiegte mich eng an ihn und faltete die Hände vor seinem Torso zusammen. Normalerweise verspürte ich an dieser Stelle nervöse Aufregungen wegen der Fahrt, doch diesmal nicht.

„Festhalten, Sugar."

Er ließ den Motor aufheulen und startete den kurzen Weg zu mir nach Hause. Die kalte Luft verwirbelte meine Haare, die aus dem Helm hingen. Ich drängte das Gesicht dicht an seinen warmen Rücken.

Mit dem Starten des Motors dachte ich an nichts mehr. Ich ließ zu, mich im Augenblick zu verlieren, die Vibrationen zu genießen und das Gefühl von City zwischen meinen Beinen.

Vollkommen im City-Koma versunken bemerkte ich nicht, dass wir in meine Wohngegend kamen, durch die kurvigen Straßen zu meinem Haus fuhren. Vielleicht war ich ein wenig weggetreten, doch ich wollte für immer hierbleiben, um City geschlungen und in einem stressfreien Nebel der Zufriedenheit.

Er stellte den Motor ab und ich murmelte etwas in sein T-Shirt.

Mit einem Bein auf dem Boden hielt er die Maschine aufrecht und tätschelte meine Hände. „Wir sind da, Sugar."

„Hm, mmh", brummte ich an seinem Rücken, hob den Kopf und blickte verschwommen auf mein Haus. Ich ließ City los und wischte mir über den feuchten Mund. „Danke, City. Ich weiß nicht, was heute passiert wäre, wenn du nicht gekommen wärst." Ich wollte absteigen, hatte jedoch nicht die Kraft dazu und sackte auf meine Position zurück.

City lachte, stieg ab, zog mich vom Bike und nahm mich in die Arme. „Darf ich mit reinkommen?" Mit der Nasenspitze strich er über meine Wange.

„Kommt drauf an. Bist du sauer auf mich?" Ich hoffte, er würde Nein sagen.

„Nein, Suzy. Aber wir müssen reden." Er runzelte die Stirn und sah mich bittend an.

„Okay." Ich lehnte den Kopf an seine harte Brust und rieb

mit der Hand über seine Bauchmuskeln.

Dann gab ich ihm den Hausschlüssel und wir gingen zur Tür. Ich konnte keine Wut mehr an ihm erkennen, doch sein schiefes Grinsen, an das ich mich so gewöhnt hatte, war immer noch verschwunden.

City kickte seine Schuhe von den Füßen, ehe er meinen weißen Teppich betrat, und setzte mich auf der Couch ab. Die Couch senkte sich unter seinem Gewicht. Ich konnte ihm nicht in die Augen sehen. Ich spielte nervös mit den Fingern, als das unangenehme Schweigen ohrenbetäubend wurde. Mein alkoholisierter Nebel lichtete sich langsam, ich fühlte mich nur noch leicht angeheitert.

„Warum zum Teufel hast du mich heute nicht angerufen? Ich dachte, wir hatten eine Verabredung. Was zur Hölle habe ich falsch gemacht?"

In mir zog sich alles zusammen bei seinen Worten. Die Traurigkeit war seiner Stimme deutlich anzuhören.

„Ich wollte etwas Abstand zwischen uns schaffen. Du hast nichts falsch gemacht." Ich schüttelte den Kopf und sah ihm in die Augen.

„Abstand? Warum denn?" Eine Falte bildete sich zwischen seinen Augenbrauen.

„Ich glaube einfach nicht, dass es mit uns funktionieren würde."

„Weib, du denkst zu viel, und das ist doch total irreal. Ich habe mir vorhin wegen diesem Wichser den Arsch aufgerissen, und wie kam das bei dir an?" Er machte eine kurze Pause. „Wie kommst du darauf, dass wir keine Chance haben?"

Wieder konnte ich seinem Blick nicht standhalten und sah woanders hin. „Wir sind einfach zu verschieden, City. Ich sehe keine gemeinsame Zukunft für uns, und in meinem Alter muss ich nach vorn schauen. Ich lebe nicht einfach so in den Tag hinein wie du. Wir haben nichts gemeinsam und leben in verschiedenen Welten." Ich starrte geradeaus und Tränen ließen meine Sicht verschwimmen. Ich versuchte, sie fortzublinzeln.

City seufzte, legte die Hand auf meine Wange und drehte mein Gesicht in seine Richtung. „Sieh mich an, Sugar." Sein

Blick schweifte über mein Antlitz. „Ich weiß ja nicht, wie du dir mein Leben vorstellst, aber du hast auf jeden Fall keine Ahnung, wer ich bin. Wir lernen uns gerade erst kennen, und aus irgendeinem Grund willst du mich plötzlich ausklammern. Außerdem hast du doch selbst gesagt, dass Sophia und Kayden total verschieden sind, aber trotzdem als Paar funktionieren. Warum sollten wir das nicht auch können?“

Ich atmete zittrig ein. Seine Worte schmerzten im Herzen. „Ja, das habe ich gesagt, aber ich bin mir einfach nicht sicher, City.“

„Über was denn? Sag es mir.“ Er legte die Hand auf meine geschlossene Faust auf meinem Schoß und streichelte mich mit dem Daumen.

„Ich mag dich sehr. So sehr, dass es mir Angst macht und ich nicht weiß, ob ich das gebrochene Herz überstehen würde, wenn du mich irgendwann verlässt.“ Eine Träne rollte über meine Wange.

„Aber du hast uns gar keine Gelegenheit gegeben, auszuprobieren, ob es funktionieren würde.“ Mit einem Finger wischte er die Träne aus meinem Gesicht.

„Du bist einfach kein Mann für nur eine Frau. Soviel weiß ich über dich schon, und damit kann ich nicht leben. Ich will dich mit keiner anderen teilen.“

„Suzy, ich bin keine männliche Hure. Seit ich dich kenne, war ich mit keiner anderen zusammen. Und ich will auch keine andere, sondern nur dich.“

„Das würde ich liebend gern glauben, aber du hast heute mit dieser Karen ein bisschen zu kuschelig rumgemacht.“

„Kaylee, nicht Karen. Ich werde ganz ehrlich zu dir sein. Ich habe insgesamt zweimal mit ihr geschlafen. Darauf bin ich nicht unbedingt stolz, aber sie hat es angeboten und ich habe es angenommen. Sie wäre gern meine feste Freundin und ich habe das schon abgelehnt. Ich habe ihr klargemacht, dass wir niemals zusammen sein werden. Hätte ich sie einfach auf den Boden werfen sollen, als sie sich auf meinen Schoß gesetzt hat?“

„Nein, ich glaube nicht.“ Ich hatte keine Lust, daran zu denken, wie eine andere Frau auf ihm saß und ihn anflirtete.

„Ich wollte heute lieber bei dir sein, aber du hast mir einen Korb gegeben. Gestern Abend war es so schön gewesen, aber als ich dich nach Hause gebracht habe, hast du dich innerlich abgekapselt."

„Ich weiß es einfach nicht, City."

„Joey."

„Joey. Ich habe Kayden und Sophia den ganzen Abend beobachtet. Sie haben mich daran erinnert, dass ich das eines Tages auch haben will. Ich will, dass mich jemand liebt und allein mir gehört. Ich möchte jemandem wichtig sein." Ohne zu blinzeln sah ich ihm in die Augen und befürchtete, dass mir noch eine Träne entkommen würde.

„Das möchte doch jeder …"

„Lass mich ausreden." Ich schüttelte den Kopf. „Ich mag dich wirklich, Joey. Bei niemandem habe ich je so empfunden wie bei dir. Aber ich kann nicht riskieren, mich in dich zu verlieben. Ich will kein gebrochenes Herz." Ich biss mir auf die Lippe und versuchte, mich auf den Schmerz zu konzentrieren, anstatt auf die Traurigkeit, wollte den Tränen keinen freien Lauf lassen. „Ich glaube, es ist das Beste, wenn wir jetzt aufhören. Unsere Zeit zusammen war wunderbar, aber ich kann das nicht mehr. Ich kann mich nicht selbst belügen."

„Darf ich jetzt etwas sagen?" Er lächelte, doch es war ein trauriges Lächeln. „Glaubst du, dass ich zur Liebe fähig bin?" Seine Lippen waren eine gerade Linie und wartend sah er mich an.

„Ja, aber ich glaube nicht, dass du schon so weit bist und ich kann nicht rumsitzen und darauf warten, dass du bereit bist. Das wäre für uns beide nicht fair."

„Suzette." Der volle Name bedeutete immer, es folgte etwas Ernsthaftes. „Normalerweise erlaube ich mir nicht, mir eine Zukunft mit jemandem auszumalen. Aber gestern habe ich eine Welt voller Möglichkeiten gesehen. Mir ist klargeworden, was ich bisher verpasst habe. Ich will auch, was Kayden und Sophia haben." Er drückte meine Finger und streichelte mit dem Daumen meinen Handrücken. „Sieh mich an. Jahrelang habe ich niemanden nah an mich herankommen lassen. Aber deine Unschuld und deine Herzlichkeit haben mein Herz erweicht."

„Oh." Überrascht weitete ich die Augen.

„Ich möchte mit dir auch nichts übereilen. Und ich möchte nichts zwischen uns zerstören, aber du musst meinen Hintergrund kennen, um mich zu verstehen. Ich muss dir von meiner Vergangenheit erzählen." Er schluckte schwer und ich sah, wie sich sein Adamsapfel bewegte. „Ich war schon mal verliebt. Ich hatte eine Verlobte und dachte, mein Leben wäre gut vorgeplant. Aber Pläne entwickeln sich manchmal anders, als wir denken."

„Das tut mir leid", sagte ich, entzog ihm meine Hand und streichelte mit dem Daumen seinen Bartschatten.

„Es ist lange her. Wir studierten und sie hieß Joni. Es war eine Highschool-Liebe." Er schloss kurz die Augen und ich sah das Leid auf seinen schönen Zügen. „Ich habe sie mehr als alles in der Welt geliebt, aber sie wurde aus meinem Leben gerissen."

Mein Herz stoppte fast bei dem Gedanken, dass ihm jemand das Herz gebrochen hatte.

„Auf dem Nachhauseweg von der Arbeit wurde sie von einem LKW überfahren und war sofort tot." Er senkte den Blick und verbarg sein Gesicht vor mir. Ich konnte mir kaum vorstellen, wie es sein musste, auf diese brutale Weise seine Liebe zu verlieren. „Danach habe ich mir nicht mehr erlaubt, jemanden an mich ranzulassen. Es hat mich fertiggemacht und ich wusste nicht, ob das jemals wieder heilen würde."

„Das tut mir so leid, Joey." Ich küsste ihn auf die Wange und ließ ihm Zeit, sich zu sammeln und den intimen Teil von sich selbst für sich zu behalten.

Er hob den Blick und sah mich an. „Du erinnerst mich sehr an Joni. Zum Beispiel deine Freundlichkeit und deine verspielte Natur. Das ist ansteckend. Ihr beide wärt gute Freundinnen geworden. Sie war mein Licht und ich konnte mir ein Leben ohne sie nicht vorstellen. Bis sie starb. Ich dachte, der Schmerz würde mich umbringen, Suzy. Ich hatte solche Angst, mich wieder jemandem so zu öffnen, aber du hast mich dazu gebracht, es wieder versuchen zu wollen. Bitte stoß mich nicht weg. Ich kann dir zwar jetzt noch nicht versprechen, dass es für immer ist, aber ich möchte, dass du mir gehörst, Suzy."

Ich schnappte nach Luft. „Wie meinst du das?"

„Weib, echt jetzt, manchmal muss ich die Dinge für dich buchstabieren. Als so kluge Frau erstaunt mich das ab und zu." Er lachte in sich hinein. „Ich möchte, dass du meine feste Freundin bist. Mir gehörst, und ausschließlich mir. Ich wollte dich heute fragen, aber dann hast du mich abgewiesen."

Ja, ja, ja!

„Und was ist mit dir?" Würde er sich weiterhin mit anderen treffen?

„Ich will nur dich, Suzy. Das ist eine volle Verpflichtung, und die gilt für beide Seiten. Dein Körper gehört mir und niemandem sonst. Es ist wie gesagt lange her, dass ich nur mit einer bestimmten Person zusammen sein wollte."

„Okay", wisperte ich und lächelte. Seine Worte sackten tiefer und ich vibrierte innerlich vor Aufregung. City wollte mich als feste Freundin. Wow.

„Also, willst du meine feste Freundin sein?"

„Ja", sagte ich und stieg auf seinen Schoß. „Noch nie wollte ich etwas so sehr", sagte ich an seinen Lippen.

„Mein", knurrte er und nahm meine Lippen stürmisch.

Der Kuss fühlte sich anders an. Er war entschlossener, besitzergreifender.

City erhob sich und nahm mich mit. Ich schlang die Arme um seinen Nacken und erwiderte den Kuss mit mehr Leidenschaft als je zuvor. Ich wollte ihn mehr als je zuvor. Ich wollte mit ihm schlafen und ihm so meine Leidenschaft zeigen – ich wollte ihn heilen. Er mochte ein gebrochener Mann sein, doch ich half ihm, sein Herz zu flicken und gab ihm alle Liebe, die ich zu geben hatte.

Kapitel 14

Stiche

City

Meinen Verlust von Joni mit Suzy zu teilen war einfacher, als ich es mir vorgestellt hatte. Ich sprach nur selten von ihr und nur meine Familie kannte meine Vergangenheit. Doch ich fühlte, dass Suzy es wissen sollte, damit sie mich verstand. Ich schuldete es ihr. Ich hatte es mit ihr weitergehen lassen als bei einer oberflächlichen Beziehung, indem ich ihre Freunde kennen lernte und sie öfter als nur einmal getroffen hatte. Verdammt, ich hatte sie öfter getroffen als jede andere Frau, die ich seit Joni in mein Bett gelassen hatte.

Suzy stellte die Füße auf den Schlafzimmerboden, rutschte an mir hinab, bis sie stand, und lehnte sich an mich. Ihre sanften Augen sahen mich an und ihre Mundwinkel hoben sich zu einem Lächeln. Sie umfasste mein Gesicht, stellte sich auf die Zehenspitzen und ihre Lippen berührten meine. Sie schmeckte süß und mein Körper verlangte nach mehr. Wir küssten uns mit offenen Augen. Ihre Pupillen vergrößerten sich und sie blinzelte langsamer. Ihre Hände bewegten sich und ich hörte den Stoff ihres Oberteils rascheln, während ihre Fingerknöchel über meinen Bauch strichen. Ich griff nach ihren Händen und hielt sie still. „Ich werde dich ausziehen." Sie ließ die Arme seitlich fallen.

Sie schluckte schwer, lächelte und hob für mich die Arme. Ich zog das Top hoch, entblößte ihren zarten Bauch, ehe die weiße Spitze des BHs zum Vorschein kam. Ihre erigierten Nippel riefen geradezu nach meinem Mund.

Ich ließ das Top auf den Boden fallen, streichelte über ihre erhobenen Arme, ihr Schlüsselbein, ihre Brüste, und hielt an ihren Nippeln inne. Ich umfasste ihre Brüste mit den Handflächen und fühlte ihr Gewicht. Suzy atmete schneller, als ich ihre Nippel mit den Daumen reizte und ihr in die Augen sah. Sie öffnete den Mund, legte den Kopf in den Nacken und atmete zischend ein.

Ich wollte sie grob und schnell nehmen, aber nach diesem Gespräch war es besser, ihr meine sanfte Seite im Bett zu zeigen. Zumindest heute konnte ich nicht grob mit ihr umgehen. Ich wollte ihr zeigen, dass sie mir mehr bedeutete als lediglich ein Sexspielzeug.

Ich zwang mich dazu, mich von ihren Brüsten zu lösen und ihren zarten Bauch zu streicheln, die Finger im Bund ihres Rocks zu verhaken und ihn ihre Beine hinunter zu ziehen. Ein passendes weißes Spitzenhöschen kam zum Vorschein. Ich ging auf die Knie und küsste den zarten Stoff. Sie stand vor mir und schwankte leicht.

„Die Füße, Sugar." Ich tippte auf ihre Zehen und wartete auf Suzys Reaktion. Sie kicherte, stieg aus dem Rock und der Klang wärmte mein Herz. Reinheit und Glückseligkeit. Ich packte sie an den Hüften und schob sie rückwärts, bis ihre Kniekehlen an die Matratze stießen. Sie setzte sich und sah mich mit großen Augen an.

„Leg dich hin", knurrte ich und spreizte ihre Knie weit. „Ich will deine süße Pussy schmecken. Ich werde dich verschlingen, bis du um meinen Schwanz bettelst." Ich grinste sie an. Ich könnte mich eine Ewigkeit damit beschäftigen, mich an ihrem Körper zu erfreuen, ihrer Mitte mit meiner Zunge zu huldigen.

Sie stützte sich auf den Ellbogen ab, grinste, und ich setzte mich zwischen ihre Knie. „Ganz runter, Sugar." Warnend übte ich Druck auf ihre Knie aus.

„Oh verdammt, du bist so schön zwischen meinen Beinen. Ich wollte dich nur ansehen", sagte sie mit einem verspielten Grinsen.

„Sieh mich weiter an." Ich ergriff ihr Spitzenhöschen.

„Warte", sagte sie, als ich es von ihr zog.

Mit einem schnellen Ruck zerriss ich das Höschen.

„Hey, Mist, das war teuer." Sie atmete empört aus.

„Ich kauf dir ein neues, Sugar. Schluss mit dem Gerede. Mein Mund hat Wichtigeres zu tun." Ich streichelte ihre Beine und zog sie an den Knien auseinander. Mit dem Mund berührte ich ihre zarte, empfindliche Haut am Oberschenkel und leckte sie dort, bis sie erschauerte.

Ich roch ihre Erregung und der süße Duft ihrer Pussy brachte meinen Schwanz zum Pochen. Ich küsste und leckte mich zu dem V vor, an dem ihre Beine in die Leiste übergingen, nur wenig von ihrer Pussy entfernt. Ich sog sie in meinen Mund, leckte ihre Säfte auf, ließ die Zunge auf ihrer glatten Haut tanzen und genoss ihre leisen Lustlaute. Ich fuhr mit der langsamen, sinnlichen Attacke fort, umfasste ihre Knie und leckte über ihre Pussy, reizte aber gleichzeitig weiterhin ihre Klit. Dann tat ich dasselbe an ihrem anderen Bein, sog ihre Haut in den Mund und hinterließ einen Knutschfleck. Seit der Highschool hatte ich keinen mehr verursacht, doch jetzt wollte ich eine Markierung hinterlassen, die sie daran erinnerte, wem sie gehörte.

„Du bringst mich noch um", keuchte sie atemlos. Ich grinste und knabberte an ihr. Sie zuckte zusammen. „Oh Gott", japste sie. Das Bett federte nach, als sie den Kopf auf die Matratze zurückfallen ließ.

Ich leckte über die Stelle, an der ich einen roten Fleck erzeugt hatte, der keinen Zweifel aufkommen ließ, wo ich war und zu wem sie gehörte. Ich konnte es nicht mehr abwarten, sie zu schmecken und auf der Zunge zu spüren. Ich inhalierte ihren Duft, senkte den Mund auf sie, vergrub die Nase in ihrem blonden Haar und roch ihre Nässe. Meine Zunge lag flach auf ihrer Klit und ich ließ sie kreisen, ohne sie jedoch so zu berühren, wie Suzy es gern gehabt hätte. Wie ein verhungernder Mann saugte ich an ihren Schamlippen und schmeckte ihre Säfte auf der Zunge. Suzy krallte die Finger in meine Haare und drängte mein Gesicht weiter in ihre Mitte.

Ich tauchte die Zunge in ihre Nässe und schluckte den Beweis ihrer Erregung. Von diesem Geschmack würde ich sicherlich niemals genug bekommen. Ich wollte sie schreien hören und konnte nicht länger warten. Ich leckte aufwärts, nahm die letzten Tropfen von ihrer Pussy auf und saugte fest an ihrer Klit.

Sie stöhnte, presste mein Gesicht fester an sich und wand sich unter meinen Berührungen. Ich schob zwei Finger in sie und sie erstarrte. Ihre Pussy umklammerte meine Finger, die ich nun in sie stieß. Sie bäumte sich auf, krallte sich ins Laken und stöhnte. Mit einer Hand griff ich an eine ihrer Brustspitzen. Ich kniff in den Nippel, reizte ihn rhythmisch, was prompt ihren Höhepunkt einleitete. Sie hob den Kopf, versteifte sich und atmete kurz und zittrig.

Ich beobachtete ihr Gesicht, sah zu, wie sie ins Nirwana glitt, vom Orgasmus in schwindelnde Höhen getragen wurde.

Sie ließ den Kopf ins Kissen fallen, öffnete die Augen und atmete bebend durch.

Ich lauschte ihrem keuchenden Atem, holte ein Kondom, stand auf und zog meine Sachen aus. Sie sah mich an wie ein Jäger seine Beute. Ich streichelte meinen Schwanz und betrachtete ihren Körper, der darauf wartete, von mir ausgefüllt zu werden. Mit leicht geöffnetem Mund starrte sie auf meine Hand, mit der ich mich hart pumpte und an der Spitze über das Piercing glitt.

„Willst du mich in dir spüren, Sugar?“, fragte ich in einem langsamen, tiefen Tonfall. Ich stand vor dem Bett und rieb mich selbst.

„Nun ja“, sagte sie, streichelte über ihre Brüste und leckte sich die Lippen. „Ich meine, deine Finger sind die reinste Zauberei und dein Mund ist fantastisch …“

Ich hielt die freie Hand hoch. „Pssst, Sugar, kein Gerede mehr. Ich will nur noch hören, wie du meinen Namen schreist, während du um meinen Schwanz herum kommst.“

„Oh.“

Ihr Blick klebte immer noch auf meinem Schwanz, als hätte sie ihn noch nie zuvor gesehen. Sie war so leicht zu erregen. Ich riss die Kondomverpackung mit den Zähnen auf und rollte das Ding über meinen pochenden Schwanz. Ich konnte nicht länger warten, in ihrer Pussy zu sein und zu kommen.

Ich kroch über sie und zwischen ihre Beine. „Zum ersten Mal nehme ich dich als die Meine.“ Ich legte meine Hand auf ihre köstliche Mitte und packte besitzergreifend zu. „Niemand sonst darf dich anfassen. Verstanden, Suzette?“, fragte ich sie mit meinen Lippen dicht an ihren.

„Ja, Joseph. Ich gehöre dir und nur dir", sagte sie und sah mich an.

Ich küsste sie und nahm sie in Besitz, fickte sie mit aller Leidenschaft. Ich nahm sie langsam und sanft, gab ihr die Zuneigung, die sie verdiente und verehrte sie auf eine Weise, die sie noch nie erlebt hatte.

Dann sackte ich auf der Matratze zusammen. Ich streckte mich lang aus und betrachtete die Zimmerdecke, während Suzy sich bettfertig machte. Sie kam in einem T-Shirt aus dem Bad, aber ich wollte beim Schlafen ihre Haut an meiner spüren. „Keine Klamotten."

„Was?" Sie hatte bereits eine Hand auf der Matratze.

„Wenn du mit mir im Bett bist, möchte ich, dass du nackt bist. Klamotten sind eine Barriere, mit der ich mich nicht befassen will. Ich will dich komplett, wann immer ich dich nehmen möchte, manchmal auch mitten in der Nacht." Ich tätschelte die Matratze.

„Und Unterwäsche?" Sie lächelte und hob das T-Shirt an.

„Auch keine Unterwäsche. Zieh dich aus und beweg deinen tollen Hintern in dieses Bett." Sie grinste mich nur albern an und blieb stehen. „Mach schon", sagte ich.

„Aber …"

„Kein Aber, Sugar. Ich habe schon jeden Zentimeter von dir gesehen, sogar deinen hübschen Hintereingang. Irgendwann wird der auch mir gehören."

Ihr Lächeln verblasste, doch ihre Augen funkelten. Sie stieg aus dem Höschen und warf das T-Shirt auf den Boden. Nackt kuschelte sie sich an mich und legte den Kopf auf meine Schulter.

„Die Hand, Sugar."

Brav legte sie die Hand auf meine Brust. Sie hatte nicht vergessen, wo ich sie in unserer ersten gemeinsamen Nacht platziert hatte. Unter ihrer Handfläche klopfte mein Herz. Ich spürte es, als ich meine Hand auf ihre legte. Ich presste die Lippen an ihre Stirn. „Süße Träume, meine Schöne."

„Gute Nacht, Joey." Sie gähnte.

Schnell wurde ihre Atmung gleichmäßig.

Ich lauschte ihren leisen Atemzügen, als sie neben mir

schlief, in meine Arme gehüllt und an mich gekuschelt. Ich hielt sie fest an meiner Brust und spürte ihre Finger auf meiner Haut. Während ich ihre Hand streichelte und meine Finger in ihrem Haar vergrub, wurden mir die Augen schwer.

Ich öffnete in der Dunkelheit die Augen und spürte, dass mich jemand anstarrte.

„Bist du wach?", wisperte sie.

„Jetzt ja", sagte ich und bewegte die Finger in ihren Haaren. „Was ist los, Sugar?"

„Ich kann nicht schlafen. Ich wollte dich nicht wecken, aber …"

„Was beschäftigt deinen hübschen, kleinen Kopf?" Ich nahm die Hand aus ihren Haaren und streichelte die zarte Haut ihres Armes, strich rhythmisch darüber.

„Ich habe einfach Angst", flüsterte sie.

„Vor mir?" Ich zog meine Hand zurück und betrachtete ihr Gesicht, das blass vom Mondlicht beschienen wurde, das durch die Ritzen des Rollos fiel.

„Nicht wirklich." Sie rieb leicht über meine Brust. „Ich hatte zwar ein paar Beziehungen, aber eben nur wenige. Und nie habe ich das empfunden, was ich für dich empfinde, Joey. Es macht mir eine Heidenangst."

„Was hast du denn für sie empfunden?", fragte ich und war neugieriger auf das, was sie für mich empfand als für die Männer vor mir.

„Sie waren nett, aber ich hatte keine Schmetterlinge im Bauch, jedes Mal, wenn ich sie gesehen habe. Tagelang hatten wir uns mal nicht gesehen und das machte mir nichts aus. Bei dir checke ich ständig das Handy, ob du was geschrieben hast. Ich fühle mich zu anhänglich, und das gefällt mir nicht, Joey."

„Sugar." Ich griff unter ihr Kinn und richtete ihre betrübten Augen auf mich. „Das ist nicht anhänglich. Das wäre es nur, wenn du mir den ganzen Tag nachsteigen würdest und jeden meiner Schritte wissen wolltest. Wenn du zu jeder Zeit bei mir zu Hause auftauchen und tagsüber ständig im Laden erscheinen würdest." Ich schüttelte den Kopf und grinste sie an. „Du bist nicht zu anhänglich. Streich diesen Mist ganz schnell aus deinem Kopf."

„Na gut, wenn du es sagst. Es ist nur alles so neu und unbekannt für mich. Sollte ich es übertreiben und wie eine Irre rüberkommen, sag es mir bitte." Ihr sorgenvoller Blick entspannte sich leicht.

„Abgemacht." Ich küsste sie auf die Stirn und ließ die Lippen eine Weile auf ihrer zarten Haut verweilen.

„Was war deine längste Beziehung?", fragte ich. Ich selbst war nicht gerade ein Vorbild für eine normale Beziehung, seit ich Joni verloren hatte, aber ich hatte so das Gefühl, dass Suzy genauso wenig Glück gehabt hatte wie ich, was die Liebe anging.

„Vier Monate."

„Hast du ihn geliebt?"

„Das dachte ich zumindest, aber eine Woche, nachdem ich diese berühmten Worte zu ihm gesagt hatte, hat er Schluss gemacht. Er war der einzige Mann, zu dem ich es je gesagt habe, und er hat mir das Herz gebrochen."

Beruhigend strich ich ihr über die Arme. Sie sprach weiter.

„Danach habe ich keinen mehr so dicht an mich rangelassen. Das war im College und nach dem Ende der Beziehung habe ich mich ins Studium gestürzt und alles vermieden, was so aussah, als ob es eine Beziehung werden könnte." Sie gähnte und kuschelte sich enger an mich.

„Das verstehe ich, und auch, dass du dein Herz beschützen willst. Ich habe mehr Jahre so gelebt, als ich zugeben möchte." Ich zog sie an mich, bis kein Haar mehr zwischen uns passte. „Lass es uns einfach langsam angehen. Das ist für uns beide das Beste."

„Langsam", wiederholte sie und streichelte mein Gesicht.

Ich nahm ihre Hand, legte sie wieder auf meine Brust und auf mein Herz.

Ihre Atmung änderte sich, als sie einschlief. Ich schloss die Augen und war zum ersten Mal seit Joni in meinen Armen geschlafen hatte wieder glücklich. Ich blickte freudig in die Zukunft.

Kapitel 15

Tattoos und Schmerzen

Suzy

„Wie läuft's so mit Mister Piercing?" Sophia lachte ins Telefon.

Ich kaute an meinem Bagel.

„Heute Morgen hat er mir ein kleines Abschiedsgeschenk gemacht, bevor er nach Hause gefahren ist, um sich umzuziehen." Ich kaute den Bissen und genoss den Frischkäse auf der Zunge.

„Ohh, jemand hatte Übernachtungsbesuch. Ich mag ihn, Suz. Er sieht zwar wie ein böser Junge aus, aber ich erkenne das weiche Herz dahinter. Er erinnert mich etwas an Kayden, aber ich hoffe, ohne den ganzen anderen Mist."

Ich schluckte den etwas trockenen Bagelrest. „Fast hätte ich alles versaut, Sophia." Ich nahm das Glas Milch von der Theke, trank einen Schluck und wartete darauf, von Sophia zusammengefaltet zu werden.

„Bist du total verrückt geworden? Warum um Gottes willen machst du denn so was? Was ist passiert?", rief sie. Ihre schrille Stimme schmerzte in meinem Ohr.

„Ich habe einfach keine Zukunft für uns gesehen und wollte mich nicht zu sehr an ihn binden. Gestern habe ich ihn links liegen lassen und bin mit Derek ausgegangen."

„Derek? Was sollte das denn, Suzy? Du weißt, dass der Kerl mir unheimlich ist."

Ich lehnte mich an die Theke und verspürte den Drang, meinen Kopf mehrfach auf die graue Arbeitsplatte zu schlagen, weil ich so dumm gewesen war. „Ich weiß. Ich wollte City vergessen. Das wurde zu einer Vollkatastrophe, die ich dir ein andermal erzähle. Jedenfalls eilte City zu meiner Rettung herbei und hat mich nach Hause gebracht."

„Oh Mann, ich danke Gott für kleine Wunder."

„Sophia, er hat mich gefragt, ob ich seine feste Freundin sein will. Kannst du das glauben?"

„Klar doch. Du bist eine tolle Frau. Jeder Mann könnte sich glücklich schätzen, dich an seiner Seite zu haben. City ist klug genug, das zu erkennen. Kayden war genauso bei mir, aber sein hartes Äußeres ist geschmolzen. Manchmal muss man den Dingen ihren Lauf lassen, um etwas Gutes zu erleben. Nichts im Leben ist ohne Risiko, Suzy."

„Ich weiß. Mein ganzer Körper vibriert, wenn ich bei ihm bin, und in meinem Bauch tanzen Schmetterlinge. Noch nie habe ich so bei einem Mann empfunden und das macht mir Angst. Ich habe versucht, ihn wegzustoßen, aber er hat mich nicht gelassen."

„Du musst echt gut sein."

Ich erstickte fast an einem Schluck Milch, hustete, und die Flüssigkeit stieg mir in die Nase hoch. Ich wischte mir das Gesicht ab. „Wie meinst du das?"

„Tja, du hast versucht, ihn loszuwerden, und normalerweise ziehst du durch, was du willst. Du hast also nicht nachgegeben, aber er ist trotzdem wiedergekommen. Die meisten Männer hätten aufgegeben und keinen zweiten Blick mehr investiert, aber du musst etwas Besonderes an dir haben, dass er mehr davon haben will und drangeblieben ist. Wer hätte das gedacht?" Sie kicherte.

„Sei still, du versautes Wesen. Wir hatten ein gutes Gespräch über Beziehungen. Er wurde auch schon mal verletzt und hatte seit Jahren keine feste Beziehung mehr."

„Wir alle wurden schon mal verletzt. Das gehört zur Liebe. Wenn man nie verletzt wurde, hat man noch nie wirklich geliebt. Was ist ihm passiert?"

„Seine Verlobte ist gestorben." Ich stellte meine Tasse in die Spülmaschine, lehnte mich an die Theke und klemmte mir das Handy zwischen Wange und Schulter.

„Wow. Das ist ja schrecklich. Ich kann mir nicht vorstellen, Kayden so zu verlieren. Ich wäre völlig fertig. Und ich weiß nicht, ob ich je wieder jemanden so lieben könnte wie ihn. Ich würde es wohl gar nicht erst zulassen, sollte Kayden mir genommen werden."

„Ich frage mich nur, ob er in der Lage ist, in seinem Herzen diesen Platz für mich zu schaffen. Ich fürchte, dass ich für immer gegen seine alte Liebe ankommen muss."

„Das ist doch kein Wettkampf, Süße. Da ist Platz für euch beide. Er geht immerhin auch ein Risiko mit dir ein. Gib ihm Zeit, mit seinen Gefühlen fertigzuwerden und stürz dich nicht zu schnell auf das L-Wort."

„Das hast du aber bei Kayden gemacht." Ich grinste, obwohl sie es nicht sehen konnte.

„Ich weiß." Sie seufzte. „Ich konnte mir keinen anderen in meinem Leben vorstellen. Kayden war einfach der Richtige für mich. Er hat mich für alle anderen verdorben und ich konnte nicht mehr ohne ihn sein. Das wusste ich schon nach unserem ersten gemeinsamen Wochenende. Es fühlte sich an, wie wenn alle Planeten in einer Reihe stehen. Endlich war ich mit dem Mann zusammen, der für mich bestimmt war."

„Ich werde einfach diesen wunderbaren Körper mit den zusätzlichen Löchern und schönen Bildern genießen. Himmel, du solltest mal seinen knackigen Arsch nackt sehen."

„Hast du eben Arsch gesagt?" Sie klang schockiert.

„Ich bin erwachsen, Sophia. Ich sage auch mal schlimme Wörter."

„Ich glaube, Citys Penis hat dir den Kopf verdreht und deine Gedanken versaut. Meine Suzy spricht nicht so ordinär."

„Diesen Drops musst du lutschen."

„Was soll ich lutschen?"

„Kaydens Lolli." Ich lachte über meinen eigenen naiven Witz.

„Hör zu, Flittchen, egal, was du tust, sag niemals *ich will deinen Lolli lutschen* zu City. Sein Ständer würde auf der Stelle schrumpfen und er auf den Boden fallen und sich vor Lachen wälzen. Das ist nicht sexy. Überhaupt nicht. Witzig wie Sau? Ja. Aber kein Bettgeflüster, okay?"

„Ich weiß. Ich wollte dich nur erheitern."

„Albernes Mädchen. Oh, und nenn ihn nicht Penis. Benutze die schlimmsten, dreckigsten Bezeichnungen, die dir einfallen. Männer mögen es schmutzig und grob. Findest du das Wort in einem Gesundheitsbuch, vermeide es wie die

Pest."

„Verstanden. Ich muss mich jetzt fertig machen."

„Wohin willst du so früh? Normalerweise hebst du deinen Hintern nicht vor Mittag aus dem Bett, und es ist erst elf."

„Ich muss einkaufen und hab Lust, durch ein paar Klamottenläden zu stöbern. Ich möchte mir all die schönen Sachen ansehen, die ich mir nie leisten werden kann. Man darf doch mal träumen, oder?"

„Dann geh heute nur Lebensmittel einkaufen und morgen Klamotten. Ich freue mich so auf das lange Wochenende und möchte gern mitgehen und einen Weibertag einlegen. Wir müssen dein Sex-Vokabular üben."

„Willst du nicht lieber bei Jett und Kayden zu Hause bleiben?" Ich ging ins Schlafzimmer und suchte mir etwas zum Anziehen heraus.

„Nee, ich gönne den beiden etwas Männerzeit. Wann holst du mich morgen ab?"

„Mittags, okay?"

„Ich werde warten, meine Hübsche."

Es knackte und sie legte auf. Ich schüttelte den Kopf. Sophia würde dafür sorgen, dass es ein langer Tag wurde.

„Komm schon, du Feigling, lass uns reingehen", sagte Sophia und zog mich am Arm.

Wir waren auf dem Parkplatz vor dem *Inked.* Sobald sich Sophia etwas in den Kopf gesetzt hatte, war sie wie eine Italienerin – nicht davon abzubringen.

„Sophia, bitte. Es ist nicht nett, ihn auf der Arbeit zu überfallen. Denk doch mal an *zu anhänglich sein.*" Ich schüttelte den Kopf und rutschte tiefer in den Autositz.

„Das ist nicht anhänglich. Ich will ein Tattoo. Ich will Kayden damit überraschen und bekomme nie die Gelegenheit dazu. Immer ist entweder das Baby oder er dabei. Und ich möchte es lieber von City machen lassen als von einem Fremden. Bitte steig jetzt aus dem Auto, oder ich muss dich an den Haaren rauszerren."

Sie hatte die Hände in die Taille gestemmt und sah mich ihrem strengen Lehrerinnenblick an, über den ich mich immer kaputtlachen könnte. Sophia war genauso ein Weichei wie ich, aber sie konnte böser blicken und normalerweise spurten die Leute dann.

„Okay, aber wenn das nach hinten losgeht, mache ich dich dafür verantwortlich." Ich stieg aus und schloss den Wagen mit der Fernbedienung zweimal ab, um sicherzugehen, dass niemand meine jüngste Eroberung an klassischen Hip-Hop-Kassetten stahl.

Sophia stieß einen Pfiff aus, als wir uns der Tür näherten. „Das ist ein schicker Laden, ganz anders als diese versifften Tattoo-Shops in der Gegend."

Sie griff nach der Klinke und meine Handflächen schwitzten. Das Herz klopfte wild in meiner Brust und machte mich kurzatmig.

„Kann ich helfen, Ladys?", fragte ein Mann.

Er sah aus wie eine jüngere Version von City. Unter seinem T-Shirt wölbten sich Muskelpakete. Seine Arme waren mit Tattoos bedeckt und die Muskeln spielten, als er sich vom Stuhl erhob.

„Ich würde mir gern ein Tattoo stechen lassen. Wäre das heute möglich?", fragte Sophia.

Während sich Sophia mit dem Gallo-Mann unterhielt, sah ich mich um. Kräftige Farben an den Wänden, Rot, Orange und Gold an der Decke. In diesem Teil seines Lebens gab es keine weißen Stellen. Ich ging näher an die schönen Kunstwerke an den Wänden heran. Die Bilder zeigten Körperteile mit den atemberaubendsten Tattoo-Arbeiten, die ich je gesehen hatte. Ich drehte mich um und mein Magen verkrampfte sich.

City saß neben einer schönen Dunkelhaarigen, hatte eine Hand an ihrer Brust und sein Gesicht befand sich nur Zentimeter davon entfernt. Sie lachten und unterhielten sich und er hatte mich noch nicht gesehen. Sie wirkten vertraut miteinander, als gäbe es etwas zwischen ihnen, oder gab es früher einmal. Mein Herz klopfte noch stärker und mein Gesicht wurde heiß bei dem Anblick.

Ich ging zum Tresen zurück und packte Sophia am Arm. „Können wir bitte gehen?", fragte ich sie leise.

Sie drehte sich um und sah mich verwirrt an. „Was ist los?"

„Er fasst einer Frau an die Brust und ich kann da nicht zusehen. Es tut weh."

Sie legte eine Hand auf meine Schulter. „Babe, das ist nur ein Mops. Er ist ein Künstler und manche Frauen wollen ein Tattoo auf den Möpsen. Das ist wie bei Gynäkologen, wenn sie eine Pussy anschauen müssen. Es ist nur ein Körperteil. Steiger dich bloß nicht in was rein, was du siehst." Sie lächelte.

„Du bist vulgär. Es geht mir mehr darum, wie sie sich ansehen." Ich zuckte mit den Schultern.

„Hat er sie angesehen, oder auf das, was er mit ihr macht?" Sie sah mich an.

„Er hat auf ihre Brust gestarrt, verdammt noch mal."

„Er hat auf sein Muster geschaut. Beruhige dich, bevor du einen Infarkt kriegst. Lass mich mal sehen." Sie schob mich zur Seite und spähte in den Tattoo-Bereich. „Siehst du", sagte sie und zerrte mich am Arm, bis ich hinsah. „Er konzentriert sich nur auf seine Arbeit."

Sie packte mich so, dass ich nicht entfliehen konnte, und zwang mich dazu, mitanzusehen, wie City eine andere Frau anfasste.

„Nenn mich prüde, aber ich will das nicht sehen." Ich entzog mich ihrem Griff. „Ich warte im Auto auf dich. Lass dir dein Tattoo machen. Ich kann hier nicht warten, Sophia."

„Gott, wie dramatisch. Komm wieder runter. Schließlich vögelt er die Schlampe nicht auf dem Stuhl, sondern erschafft ein Meisterwerk." Sie sah sauer aus. „Mach, was du willst. Geh ins Auto und ich komme, sobald ich fertig bin."

Ich drückte die Tür auf und hörte Sophia hinter mir sagen: „Hi, City!"

Verdammt.

Ich hatte gewollt, dass sie mit mir ging. Ich wusste, dass sie ihm jetzt alles sagen würde.

Ich saß eine Stunde lang im Auto. In dem zurückgeklappten Sitz genoss ich die Sonne. Das Fenster war ein Stück offen, sodass mich ab und zu ein kalter Wind traf und erfrischte.

„Was machst du da, Sugar?“

Ich zuckte zusammen, erwachte aus einem Albtraum, in dem sein Gesicht zwischen den Beinen einer anderen steckte und sie küsste, so wie mich gestern.

„Himmel, du hast mich zu Tode erschreckt.“ Ich legte die Hand über die Augen, weil die Sonne mich blendete, als ich aus dem Fenster auf seine tolle Figur sah.

„Warum bist du nicht mit Sophia drinnen? Was machst du denn allein hier draußen? Wolltest du mich nicht sehen?“ Er sah verletzt aus, doch ich konnte den Anblick von ihm mit der Brust der Frau nicht vergessen.

„Ich dachte, es wäre besser, wenn ich hier draußen warte.“

„Machst du bitte die Tür auf, damit ich von Angesicht zu Angesicht mit dir reden kann? Oder soll ich weiter durch die Scheibe mit dir reden, wie in einem Gefängnis?“

„Es hat ausgesehen, als hättest du alle Hände voll … zu tun“, sagte ich und sah aus der Frontscheibe, um seinem Blick zu entgehen. „Du hast sicher noch mehr Möpse zu befummeln.“

Was zur Hölle stimmte nicht mit mir?

Die Wucht der Eifersucht traf mich schlagartig und fühlte sich fremd an. Ich war eigentlich kein eifersüchtiger Mensch. Zumindest hatte mich noch niemand dazu gebracht.

„Mach die verdammte Tür auf, Suzy.“ Er zog am Türgriff und spähte durchs Fenster. „Das ist es also? Du bist eifersüchtig?“ Er lachte.

Ich wollte ihm das blöde Grinsen aus dem Gesicht ohrfeigen. Er sah so verdammt selbstgefällig aus. „Ich bin nicht eifersüchtig.“ Seit wann benahm ich mich eigentlich wie eine kindische, vollkommen irre Person?

Reiß dich zusammen!

Mir war bewusst, dass es zu seinem Beruf gehörte, doch es war neu für mich und ich hatte Probleme, das Gesehene und die Realität miteinander zu verbinden.

„Komm schon, Sugar. Ich habe mir ihre Brust nicht angesehen. Ich habe gearbeitet, verfickt noch mal. Sie ist wie eine Leinwand für mich. Sei nicht eifersüchtig – obwohl es mir irgendwie gefällt. Es zeigt, dass ich dir etwas bedeute."

„Ich brauche nur Zeit, damit fertigzuwerden. Hast du schon mit Sophia angefangen?" Ich fragte mich, wie lange ich hier noch sitzen musste.

„Sie braucht eine Pause. Aber ich mache nicht weiter, bevor du nicht deinen sexy Hintern aus dem Auto geschwungen hast und wir darüber geredet haben."

Der Mann wusste, wie er mich als Geisel nehmen konnte. Ich schloss kurz die Augen, atmete tief durch und öffnete die Türverriegelung.

City zog am Griff und ging neben mir in die Hocke. „Sieh mich an, Sugar." Für das Grinsen hätte er wirklich eine Ohrfeige verdient. „Ich sehe nur dich an. Sie ist verheiratet und hat Kinder und ich kenne sie schon lange. Ich habe nicht auf ihre Nippel gestarrt, sondern auf meine Linien geachtet. Wenn ich einen Fehler mache, kann ich ihn nicht rückgängig machen. Steig aus, Suzy." Er machte mir Platz und wartete.

Ich stieg aus, schloss die Tür und lehnte mich dagegen. City legte meine Arme an meine Seiten und presste mich gegen das Auto. Er rieb seine harte Mitte an mir.

„Du bist die Einzige, die das hier bei mir auslöst."

Am liebsten hätte ich ihn in Besitz genommen und ihn vor jedem Weib verteidigt, das dachte, ihn erobern zu können.

Er legte eine Hand in meinen Nacken, ergriff mich grob und presste seine Lippen auf meine. Ich öffnete den Mund und ließ ihn ein, und er drückte seinen harten Schaft an mich.

Er unterbrach den Kuss und sah mir in die Augen. „Sind wir wieder gut?"

„Ich konnte einfach nicht hinsehen, City, besonders nicht so kurz nach Kaylee. Ich werde etwas Zeit brauchen, mich daran zu gewöhnen." Ich hätte mich in seinen kristallblauen Augen verlieren können. „Es tut mir leid, dass ich so kindisch bin." Ich lehnte die Stirn an seine Wange.

„Kindisch und eifersüchtig", stellte er klar. „Ich werde geduldig mit dir sein, aber später werde ich dich für dein kleines Drama bestrafen müssen." Er lachte.

Ich grinste und hob eine Braue. „Woran denkst du dabei?"

„Das fällt unter die Regel *Kenntnis nur nach Bedarf*, und jetzt ist es noch nicht so weit, dass du es wissen darfst." Er leckte mir über die Unterlippe, nahm meine Hand und führte mich zum Laden.

„Das ist nicht fair."

„Manchmal ist das Leben nicht fair. Aber ich kann dir garantieren, dass du die ganze Zeit schreien wirst, und zwar nicht vor Schmerz, es sei denn, du stehst auf so was." Er wackelte mit den Augenbrauen und lachte in sich hinein.

Oh Gott. Ich erkannte Gefahr, wenn ich sie sah, und sie stand direkt vor mir. City würde noch mal mein Tod sein, doch wenigstens konnte ich sagen, dass es Spaß machte, solange es dauerte.

Ich tat, was ich noch nie getan hatte. Ich sprang mit den Füßen zuerst ins kalte Wasser, ohne mir die Nase zuzuhalten.

Kapitel 16

Fantasien

City

Ich hatte Pläne für meinen kleinen Schatz. Sie würde für ihr Theater bezahlen müssen, doch ich wollte ihr viel Zeit lassen, über ihr Verhalten nachzudenken und sich Gedanken zu machen über das, was auf sie zukam.

Suzy blickte zu Boden, als wir durch die Tür gingen. Mikey saß hinter seinem Tresen und war in Arbeit vertieft, bis ich mich räusperte. Er sah auf und ein Lächeln breitete sich auf seinem Gesicht aus.

„Suzy, das ist mein Bruder Mikey."

„Michael", sagte er und streckte ihr seine Hand entgegen.

Suzy lächelte ihn an und legte ihre Hand in seine. „Schön, dich kennen zu lernen, Michael."

„Die Freude liegt ganz bei mir." Er hob ihre Hand an seinen Mund und gab ihr einen Handkuss.

„Hey, Blödmann, Schluss damit. Suzy gehört mir." Ich schlug ihm gegen die Schulter und funkelte ihn an.

„Ich heiße sie nur angemessen willkommen, Bro. Komm runter", sagte Mikey und grinste schmierig.

Idiot.

„Magst du mit nach hinten kommen oder lieber bei *Mikey* bleiben?" Ich betonte seinen Spitznamen extra, nur, um ihn zu nerven. Er wurde schon immer Mikey genannt, aber er mochte den Namen nicht, wenn Frauen in der Nähe waren.

„Ich leiste dir gern Gesellschaft", warf Mikey ein und ich gab ihm einen Todesblick.

„Äh, ich weiß nicht. Ich mag eigentlich kein Blut sehen. Ist das eine blutige Angelegenheit?"

„Nicht schlimm, Sugar. Tattoos werden mit Nadeln gestochen, also ist immer ein bisschen Blut dabei." Ich zog sie an mich, steckte die Nase in ihr Haar und inhalierte ihren süßen, blumigen Duft.

„Ich glaube, ich warte lieber hier vorne", sagte sie an meiner Brust.

„Keine Sorge, Joey, ich passe auf sie auf."

Der Blödmann zwinkerte mir zu und ich wollte ihm in die Fresse schlagen. Mir war klar, dass er mich nur ärgern wollte, denn eins war mein Bruder auf keinen Fall – ein Frauendieb. Er würde nicht versuchen, mir Suzy auszuspannen, aber er ging mir trotzdem auf die Nerven.

Noch nie hatte ich so besitzergreifend empfunden, besonders nicht so schnell wie bei Suzy. Vielleicht lag es an der Ähnlichkeit mit Joni oder ihrem liebevollen Wesen, doch ich wollte nicht, dass ihr etwas passierte und vor allem wollte ich die Chance nicht verspielen, sie noch besser kennen zu lernen.

„Ich bin mit Sophia bald fertig. Es fehlt nur noch die Farbe." Ich küsste Suzy, sorgte dafür, sie atemlos zu machen und ihren Kopf voller Gedanke zurückzulassen, ehe ich sie in den fähigen Händen meines kleinen Bruders ließ. „Lass dich nicht von Mikey täuschen. Er ist nicht so unschuldig, wie er tut."

„Das dachte ich mir. So naiv bin ich nun auch wieder nicht."

Ich lachte in mich hinein, denn sie war durchaus so naiv. Mikey wirkte wie ein herzlicher Mensch, mit seinem Charme und dem jungenhaften Aussehen, doch ich hatte ihn schon Kerle verprügeln sehen, die doppelt so stark aussahen wie er.

„Okay, Sugar. Glaub einfach nichts, was aus diesem Mund kommt, verstanden?" Ich lächelte sie an und am liebsten hätte ich ihr sofort zu Hause den Verstand rausgevögelt, doch ich musste Sophias Tattoo fertigstellen und diese beiden hier sich selbst überlassen.

„Verstanden, mein Großer. Geh und beende ihr Tattoo, sodass ich sie nach Hause bringen kann, bevor Kayden ihr Handy zum Glühen bringt. Ich komm schon zurecht."

„Ich habe immer noch was mit dir vor, Sugar. Ich habe es nicht vergessen. Bis gleich." Ich gab ihr einen Klaps auf den Hintern, der ordentlich gezeckt haben musste.

Sie japste auf und sprang zur Seite. „Manno, City", sagte sie und rieb sich die Hinterbacke.

Ich lachte und ging in den Tattoo-Bereich.

Sophia tippte etwas in ihr Handy und sah auf, als ich näherkam. „Hast du den Feigling aus dem Auto bekommen?“, fragte sie.

Ich zog meine Handschuhe an. „Ja, wir hatten ein kleines Gespräch.“ Ich lachte, setzte mich, nahm das Gerät in die Hand und tauchte die Nadel in die gelbe Farbe.

„Du musst das verstehen, City. Sie ist nicht wie die meisten Frauen. Sie ist eine ganz eigene Liga.“ Sophia sah von ihrem Handy auf.

„Was meinst du damit?“ Ich rieb die Salbe über das Design, bevor ich die Nadel ansetzte.

„Sie hatte noch keinen festen Freund oder war verliebt. Ich auch nicht, bevor ich Kayden getroffen habe. Sie ist daran nicht gewöhnt. Oh Gott, ich rede viel zu viel, aber du bringst mich noch um mit der verdammten Nadel.“ Sie kicherte.

„Nur noch ein kleines bisschen. Erzähl mir mehr von ihr. Ihr beide wart für eine Weile praktisch immer zusammen. Was weiß ich noch nicht über sie? Was würde sie mir nicht erzählen wollen?“

Ich schattierte die wunderschöne Hibiskusblüte an ihrer Hüfte mit pinken und gelben Tönen.

„Tja, wo soll ich anfangen? Sicher hast du schon gemerkt, dass sie selten flucht oder ordinäre Wörter benutzt, aber glaub mir, sie ist eigentlich total versaut.“

Sie lehnte den Kopf zurück und ihr Körper war gleich viel weniger angespannt. Reden schien den Leuten zu helfen, sich von der Nadel abzulenken.

„Echt? Das will ich natürlich gern hören.“

„Ich werde nicht ihre Geheimnisse verraten, aber sie braucht einen Mann wie dich.“

„Wie meinst du das?“ Ich hatte eine Ahnung, doch ich wollte es von ihrer besten Freundin hören.

„Suzy ist ein Kontroll-Freak. Sie braucht jemanden, der da nicht mitmacht. Aber, und das ist ein großes Aber, sie braucht jemanden, der darauf achtet, was sie möchte. Sie war immer mit Männern zusammen, die ihre Erwartungen im

Bett nicht erfüllt haben, oder ihr das Gefühl gaben, pervers zu sein.“

Es wurde immer interessanter. „Was würde sie denn pervers erscheinen lassen?“

„Eine ihrer Fantasien ist, entführt und als Sklavin verkauft zu werden.“

Sie hatte die Worte geflüstert. Ich sah zu ihr auf und hätte mich beinahe an meinem Speichel verschluckt. „Suzy?“

„Sei nicht so schockiert, Joey. Sie möchte einfach in Besitz genommen werden, wenn du verstehst, was ich meine. Sie mag zwar gern die Kontrolle übernehmen, aber im Bett will sie benutzt und kontrolliert werden. Meinst du, du kriegst das hin?“ Sie wackelte mit den Augenbrauen und grinste breit.

„Ich glaube, ich bin die richtige Medizin für sie. Erzähl mir mehr, das ist echt klasse.“

„Sie hat jede Menge Fantasien, die sie dir wahrscheinlich nie erzählen wird.“

„Warum nicht?“

„Niemand hat sie je danach gefragt, also erwarte nicht, dass sie es jetzt plötzlich ausspuckt. Du musst sie ihr entlocken.“

„Verstanden.“

„Aber brich ihr nicht das Herz, City, oder ich werde dich entmannen. Kapiert?“

„Yep, verstanden, klar und deutlich, und das glaube ich dir sogar.“ Sophia wirkte nicht wie jemand, der leere Drohungen ausstieß. Sie erinnerte mich an diese strengen Lehrer, mit denen man sich im Unterricht nicht anlegen und diesen bösen Blick abkriegen wollte, aber ich wusste, dass sie auch liebevoll war, denn ansonsten wäre Suzy nicht mit ihr befreundet.

„Ja, ich habe kein Problem damit, körperliche Schmerzen zu verursachen, wenn es nötig ist.“

„Kayden muss ein Held sein, mit dir fertig zu werden.“

„Er ist kompliziert.“

„Ja, Suzy erwähnte so etwas über ihn.“ Ich dippte die Nadel in Schwarz, um die Schatten zu vervollständigen.

„Normalweise lasse ich mir nicht so viel Mist gefallen wie von ihm, aber wenn man jemanden liebt, und weiß, dass man füreinander bestimmt ist, hält man es durch. Ich hätte ihn nicht verlassen können, als er mich brauchte. Irgendwann erzähle ich dir die ganze Geschichte, denn sie ist furchtbar lang."

„Fast fertig, nur noch ein paar Linien. Und, war es das wert?" Ich kannte die Antwort, doch ich wollte von ihr selbst hören, dass es den Schmerz wert war, den sie anscheinend ertragen musste, um die Liebe ihres Lebens zu finden.

„Ich würde keinen Moment unseres verdammten Weges eintauschen wollen. Wir sind füreinander bestimmt. Ich bereue keine Sekunde mit ihm."

Ich hörte gern Kaydens und Sophias Geschichten. All meine Freunde und Geschwister waren Singles und hatten schon viel erlebt. Ich wollte gern hören, dass es möglich war, in dieser abgestumpften Welt noch die wahre Liebe zu finden.

Ich legte das Gerät auf den Tisch und wischte das Tattoo ab, damit sie es sich ansehen konnte. „Fertig, meine Liebe. Steh auf und betrachte es im Spiegel." Ich lehnte mich im Stuhl zurück und streckte meinen Rücken.

Sophia sprang auf, ging zum Spiegel hinüber und zog sich die Hose an der Seite ein Stück hinunter. Das Tattoo war schön und strahlend.

„Gefällt es dir?"

„Oh mein Gott, City. Es ist der Wahnsinn. Ich liebe es." Sie drehte sich noch weiter seitlich und ging näher an den Spiegel heran. „Die Farben sind fantastisch."

„Meinst du, es wird Kayden gefallen?" Ich war sicher, dass er es lieben würde. Welchem Mann gefiel nicht, wenn sich seine Frau seinen Namen auf die Haut stechen ließ? Jetzt war sie für immer markiert und gehörte ihm.

„Er wird ausflippen. Er liebt Tattoos und trägt auch meinen Namen auf sich. Ich kann es kaum erwarten, es ihm zu zeigen." Mit einem breiten Lächeln stand sie vor dem Spiegel und bewunderte es.

„Wirklich?"

„Yep, ganz groß an seinem Bein. Dort kann er es niemals verbergen. Er gehört mir für immer und ich ihm“, sagte sie und kam zum Stuhl zurück.

„Ich empfehle den Leuten nie, sich den Namen ihrer Partner tätowieren zu lassen. Das fordert spätere Probleme heraus. Du bist mutig.“

„Mutig? Ich werde diesen Mann niemals verlassen, City. Keiner wird mich je so lieben wie er.“

„Ich habe die Chemie zwischen euch beiden gespürt. Nun, ich habe meinen Teil erfüllt und dich gewarnt, aber ich kann niemandem das Tattoo verweigern, das er haben will.“ Ich rieb ihre Haut mit Salbe ein und deckte das Tattoo ab, damit es geschützt war und sauber blieb. „Weißt du, wie du damit umgehen und es pflegen musst?“

„Yep. Es ist mein fünftes Tattoo. Ich weiß Bescheid.“

„Nun dann, meine Liebe, sind wir fertig.“

„Ich muss mal auf die Toilette. Wo ist sie?“

„Den Flur entlang und dann rechts. Ich gehe mal nach Suzy schauen.“ Ich wollte bei ihr sein und checken, ob Mikey auch wirklich die Finger von ihr gelassen hatte.

Ich zog die Handschuhe aus und warf sie auf den Tisch. Dann renkte ich meinen Nacken ein, bis es knackte, ging um die Ecke und sah Mikey und Suzy auf Stühlen sitzen und sich unterhalten. Mikey saß ein bisschen zu nahe bei ihr, für meinen Geschmack, aber so war er eben.

Sie lachten.

„Hör auf, Michael, ich lach mich noch tot.“ Sie legte eine Hand auf ihren Mund und schlug sich mit der anderen aufs Knie.

„Ich verarsch dich nicht“, sagte Mikey, sah zu mir hoch und räusperte sich. „Oh, der große Bruder. Wie ist es gelaufen?“

„Was zur Hölle meinst du?“ Ich wusste, dass es Mikey Spaß machte, mich zu blamieren. Meine Familie war meisterhaft in so etwas.

„Gar nichts.“

Suzy wurde rot und konnte mir kaum in die Augen sehen, ohne in einen Lachanfall auszubrechen. „Mach dir keine

Gedanken, wir erzählen uns nur Familiengeschichten."

Blöder Wichser. Eines Tages würde ich mich für diesen Scheiß rächen. Normalerweise war es mir egal, aber ich wollte nicht, dass Suzy so von mir dachte, wie mich Mikey wahrscheinlich darstellte. Den verfluchten Göttern sei Dank, dass der Rest der Truppe heute nicht da war. Izzy würde Suzy nach Strich und Faden ausfragen und sie mit Geschichten füttern, die besser in der Vergangenheit verrotten sollten. „Das habe ich befürchtet."

„Keine Angst. Michael hat nur in Erinnerungen geschwelgt", sagte sie hinter ihren Fingern und versuchte, das Lachen zu unterdrücken.

Ich wollte den Idioten erwürgen. Er hatte die Angewohnheit, einfach etwas zu erfinden, nur so zum Spaß und um mich zu blamieren. Ich rieb mir den Nacken und unterdrückte den Impuls, ihm in die Schnauze zu hauen.

„Wo ist denn Sophia?", fragte Suzy und erhob sich.

„Zur Toilette gegangen. Geh und sieh dir meine Arbeit an." Ich küsste sie und tätschelte ihren Hintern, als sie ging.

„Was zur Hölle hast du ihr erzählt?", fragte ich Mikey.

Er stand auf und lachte. „Ach, gar nichts."

„Bullshit. Mit was für Lügen hast du sie gefüttert, Arschloch?"

„Ich hab ihr nur erzählt, dass du mit einem Teddybär geschlafen und bis du zehn warst am Daumen gelutscht hast." Er bog sich vor Lachen.

Ich sah rot.

„Du bist ein Arsch, Mikey. Warum musst du das immer mit mir machen?" Ich schloss die Augen und versuchte, meine Atmung zu beruhigen.

„Wieso, du regst dich doch sonst nicht so auf. Diese hier scheinst du echt zu mögen." Er ließ sich auf seinen Schreibtischstuhl fallen und zog sich an den Tisch heran.

„Fick dich."

„Oh, reizbar heute, der Herr. Bei der Bombe kriegst du definitiv einen Ständer. Hey, du hast meiner letzten Freundin erzählt, ich hätte bis zur Highschool ins Bett gepisst. In der Liebe und im Krieg ist alles erlaubt, Blödmann."

Ich musste lachen. Das war das letzte Mal gewesen, dass diese Frau in unserer Familie gesehen wurde. Kurz nach diesem Sonntagsessen hatte sie mit Mikey Schluss gemacht. „Die hast du nicht mal gemocht. Du hast sie nur gefickt."

Ich hörte eine Tür quietschen und Suzy und Sophia erschienen lächelnd.

Ich lehnte mich über den Tresen, sodass nur er mich hörte. „Du hast recht, ich hab's wohl verdient, aber Teufel noch mal, diese Frau mag ich wirklich. Versau es mir nicht, okay?"

„Okay. Komm runter von der Palme, Mann." Mikey erhob sich schnell und lächelte die Frauen an. „Alles okay, Ladys?"

Sophias Lächeln hätte nicht breiter sein können. „Wunderbar. City, du hast das ganz fantastisch gemacht. Ich liebe es und Kayden wird vor Staunen umfallen."

„Kayden?", fragte Mikey neugierig.

„Mein Freund und Vater meines Babys."

„Fuck, die Besten sind schon vergeben", murmelte Mikey und ging davon.

„Freut mich, dass du glücklich bist. Erzähl mir dann, was Kayden gesagt hat."

Sophia schlang die Arme um mich und sagte: „Vielen Dank."

„Jederzeit, Babe. Ich stehe zur Verfügung, wenn du noch mehr willst. Lass das hier erst gut heilen. Es wird sich ein paar Wochen wund anfühlen. Die Hüfte ist eine empfindliche Stelle. Pass auf, was du anziehst."

Suzy stand daneben und lächelte uns an. Ich konnte es kaum abwarten, sie für mich allein zu haben, doch ich musste noch arbeiten. „Komm her, Sugar." Ich hielt ihr die Hand hin und sie legte ihre winzigen Finger hinein. Ich umarmte sie und drückte sie an mich. „Ich habe nicht vergessen, dass ich dich noch bestrafen muss." Sie bekam große Augen und starrte mich an. „Und ich breche nie meine Versprechen." Ich küsste sie und rieb meine Mitte an ihr. Ich freute mich schon darauf, mich in ihrer süßen kleinen Pussy zu vergraben. „Ich komme so um acht zu dir. Sei bereit." Lächelnd verabschiedete ich mich von den beiden Frauen, die kichernd den Laden verließen.

Kapitel 17

Wünsche und Sehnsüchte

Suzy

Ich sackte auf dem Bett zusammen, erschöpft, verschwitzt und außer Atem. City streckte sich neben mir aus, legte die Hände hinter den Kopf und grinste anzüglich. „Was guckst du so?“

„Ich habe deine Welt schwer gerockt.“

„Da ist aber einer ganz schön eingebildet.“ Doch das hatte er wirklich. Noch nie war ich so heftig und oft gekommen wie mit ihm. Er wusste genau, was er tun musste, und wo mich berühren. „Falls das deine Bestrafung gewesen sein soll – es hat nicht gewirkt.“

„Da bin ich mir nicht so sicher. Ich habe dich ein paar Mal jammern hören, als ich dir den Hintern versohlt habe.“ Er lachte.

Ich sah an die Zimmerdecke und dachte an das Gefühl seiner Hand auf meinem Hintern. Er hatte meine Haut in Flammen gesetzt und alles noch intensiver gemacht.

„Mehr vor Überraschung als vor Schmerz. Du hast mich damit total überrumpelt.“

City drehte sich auf die Seite, stützte den Kopf mit der Hand ab und sah mich an. Mit den Fingerspitzen streichelte er meinen Bauch und ich bekam eine Gänsehaut. „Ich hoffe, das war nicht das letzte Mal, dass ich dich überraschen konnte.“

Ich schloss die Augen, und wünschte mir, dass dieser Augenblick für immer bestehen blieb.

„Woran denkst du, Sugar?“

Ich öffnete die Lider und sah in seine schönen blauen Augen. „An dich, Joe. Du bist einfach so … so … ich weiß nicht, wie ich dich beschreiben soll.“ Ich seufzte.

„Anders als alle, mit denen du je zusammen warst?“ Er hob eine Augenbraue.

„Ja, und ich weiß nicht, ob das gut oder schlecht ist.“ Ich

wollte nicht sagen, dass er mich neurotisch machte. Die Eifersucht, die ich empfunden hatte, war mir fremd, und das hatte mir nicht gefallen. Ich kannte ihn doch kaum, trotzdem riss es mich in Stücke, wenn ich ihn mir mit einer anderen vorstellte. Ich fing an, an meinem Verstand zu zweifeln.

„Ach, das bedeutet etwas Gutes. So, wie du meinen Namen geschrien hast, kann es nur gut sein, Sugar."

Ich errötete und mir wurde heiß. Noch nie war ich der laute Typ beim Sex gewesen, allerdings hatte ich bisher auch noch keinen Grund dazu gehabt.

„Dafür musst du dich nicht schämen." Er zog mich an sich, küsste mich auf die Schläfe und nahm meine Haare in seine Faust.

Ich konnte ihm nicht mehr entfliehen – seinem Duft, seiner Haut, seiner Wärme. Alles an ihm brachte mich dazu, ihn noch mehr zu wollen und ich konnte ihn nicht aus meinen Gedanken verdrängen.

„Soll ich jetzt gehen?", wisperte er mir ins Ohr.

„Nein!" Schnell öffnete ich die Augen und sah ihn an. Meine Lippen glitten über seine. Ich schloss die Augen nicht und er auch nicht. Wir sahen einander an, während ich mit seinem Körper verschmolz.

„Hör auf, über alles nachzudenken, Suzette. Willst du mit mir zusammen sein?"

„Ehrlich gesagt machst du mir Angst."

„Warum?"

Er strich mir eine Strähne aus dem Gesicht und meine Haut kribbelte bei der harmlosen Berührung.

„Wie du schon gesagt hast, du bist ganz anders als alle anderen. Du bist ein einziges Mysterium für mich."

„Ich bin doch ein offenes Buch. Ich verstecke meine Gefühle nicht und schleiche nicht um den heißen Brei herum. Ich tue, was getan werden muss, und sage immer meine ehrliche Meinung."

„Ich bin wohl einfach nicht an jemanden gewöhnt, der so … so …"

„Anmaßend ist? Sexy? Männlich?" Er lachte in sich hinein und kitzelte meine Seite.

Ich brach in lautes Lachen aus. „Hör auf!“ Ich konnte kaum noch atmen.

„Du denkst zu verdammt viel nach, anstatt einfach alles auszusprechen.“

„Okay, okay“, stieß ich kichernd aus. Tränen rannen mir übers Gesicht. Seine Hände hielten an meiner Seite still und er leckte eine Träne von meiner Wange. „So was wie das. Das hat noch niemand mit mir gemacht.“

„Vielleicht sollte ich dich fragen, was die anderen mit dir gemacht haben. Ich glaube, die Liste ist kürzer als die, was sie nicht getan haben. Bist du wenigstens schon mal beim Sex gekommen?“

Diese Frage beantwortete ich nur ungern. „Äh …“

„Ja oder nein?“

Seine blauen Augen blickten direkt in meine Seele und wollten all meine Geheimnisse aufdecken.

„Nicht wirklich.“ Ich lächelte ihn schüchtern an, weil ich nicht preisgeben wollte, dass noch keiner mich so befriedigt hatte wie er. City war schon arrogant genug, ohne sich für meinen persönlichen Sexgott zu halten.

„Hm … bist du bei mir gekommen, oder täuschst du es die ganze Zeit nur vor?“

Und schon ging es los. „Ich bin gekommen und hab es ganz sicher nicht vorgetäuscht. Das mache ich nie.“

„Noch nie? Ohne es dir selbst gemacht zu haben?“

„Nein. Bisher hat sich noch keiner dafür interessiert.“

„Verfluchte Arschlöcher.“ Er schüttelte den Kopf. „Warum gehen Frauen mit solchen Wichsern aus? Und keiner hat dir bisher auf den Hintern gehauen. Was möchtest du noch, was noch keiner mit dir gemacht hat?“

Oh mein Gott. Noch nie war mir etwas so peinlich gewesen. „Keine Ahnung.“

„Das ist Blödsinn. Sugar. Jeder hat Fantasien.“ Er schmiegte sein Gesicht in mein Haar und ich fühlte mich nicht mehr ganz so auf dem seelischen Präsentierteller, doch ich wollte nicht, dass er mich auslachte.

„Sag mir erst eine von deinen.“ Ich streichelte seine Arme und spurte die Tattoos nach. Die Kunstwerke waren wunderschön. Meine Eltern hatten mir beigebracht, Tattoos seien primitiv, doch Citys waren meisterhafte Kunstwerke. Sie erzählten sein Leben und ich wollte alle Lagen entdecken und die Geschichten dazu hören.

„Ich will dich auf dem Bike ficken."

Ich hielt kurz die Luft an. Diese Möglichkeit wäre mir nie in den Sinn gekommen, doch jetzt hatte ich die Bilder vor dem inneren Auge.

„Ich will dich breitbeinig darauf liegen sehen, mein Gesicht ist zwischen deinen Beinen und ich lecke jeden Tropfen deiner Nässe auf, bevor ich meinen Schwanz in dich schiebe." Die Vibration seiner Worte an meinem Ohr erzeugte Nässe zwischen meinen Beinen. Verdammter Kerl. „Jetzt du."

Ohne sein Gesicht zu sehen, wusste ich, dass er dabei grinste. Mistkerl.

Ich seufzte. „Wo soll ich anfangen? Oh Gott, das ist so peinlich."

„Sugar, wenn du deinem festen Freund nicht deine Fantasien anvertrauen kannst, wem dann?"

1:0 für City.

„Ich glaube, ich muss mir mal den Kopf untersuchen lassen." Ich bedeckte die Augen mit den Händen. City würde denken, dass ich verrückt wäre.

„Spuck's schon aus. Sophia hat mir erzählt, dass ihr beide gern erotische Romane lest. Und Fantasien können auch wahr werden, Sugar."

„Das fühlt sich aber seltsam an. Du wirst denken, dass ich total irre bin."

Er streichelte meinen Arm, verlagerte sein Gewicht und nahm mir die Hände von den Augen.

„Jetzt will ich es erst recht wissen. Ich kann Sophia anrufen und sie fragen, oder du erzählst es mir selbst. Sag mir, was das Schmutzigste ist, was du schon immer mal machen wolltest."

Ich schluckte schwer und schloss die Augen. Ich wollte seine Reaktion nicht sehen, wenn ich ihm das verriet. „Na gut. Ich habe diese eine Fantasie, gegen meinen Willen genommen zu werden."

Er schnappte nicht entsetzt nach Luft oder schrie auf. Er blieb absolut entspannt. „Vergewaltigung oder Entführung?"

Ich öffnete die Augen und sah ihn an. Er grinste. Die unangenehm aufgeregten Schmetterlinge im Bauch beruhigten sich. „Entführung. Ich weiß, dass das pervers ist."

„Nein, Suzette, das ist überhaupt nicht pervers. Alle haben ihre Vorlieben und Fantasien. Okay, also Entführung. Und wie geht es weiter?"

Er wirkte so verdammt gespannt darauf, den Rest zu hören, als ob er an meinen Lippen kleben würde. Wie konnte ich es ihm dann nicht sagen? „Willst du das wirklich wissen?"

„Ja."

„Ich habe tolle Bücher gelesen über Entführungen und darüber, von jemandem in Besitz genommen zu werden. Natürlich will ich nicht von irgendeinem Irren gekidnappt werden, aber in den Büchern war das sehr sexy und ansprechend gemacht."

„Mal sehen, wie ich dir das erfüllen kann."

„Oh Gott!"

„Ich werde dich damit nicht überrumpeln, sondern dir sagen, wann es so weit ist – wann ich dich holen werde."

Er zog mich an sich, Haut an Haut, seine Hände drückten in meinen Rücken. Er gab mir das Gefühl, dass es normal war, mir etwas zu wünschen, das eigentlich ein Tabu war.

Er roch so gut. Sein männlicher Duft mischte sich mit dem Geruch von Sex. Ich konnte mir nicht vorstellen, jemals genug von ihm zu haben.

Seine Hand glitt meinen Rücken hinauf bis in den Nacken, wo er mein Haar in die Faust nahm. Das Gefühl seiner rauen Hand auf meiner Haut und der leichte Schmerz von seinem Griff in mein Haar fühlte sich in meinem ganzen Körper elektrisierend an.

Er hielt meinen Kopf still und sah mir in die Augen. Das Blau der seinen glühte fast vor Leidenschaft.

„Was das in Besitz genommen werden angeht … ich habe vor, jeden Zentimeter von dir zu besitzen. Du *gehörst* mir,

Sugar, vergiss das nicht. Ich werde dich für alle anderen verderben."

Warum klang das nur so atemberaubend? Diese verdammten Bücher hatten mein Gefühl für richtig oder falsch verändert. Ich wollte, dass er mich besaß. Dass er mich verdarb.

In Gedanken versunken spürte ich, wie er seine Lippen auf meine presste. Sein Kuss war weder sanft noch liebevoll, sondern fordernd und allumfassend. Ich schlang ein Bein um ihn und verschmolz mit ihm.

„Das wird jetzt heftig werden, Suzette", sagte er an meinen Lippen.

Ich blickte in seine Augen und sah Lust und Verlangen darin. „Ich gehöre dir", wisperte ich.

Er griff um meine Taille und warf mich auf den Bauch. Schneller, als ich es für möglich gehalten hätte, war er hinter mir, ergriff meine Hüften und hob meinen Hintern in die Höhe.

„Bauch runter, Sugar." Er drückte mich an meinem Steißbein nieder. „Den Kopf auch, nur dein Hintern soll nach oben ragen."

Ich drückte das Gesicht ans Laken und roch ihn in dem Stoff.

Fast begann ich, zu hyperventilieren. Zwar hatte ich schon die Erfahrung dieser Stellung gemacht, aber das hier war anders und neu. Er streichelte mit den Fingern durch meine Nässe, meine Klit, und drückte sie leicht. Ein Blitz durchfuhr mich und ich schrie auf.

Klatsch.

„Nicht bewegen", befahl er, rieb mit einer Hand meinen Hintern und meine Klit mit der anderen. „Es sei denn, du willst noch einen Klaps auf den Hintern."

Ich wollte mich winden, mich an ihm reiben wie eine läufige Katze, doch das Brennen des letzten Klapses hielt mich an Ort und Stelle. Er nahm die Hände von meinem Po und ich sah ihn an. Groß und muskulös stand er auf dem Bett und pumpte seinen Schwanz. Das Piercing verschwand immer wieder in seiner Hand. Sein schönes Haar war zerzaust und hing ihm in die Stirn, das Licht reflektierte in seinen

Augen. Stundenlang hätte ich ihn betrachten können. Er vereinte alles, wovor mich meine Mutter gewarnt hatte. Ich brauchte diesen Mann nur anzusehen, und schon wurde ich feucht.

Ich bin total geliefert.

In dieser Position kam ich mir entblößt vor. Mein Hintern und meine Pussy lagen auf dem Präsentierteller. Sich weiterhin selbst streichelnd nahm er seine Stellung hinter mir ein. Seine Härte war an meiner Nässe zu spüren, sein stahlharter Schwanz rieb über meinen Eingang. Ich schloss die Augen und hielt die Luft an, wartete darauf, dass er mich füllte.

Plötzlich spürte ich seine Abwesenheit und öffnete die Augen, um zu sehen, was er tat.

„Was ist los?“, fragte ich. Er stand einfach nur da und pumpte seinen Schaft.

„Entspann dich, Sugar. Ich werde es für dich fan-fucking-tastisch machen.“

Er rieb meinen Po und ich wusste, dass er genau das tun würde.

Ich entspannte mich, schloss erneut die Augen und spürte seine Hand wieder auf mir. Dann berührte seine Schwanzspitze meinen Eingang und ich wollte ihn unbedingt in mir haben. Ich krallte mich ins Laken und bereitete mich auf sein Eindringen vor. Er legte eine Hand auf meinen Hintern und schob sich langsam in mich. Ich fühlte mich übervoll, doch er war noch nicht vollständig eingedrungen. Ich zerrte am Laken, als das Gefühl überwältigend wurde, und intensiver als je zuvor.

Dann rammte er in mich und drang aus und ein. Wie eine gut geölte Maschine, und sein Schwanz war der Kolben, der mein Inneres hämmerte. Seine Spitze berührte Stellen in mir, die noch nie berührt worden waren. Ich wollte davonkrabbeln, mein Fluchtinstinkt wurde aktiviert. Mein Hintern brannte und der Klang seiner Klapse erfüllte meine Ohren.

„Hintern hoch, Suzette“, knurrte er, ergriff meine Hüften und hielt mich so, wie er es wollte, ohne aus dem Rhythmus zu geraten.

Ich biss mir auf die Lippen. Wollte laut schreien. Weglaufen. Ich konnte keine Minute davon mehr ertragen, griff nach hinten und erwischte seine Knöchel. Ich grub meine Nägel in seine Haut und erdete mich so. Ich musste mit jeder Faser meines Körpers gegen den Drang zu flüchten ankämpfen.

In mir spürte ich die Bewegungen jedes Zentimeters von ihm. Er atmete rau und schnell. Ich vergrub das Gesicht im Laken, um nicht zu schreien. Mein Körper spannte sich an, als ich spürte, dass ein Orgasmus nahte. Wie war das möglich? In dieser Position hatte er nicht einmal meine Klit berührt und ich selbst auch nicht.

Er erhöhte das Tempo und seine Hüften klatschten an die brennende Stelle, die seine Hand hinterlassen hatte. Er packte mich und zog mich zu sich, sodass er bis zum Anschlag eindringen konnte.

„Oh, fuck. Deine Pussy ist so eng." Seine Hände hielten mich gefangen und seine Nägel krallten sich in meine Taille. „Du quetschst meinen Schwanz ein. Fuck, oh Mann, Sugar …", sagte er und zog mich weiterhin rhythmisch an sich.

Ein Stöhnen entkam mir, das ich nicht länger zurückhalten konnte, und ich kniff die Augen zu. Als der Höhepunkt wie eine Welle über mir zusammenschlug und ich mich total verkrampfte, musste ich einfach aufschreien. Meine Nachbeben umklammerten seinen Schaft und ließen Citys Rhythmus hektischer werden, intensiver, und schließlich unkontrollierter. Ich erschlaffte, City stöhnte und hielt meinen Hintern weiterhin in festem Griff nach oben. Sein Körper zuckte, während er kam.

Er zog sich aus mir heraus und fiel neben mir aufs Bett. „Fuck", murmelte er.

Mir tat alles weh. Ich rollte mich auf die Seite, streckte mich aus und legte einen Arm über City. Unser keuchender Atem erfüllte den Raum. Meine Hand auf seiner Brust hob und senkte sich. Ich schnappte nach Luft, schluckte und versuchte, den trockenen Geschmack im Mund loszuwerden.

Schweigend lagen wir beieinander.

City war mehr, als ich mir je hätte vorstellen können. Ich

war gern mit ihm zusammen und er war ein umgänglicher Mensch. Er gab mir das Gefühl, schön und begehrt zu sein. Ich musste endlich mein Hirn ausschalten und aufhören, an Gründe zu denken, warum ich ihn verlassen sollte, und unsere gemeinsame Zeit genießen.

Ich kam mir wie in einem Traum vor, oder zumindest nur halb wach. City drehte sich auf die Seite und schloss mich in seine Arme. Er küsste mein Gesicht.

„Gute Nacht, meine Schöne“, wisperte er mir ins Ohr.

Kapitel 18

Familienkopfschmerzen

City

Wir verbrachten ein paar Nächte miteinander. Unter der Woche mussten wir tagsüber arbeiten, doch die Abende und Nächte erfüllte ich damit, sie wund zu vögeln und keinen Zweifel zu hinterlassen, was ich für sie empfand.

Am Samstag musste sie zu einer Hochzeit, der sie schon lange zugesagt hatte.

Als ich den Laden abschloss, verkündete mein Handy, dass eine Textnachricht eingegangen war.

Bear: *Schwing deinen Arsch rüber ins* Cowboy. *Wo zum Geier bleibst du, Mann?*

Suzy würde nicht vor Mitternacht wieder da sein, also konnte ich mit den Jungs einen trinken gehen.

Ich: *Schon unterwegs, Blödmann. Reservier mir einen Platz und bestell schon mal ein eiskaltes Bier.*

Ich steckte das Handy ein, stieg auf das Bike und fuhr zum *Neon Cowboy*. Dunst stieg von den feuchten Straßen auf und meine Reifen teilten den Nebel. Das Mondlicht fiel durch die Bäume und beleuchtete meinen Weg zusätzlich. Die kalte Brise fühlte sich gut an, während ich gemütlich zu den Jungs fuhr.

In der Bar kam mir der altbekannte Geruch nach Qualm entgegen, der Klang der Country-Gitarre und das Gemurmel der Menge. Mir fiel auf, wie sehr ich die Kneipe vermisst hatte.

„Na endlich“, rief Bear mir zu. „Ich wollte schon einen Suchtrupp nach dir losschicken.“

Tank und die anderen lachten.

„Ich habe gearbeitet, du Affe.“ Eine eiskalt beschlagene

Bierflasche wurde vor mich gestellt, so, wie ich es erhofft hatte.

„Zwischen den Beinen dieser süßen Blonden, nehme ich an“, sagte Tank und drehte seine Bierflasche in der Hand.

„Du bist nur neidisch, weil du für Pussys bezahlen musst, du Arsch.“

Er zuckte mit den Schultern und setzte die Flasche an die Lippen. „Das ist viel unkomplizierter. Ich will nur ficken, ohne das ganze Geschmuse und Geheule.“

„Du bist so ein Arschloch.“ Frisco lachte und schlug Tank gegen die Schulter.

Diesem verrutschte die Flasche an den Lippen. „Du Depp, jetzt hab ich mein Bier verschüttet.“

Frisco legte eine Hand auf seinen Mund und seine Augen verwandelten sich in schmale Schlitze. Wir nannten ihn Frisco, weil er aus dem sonnigen Kalifornien stammte und in der Gegend um San Francisco aufgewachsen war. Seine Gesichtszüge waren einzigartig. Seine chinesische Mutter und der amerikanische Vater standen ihm ins Gesicht geschrieben. Seine Augen waren mandelförmig und dunkel, seine Haare spaghettiglatt, oben ganz kurz und rabenschwarz. Er war größer als ich und dünn, doch trotzdem muskulös gebaut.

„Also, City, erzähl uns von deinem kleinen Frauchen. Wie läuft’s so?“, fragte Bear.

Ich lehnte mich auf dem Stuhl zurück und stützte das Bier auf dem Knie auf. „Verfickt perfekt.“

„Ist es dir ernst mit ihr?“ Er hob eine Braue und betrachtete mich prüfend.

Alle am Tisch hielten inne und sahen mich an. „So ernst wie eine verfluchte Herzattacke.“ Ich trank einen Schluck Bier und sah die Jungs an. Frisco grinste, Bear saß mit offenem Mund da und Tank runzelte die Stirn. „Was?“, fragte ich und nahm die Flasche vom Mund.

„Hätte nicht gedacht, dass ich das noch mal erleben würde, Alter“, sagte Bear und grinste dämlich.

„Sie ist viel zu hübsch für dich Verlierer“, sagte Tank, ehe ich antworten konnte.

„Fick dich, Tank."

„Ach was, ich freu mich für dich, Mann. Das schreit nach noch einer Runde." Tank nahm die Finger an die Lippen und pfiff. Er benahm sich krass, aber die Kellnerin rannte immer sofort los, wenn sie ihn pfeifen hörte. „Noch eine Runde, süße Maus", sagte er und tätschelte ihren Hintern.

„Hi, City. Schön, mal wieder einen Gentleman hierzuhaben." Sie zwinkerte mir zu und wandte sich wieder an Tank. „Irgendwas Bestimmtes für dich, mein Schöner?", fragte sie und streichelte mit dem Finger an Tanks Wange entlang. Er wurde tatsächlich rot, als er seine Bestellung aufgab.

„Dir ist klar, dass du dieses Drecksloch hier aufgeben würdest, wenn du das jede Nacht haben könntest?", fragte ich Tank, als er ihrem schwingenden Hintern in den knappen Shorts auf dem Weg zur Bar hinterher sah.

„Dem kann ich nicht widersprechen." Er lachte und schlug so fest auf den Tisch, dass sämtliche Bierflaschen in die Höhe hüpften.

Wir redeten stundenlang über Motorräder, Tattoos, Frauen und die Bar. Die Jungs berichteten mir, was letzte Woche alles los gewesen war. Immer derselbe Kram. Schlägereien, Aufrisse und Alkohol. Der Ort war so klein, dass jeder alles vom anderen wusste und sich Neuigkeiten wie ein Buschfeuer verbreiteten.

„Ach", sagte Bear, „wo wir es gerade von Weibern haben, Kaylee war hier und hat nach dir gesucht."

„Ach ja? Wann denn?" Ich nahm die Bierflasche fest in die Hand und versuchte, meinen Ärger zu beherrschen.

„Gestern Abend. Hat was davon gemurmelt, dass sie deine Freundin ist. Hat das hier verbreitet wie das Evangelium. Ich hab ihr gesagt, sie soll sich verpissen", sagte Bear und lehnte sich zurück, als würde er sich im nächsten Moment auf die Brust trommeln wollen.

„Die ist komplett irre. Ich hab sie zweimal gefickt und sie erinnert mich ständig daran. Ich werde ihr den Kopf waschen. Es sei denn, einer von euch will mir das abnehmen." Ich blickte in die Runde und wartete auf einen Freiwilligen.

„Verdammt, nein. Diese Bitch ist mir unheimlich. Ich hasse anhängliche Weiber“, sagte Frisco kopfschüttelnd.

„Es war mein Schwanz, also ist es auch mein Problem“, sagte ich. Das Handy vibrierte in meiner Hosentasche. Unter dem Tisch blickte ich auf das Display.

Suzy: *Betrunken und müde. Sophia bringt mich nach Hause, aber du darfst mich gern besuchen.*

„Zerrt sie an deiner Leine?“, fragte Tank.

„Spielverderber. Nee, es ist spät und ich habe den ganzen Tag gearbeitet. Ich gehe nach Hause. Danke für das Bier, Bear.“ Ich schüttelte ihm die Hand und wandte mich an Frisco. „Es war nett, dich mal wiederzusehen, Kumpel. Tank, es war cool.“

„Pantoffelheld“, murmelte Tank, als ich mich erhob, um zu gehen.

Ich überließ die Jungs dem üblichen Ende des Abends. Sich über das Leben und die Frauen beklagen. Dankbar, dass mein Abend nicht mehr so enden musste wie in den vergangen Jahren, schickte ich eine Nachricht an Suzy.

Ich: *Schließ die Tür nicht ab. Ich treffe dich im Bett.*

Als ich ankam, lag Suzy halb ausgezogen quer über dem Bett. Ihr Mund war offen, das Haar bedeckte ihr Gesicht und die Brüste hingen aus dem Kleid. Ich musste mich beherrschen, kein Foto zu machen, um sie später damit aufzuziehen, doch ich wollte kein Arsch sein.

„Aufwachen, Sugar.“

Ich packte sie am Fuß und zog sie nach unten. Sie murmelte etwas, wachte jedoch nicht auf. Ich schälte sie aus dem Kleid. Selten hatte ich die Gelegenheit, sie in Ruhe zu betrachten, ohne dass sie sich bedecken wollte. Also stand ich da und sah sie an. Weißer Teint, feste Brüste und lange, muskulöse Schenkel. Was für ein Anblick.

Ich nahm sie auf die Arme und legte sie auf ihr Kissen, bevor ich mich auszog und mich neben sie legte.

„City“, murmelte sie und schob ihren Hintern an meinen

Schwanz.

„Fuck.“ Ich seufzte. Mein Schwanz pochte von der Wärme ihrer zarten Pobacken, die an ihm rieben. „Schlaf weiter, Sugar.“ Ich hielt sie fester an mich gepresst, vergrub das Gesicht in ihren Haaren und schlief bei ihrem leisen Schnarchen ein.

„Wie läuft das Geschäft?“, fragte mein Vater, als wir am Esstisch saßen.

Heute gab es Gnocchi, die immer wie Steine in meinem Magen liegen blieben.

„Sehr gut, Pop. Wir machen Gewinn und wenn ich jeden dazu bringen kann, arbeiten zu kommen, sind wir immer ausgebucht“, erklärte ihm Mike und stopfte sich eine Gabel voll Gnocchi in den Mund.

„Mike, du bist auch nicht immer da, also spiel nicht den Märtyrer und erzähl keinen Scheiß.“ Anthony deutete mit der Gabel auf Mikey, ehe er sie in seine Gnocchi stach.

„Wir alle haben auch noch etwas anderes zu tun. Das Geschäft ist für den Spaß da und damit wir etwas Eigenes haben, also steig uns nicht aufs Dach, Mike. Du bist nicht der *Boss*.“ Izzy betonte das Wort, sodass es wie ein deutliches Fick-dich klang. „Du bist eben kein Künstler, wie wir alle.“ Sie hob ihr Weinglas an die Lippen und verbarg ein Grinsen dahinter. Izzy war schon immer sehr direkt gewesen.

Meine Eltern saßen an den gegenüberliegenden Enden der Tafel und tauschten Blicke aus, während sich meine Geschwister verbal bekriegten. Als Kinder kämpften wir mit den Fäusten und üblicherweise blutete am Ende immer einer, doch jetzt benutzten wir unsere Münder. Und manchmal hinterließen Worte schlimmere Spuren als Schläge.

„Ich bin genauso ein Künstler wie ihr, kleine Schwester. Ich bevorzuge nur, meine Hände für andere Dinge einzusetzen. Ich kann zwar keine schönen Bilder zeichnen, aber ich kann alles piercen und jeden Idioten mit einem Schlag zu Boden befördern.“

Mein Vater räusperte sich. „Ist euch der Laden zu viel?“

Ich musste mich einmischen. Der Laden lief super und wir

verstanden uns alle gut. Die Sonntage machten uns etwas zu schaffen, denn wir wollten alle lieber etwas anderes tun, als in diesem Haus gefangen zu sein. Ein freies Wochenende wäre umwerfend, stand aber leider total außer Frage. „Pop, der Laden ist toll. Wir sind ausgebucht. Jeder erscheint pünktlich zu seinen Terminen. Ich bin am meisten da und kenne mich gut aus. Mike organisiert zwar Sachen, aber ich weiß genau, was im *Inked* vor sich geht." Ich tränkte ein Stück Knoblauchbrot mit der von meiner Mutter selbstgemachte Soße, die auf meinem ganzen Teller verteilt war. „Wir müssen uns tagsüber sinnvoll beschäftigten und der Laden kann das mehr als genug."

„Gut, mein Sohn. Ich bin sehr stolz auf euch. Ihr könntet alle faul auf euren Hintern sitzen, aber ihr seid erfolgreiche Geschäftsleute, ganz abgesehen von euren anderen Hobbys."

Oh Mann. Keiner von uns wollte seine wahre Leidenschaft und seinen Traumjob als *Hobby* bezeichnet haben.

Ich hörte das Geklapper von Besteck auf Tellern. So viele Drama-Queens in diesem Raum.

„Entschuldigt bitte. So habe ich das nicht gemeint." Mein Vater senkte den Blick auf seinen Teller, konzentrierte sich auf sein Essen, doch ich sah das Lächeln in seinem Gesicht. Er liebte es, wann immer er konnte zu provozieren.

„Ich habe im Januar einen großen Kampf", sagte Mikey, um Dad zu zeigen, wie weit er gekommen war.

„Hier in der Gegend?"

„In New York. Gestern habe ich den Anruf bekommen. Seit Monaten trainiere ich für diese Möglichkeit."

„Das ist fantastisch, mein Sohn. Ich wünschte, deine Mutter und ich könnten ihn sehen."

Meine Mutter sah grün im Gesicht aus bei dem Gedanken, ihrem Sohn dabei zuzusehen, wie er im Ring einem anderen den Verstand herausboxte. Oder seinen eigenen verlor. Ich würde jederzeit auf Mikey setzen, doch für meine Mutter war er immer noch ihr Baby. Fuck, wir alle waren ihre Babys.

„Micheal, wieso kannst du nicht wie dein Bruder sein? Beschäftige dich mit Musik oder irgendwas anderem ohne Gewalt und Blutvergießen." Sie tupfte sich den Mund mit einer Serviette ab und legte sie auf den Tisch zurück.

„Ma, ich kann das echt gut und liebe es. Es ist mein Traum, ein berühmter Kämpfer zu werden."

Pop schlug ihm auf den Rücken. Ich war erstaunt, dass er sich nicht auf die Brust getrommelt hatte, so stolz war er auf seinen boxenden Sohn.

„Ich mag das nicht. Werd doch Musiker oder so was."

„Bin leider total unmusikalisch", murmelte Mikey und stopfte sich mehr Essen in den Mund.

Meine Mutter seufzte und spielte mit der Gabel auf dem Tisch. „Ich hatte nichts dagegen, als ich dachte, es ist nur ein Hobby und geht vorbei, aber jetzt habe ich Angst um dich, Michael."

„Keine Sorge, Ma. Ich kann das, du wirst es sehen." Er grinste und spannte seine Armmuskeln an. „Der Kampf wird im Pay-TV übertragen, also könnt ihr ihn sehen. Ich bin zwar nicht der Star, aber sie zeigen alle Eröffnungskämpfe vor dem Haupt-Event."

„Ich muss meine Freunde einladen und mit ihnen zusehen, wie mein Sohn gewinnt", sagte Dad.

Ich rollte mit den Augen und hoffte, dass jemand das Thema wechselte.

„Hat einer von euch diese Woche mit Thomas gesprochen?", fragte Mom.

Kein Thema, das mir gefiel, aber alles war besser, als noch mehr über Mr. Rocky und seinen Kampf hören zu müssen.

„Ich, Ma. Er hat mir eine Nachricht geschrieben. Bei der Arbeit kann er schlecht telefonieren", sagte Anthony.

Sie seufzte, schloss kurz die Augen und rieb sich den Nasensteg. „Um ihn mache ich mir die größten Sorgen. Er ist täglich in Gefahr und mir gefällt nicht, dass er so weit fort ist. Ich will all meine Kinder jede Woche an diesem Tisch sitzen sehen."

Man sah ihr die Sorge um meinen Bruder an. Seit einem Jahr war er ein Polizist, der undercover arbeitete. Er infiltrierte eine Motorrad-Bande, die in Florida für Drogen und

Schmuggel bekannt war. Er meldete sich nur selten, weil er unentdeckt bleiben musste, oder sein Leben wäre beendet.

Warum zur Hölle mein Bruder sein Leben riskierte, war mir schleierhaft. Es war eine Sache, auf den Straßen zu arbeiten, aber bei einer Undercover-Mission aufzufliegen war etwas, von dem Cops nur selten wieder zurückkamen. Sollte ihm etwas passieren, würde sich meine Mutter niemals davon erholen. Tommy war schon immer ein Adrenalin-Junkie gewesen, aber das hier war extrem. Warum sprang er nicht von verdammten Brücken oder machte Skydiving, wie normale Irre? Warum riskieren, dass man eine Kugel in den Kopf bekam, wenn die Kerle begriffen, dass man sie auffliegen lassen wollte?

„Er hat gesagt, dass alles in Ordnung ist, Ma. Wir sollen uns keine Sorgen machen, es geht ihm gut und er lebt dieses Scheinleben gut. Du weißt doch, dass Tommy ein toller Schauspieler wäre. Er kann denen was vormachen." Izzy versuchte immer, meine Mutter zu beruhigen, doch die Sorge war trotzdem ständig gegenwärtig. Sie lastete auf uns allen wie ein tonnenschwerer Stein und wir warteten nur auf den Anruf, dass er vermisst wurde, was glücklicherweise bisher noch nicht geschehen war.

„Ich weiß, mein Kind." Mom lächelte Izzy an. „Er kann auch immer alle Frauen um den Finger wickeln."

„Apropos Charme, Ma, Joeys Freundin war gestern im Laden und ich hab sie verpasst."

Izzy zog einen Schmollmund und zwinkerte mir zu. Ihr war bewusst, dass sie mich soeben vor einen verdammten Bus gestoßen hatte. Meine Mutter würde schon wieder eine volle Ladung an Fragen haben.

„Oh, du triffst dich immer noch mit ihr, Joseph?"

Ihr Gesicht erhellte sich. Ich wusste, dass sie schon über Babynamen nachdachte, doch Himmel noch mal, für den Scheiß war ich noch nicht bereit.

„Ja, Ma." Ich hasste es, darüber zu reden, besonders mit meiner Mutter.

„Ist sie deine feste Freundin?"

Ich seufzte und hätte am liebsten meiner Schwester das

blöde Grinsen aus dem Gesicht gewürgt. „Ja."

„Verjage sie bloß nicht, weil sie nicht Joni ist, hast du verstanden?"

„Ja, Ma."

„Ich hab sie gesehen, Ma." Verdammter Mikey.

„Und, wie ist sie so, Michael?" Mom wusste, dass sie aus mir nicht mehr herausbekommen würde als letzte Woche in der Küche. Daher brauchte sie nur das Plappermaul der Familie zu fragen.

„Sie ist hübsch und verdient etwas Besseres als diesen Punk." Er nickte in meine Richtung und ich wollte ihm eine runterhauen.

„Meinst du mit was Besseres dich?" Ich sah ihn mit hochgezogener Braue an.

„Ganz ruhig, Bro. Sie ist eine Liebe, Ma. Erinnert mich ein bisschen an Joni. Unschuldig und mit einem ansteckenden Lachen. Du wirst sie sicher mögen." Er grinste mich an.

Was für ein blöder Arsch.

„Du musst sie unbedingt zum Sonntagsessen mitbringen, Joseph."

Das war genau das, was ich nicht tun wollte. Ich wollte sie nicht auf meine bekloppten Geschwister stoßen lassen, besonders nicht auf Izzy. Iz sehnte sich nach noch einer Frau in der Familie, weil das Testosteron-Östrogen-Maß unausgeglichen war.

„Vielleicht später. Ich will nichts überstürzen."

„Die Feiertage stehen vor der Tür. Weihnachten vielleicht? Ist sie katholisch?"

Sie plante bereits die Hochzeit. Religion spielte eine große Rolle in der italienischen Familie. Taufen, Hochzeiten … alles schien sich um die Kirche zu drehen.

„Ma, du warst seit Jahren nicht mehr in der Kirche", sagte ich trocken.

„Ich weiß, trotzdem ist es wichtig. Es erleichtert das Leben. Ist sie Italienerin?"

„Ich hab sie nicht gefragt." Ich nahm meinen Teller und ging in die Küche. Ich hörte das Kichern von Mom und meiner Schwester, die sich am liebsten über mich lustig machten. Keiner von uns hatte eine Beziehung, aber aus irgendeinem Grund war immer ich die Zielscheibe.

Ich wusste nicht, wo Suzy und ich standen und was die Zukunft für uns bereithielt. Sie war immer in Gedanken versunken und stellte unsere Beziehung infrage. Sie konnte nicht über meine tätowierte Fassade und das alte Haus, in dem ich wohnte, hinaussehen. Ich musste wissen, ob ich ihr genug war. Denn ich wollte, dass sie mich nur meinetwegen mochte. Mit allem, was dazugehörte, dem Guten, Schlechten und dem Hässlichen.

Kapitel 19

Freitagscountdown

Suzy

Die ganze Woche konnte ich kaum meine Aufregung bändigen. Jeden Abend sprachen wir am Telefon miteinander und schrieben uns tagsüber Nachrichten. Ich konnte ihm einfach nicht fernbleiben oder ihn aus dem Kopf bekommen. Ich versuchte, mich beschäftigt zu halten und Gründe zu finden, nicht bei ihm sein zu können, doch es half alles nichts. Ich verliebte mich in den Mann, und zwar heftig.

Als ich aufwuchs, hatte mir meine Mutter eingebläut, dass ich einen Mann finden sollte, der einen festen Arbeitsplatz hatte. Ich sollte mich niederlassen, eine Familie gründen und den amerikanischen Traum leben. Jahrelang hatte ich versucht, diesen Mann zu finden, der perfekt zu mir passte, aber sie waren einfach alle nur schrecklich langweilig.

Ich war noch nie bereit, mich mit weniger als *perfekt* zufrieden zu geben. Ein weißer Lattenzaun und ein schönes Zuhause nützten nichts, wenn man keine Lust hatte, zu demjenigen nach Hause zu kommen, mit dem man sein Leben verbringen sollte. Ich war lieber Single, als in dem Trübsinn zu vegetieren, in dem sich einige meiner Bekannten befanden.

Sophia und Kayden waren das glücklichste Paar, das ich kannte, und die beiden waren das genaue Gegenteil voneinander. Sie waren wie Yin und Yang.

Die Schüler verließen die Schule, sobald die letzte Klingel am Freitag um zwei Uhr nachmittags ertönte. Ich hatte noch dreißig Minuten Arbeitszeit und konnte nicht klar denken. Ich dachte nur an heute Abend und was alles passieren würde.

Ich hielt es nicht mehr aus, auf die Uhr zu starren und zuzusehen, wie sich mühsam die nächste Minute dahinschleppte. Da ich mit Sophia reden wollte und wusste, dass sie die Bibliothek aufräumte, ging ich zu ihr. Sie hatte mich die ganze Woche ausgefragt und wollte wissen, wann ich mich wieder mit City traf, doch ich hatte ihr noch nicht erzählt, was wir vorhatten. Ich wollte ihre Meinung hören.

Das Licht in der Bibliothek war gedimmt, doch ich konnte sie herumwandern sehen und Bücher einsortieren. Ich atmete tief durch und trat durch die Tür, auf die Sturmflut an Fragen zu, die mich erwartete.

„Sophia!" Ich rief sie, weil ich sie nicht zu Tode erschrecken wollte. Das meiste Personal war heute früh nach Hause gegangen, doch wir beide riskierten nie unsere Anstellung wegen ein paar Minuten, die man sich zu früh davonstahl.

Mit einem Stapel Bücher in der Hand und einem Lächeln kam sie um eine Ecke. „Hi, Suzy, was machst du denn hier? Hast du heute nicht was vor?" Sie zwinkerte mir zu. Ich konnte ein Grinsen nicht verbergen. Es war, als ob knisternde Freude aus mir herausstrahlte. „Wie viele Stunden noch, bis du ihn wiedersiehst?"

„Vielleicht sehe ich ihn heute gar nicht." Ich machte nur Spaß, denn ich wusste, dass ich Sophia nicht täuschen konnte, aber manchmal ging es mir auf die Nerven, dass sie mich wie eins ihrer offenen Bücher lesen konnte.

„Ja, schon klar. Es steht dir ins Gesicht geschrieben. Du kriegst heute noch ordentlich was zwischen die Beine, und an deinen roten Wangen erkennt man, dass es verdammt fantastisch werden wird."

„Wie redest du denn in einem Schulgebäude!"

„Du prüdes Wesen. Alle Kinder haben um Punkt zwei kreischend das Haus verlassen. Keine Seele ist in Hörweite. Also, wann triffst du ihn heute?"

„Um sieben." Ich setzte mich auf eins der bequemen Sofas. Sophia legte die Bücher auf den Tisch davor und setzte sich neben mich.

„Meine Füße bringen mich um in diesen High Heels." Sie zog die Schuhe aus und massierte ihre Füße. „Was habt ihr heute vor?"

„Das kann ich glaube ich gar nicht aussprechen." Mein Bauch war eine Schmetterlingsgrube bei dem Gedanken an die Möglichkeiten.

„Doch, kannst du und wirst du auch. Ich bin's, Mensch. Ich kenne deine dunkelsten Geheimnisse. Mann, du hast schon mit Kayden und mir im Bett gelegen und uns nach unserem Sexleben ausgefragt. Wir haben keine Geheimnisse voreinander. Ich weiß schon, dass du unter deiner polierten Fassade kinky bist."

„Das ist deine Schuld. Ich war glücklich mit meinem langweiligen Sex, bis du mich mit diesen schmuddeligen Romanen verdorben hast."

„Hör auf, das Thema zu wechseln. Was hast du mit dem sündhaft erotischen City vor?" Sie grinste und wackelte mit den Augenbrauen.

Schon immer hatte ich mir Sex gewünscht, der es wert war, zwischen Frauen besprochen zu werden, und jahrelang lebte ich von den Erfahrungen von Sophia und unseren Freundinnen. City hatte nun meine Geschichten erzählwürdig gemacht. Ich hatte definitiv wilde Dinge zu berichten.

„Ich habe ihm eine meiner Fantasien erzählt und die will er heute wahrwerden lassen." Ich hielt mir die Augen zu und mied ihren Blick. Ich schämte mich, ihr noch mehr zu erzählen, aber sie kannte all meine Fantasien und hatte mir immer versichert, dass das ganz normal sei, und dass meine geistige Gesundheit nicht von unreinen Gedanken übernommen wurde.

„Oh mein Gott! Erzähl mir mehr! Los!" Sie hüpfte praktisch mit dem Hintern auf dem Sofa herum. „Zier dich jetzt bloß nicht so." Sie schlug mir auf den Arm.

„Ich hab ihm die schmutzigste Fantasie erzählt."

„Echt jetzt?"

Ich grinste und langsam taten mir die Wangen weh von dem Lächeln, das ich schon den ganzen Tag im Gesicht hatte. „Ja, und er hat gesagt, dass er sie mir erfüllt."

„Entführung?" Sie tat schockiert, doch ihre Augen lachten.

„Ich kann nicht glauben, dass ich ihm das erzählt habe, aber ja. Oh mein Gott, heute Abend wird es passieren, Sophia!"

„Ich bin so stolz auf dich." Sie schlang die Arme um mich.

„Mein Baby ist erwachsen geworden.“ Sie drückte mich und streichelte meinen Hinterkopf. „Erzähl mir mehr. Ich will alles über ihn wissen. Sofort.“

„Wir treffen uns im *Neon Cowboy*. Dann essen wir und trinken was, bevor wir getrennt gehen und er mich entführt.“

„Du machst bestimmt einen Rückzieher. Oh Gott, er lässt dir viel zu viel Zeit, deine Meinung zu ändern.“ Sie erhob sich und lief auf und ab.

„Beruhige dich, Sophia. Ich werde keinen Rückzieher machen. Schon immer wollte ich einen Mann wie ihn und heute bekomme ich mehr, als ich mir je erträumt habe. Meine Fantasie wird wahr.“

„Du hast so was noch nie gemacht. Du bist mehr wie ich früher war. Miss Missionarsstellung. Morgen will ich einen Bericht, und zwar einen detaillierten.“

„Jawoll, Ma'am. Ich werde vollständig Bericht erstatten.“

„Ich will jedes saftige Detail wissen, verstanden?“

„Kapiert, Sophia. Und jetzt hole ich meine Sachen und fahre nach Hause. Ich will mich vorher noch ein bisschen ausruhen.“

„Viel Glück mit der Ruhe.“ Sie kicherte.

„Da sagst du was. Ich konnte letzte Nacht schon kaum schlafen.“ Ich seufzte.

„Das war bei mir genauso, wenn ich Kayden nach einer Weile wiedergesehen habe. Das ist ein einmaliges Gefühl.“ Sie lächelte und umarmte mich. „Geh. Ich muss hier fertig werden und dann nach Hause zu meinem Traummann.“

„Nach all der Zeit empfindest du immer noch so für Kayden?“

„Ja, ich bekomme immer noch Schmetterlinge im Bauch. Das ist der Unterschied, weißt du? Das Gefühl hat nie aufgehört. Ich werde immer noch genauso aufgeregt wie beim ersten Mal.“

„Ich beneide dich.“

„Du wirst deinen Kayden auch finden, Baby. Das hast du wahrscheinlich schon, wenn dir deine dumme Checkliste nicht in die Quere kommt.“ Sie tippte mir an die Stirn.

„Ich gehe. Reden wir ein andermal über meine geistige Gesundheit und mein zwanghaftes Verhalten." Ich ging aus der Tür und winkte ihr. „Bis später, Soph."

„Vergiss ja nicht, mich anzurufen oder ich werde dir nachstellen", rief sie mir hinterher, als ich die Tür hinter mir schloss.

„Hi, Sugar."

Seine Stimme hallte im Lautsprecher durch mein Auto, doch er klang nicht so aufgeregt, wie ich es war.

„Hi, City. Ich bin schon fast an der Bar."

„Ich werde mich um fünfzehn Minuten verspäten. Fuck, es tut mir leid. Das letzte Tattoo für heute hat länger gedauert. Wartest du auf dem Parkplatz auf mich?"

Verdammt. Die Bar machte mich nervös. Ich passte nicht dorthin, nicht mal auf den Parkplatz. „Okay. Mir würde nicht im Traum einfallen, da allein reinzugehen." Mir wurde leicht übel. „Das gehört aber nicht zu deinem Plan, oder?"

„Himmel, nein! Erst trinken wir etwas. Heute sollst du nicht alles analysieren. Ich möchte, dass du leicht angeheitert bist für das, was ich vorhabe." Er lachte.

Meine Aufregung übernahm das Regiment und die letzten Zweifel verschwanden. „Okay, City. Ich warte auf dich."

„Geh nicht allein rein. Verstanden?"

„Alles klar. Versprochen."

„Bis nachher, Sugar."

Ich warf das Handy auf den Beifahrersitz, öffnete das Fenster und genoss die kühle Luft auf meiner klammen Haut. Die Ereignisse des Abends liefen vor meinem geistigen Auge ab. City würde mein Kidnapper sein. Lauthals sang ich das Lied im Radio mit. *Dark Horse* von Katy Perry. Der Bass brachte die Scheiben zum Vibrieren.

Ich fuhr auf dem Platz in die dunklen Schatten, schaltete Motor und Licht ab und wartete auf City. Im Rückspiegel betrachtete ich mein von der Luftfeuchtigkeit glänzendes Gesicht, doch ich wollte makellos aussehen. City hatte mich bereits in meinen schlimmsten Zuständen erlebt, aber vor seinen Freunden wollte ich hübsch sein.

Der beleuchtete Spiegel an der Sonnenblende bildete mich

gnädiger ab, dennoch tupfte ich mir mit einer Serviette aus dem Handschuhfach über das Gesicht. Meine Lippen waren nicht rot genug. Ich presste sie zusammen und machte einen Kussmund. Zur Sicherheit trug ich noch etwas Lipgloss auf und machte mit den Lippen ein ploppendes Geräusch. Sie bitzelten, als das enthaltene Pfefferminzöl sie fülliger machte.

Ein lautes Klopfen ließ mich zusammenzucken. Ich stieß mir den Kopf an der Sonnenblende an. „Scheiße", sagte ich. Ich sah zur Seite, um meinen Ritter in glänzender Rüstung zu sehen, doch es war nicht City, der neben dem Auto stand. Der Typ kam mir bekannt vor. Er sah mich an und sämtliche Alarmglocken in mir schrillten.

Ich öffnete das Fenster einen Spalt, froh darüber, es vorhin wieder hochgelassen zu haben. „Ja, bitte?"

„Warum sitzt so eine schöne Frau allein hier draußen? Komm doch rein."

Himmel, er war mir unheimlich. „Ich warte auf jemanden." Ich wollte kein Gespräch mit ihm führen. Seine Haare waren durcheinander, ein grauer Bart stand ihm im Gesicht und sein abgetragenes T-Shirt war schmutzig. Ein saurer Geruch ließ mich die Nase rümpfen. Es war der Kerl, der mich das erste Mal hier schon belästigt hatte, bis City und Bear eingeschritten waren. Scheiße, wo blieb nur City?

„Du kannst drinnen warten. Ich lade dich zu einem Drink ein."

Sein Gesicht näherte sich dem Fenster. Ich roch den Alkohol in seinem Atem, gemischt mit seinem Körpergeruch, dem ich nicht entkommen konnte. Mein Herz raste und meine Hände schwitzten.

Bleib einfach im Auto.

„Danke, aber ich warte lieber hier draußen." Ich konnte seinen Anblick nicht mehr ertragen. Warum ging er nicht einfach?

Ich hörte ein Motorrad ankommen, das abrupt neben meinem Auto stoppte. City stieg ab und ging auf den Widerling zu.

„Lass sie sofort in Ruhe", knurrte City, als er dem Kerl ge-

genüberstand.

„Ich hab sie nur gefragt, ob sie auf einen Drink mit reinkommen will.“ Er starrte City an und bewegte sich keinen Millimeter.

Er musste lebensmüde sein.

„Sie will aber nicht von dir angemacht werden. Geh nach Hause, du besoffenes Arschloch. Hör auf, alle Frauen zu belästigen, zumindest meine. Muss ich dir das erst in deinen blöden Kopf prügeln?“ City griff nach dessen T-Shirt und zerknüllte es in seiner Faust.

Der Mann gab auf und nahm die Hände hoch. Er versuchte, zurückzutreten, doch City hatte seinen Griff nicht gelockert.

„Komm schon, Mann. Ich wusste nicht, dass sie zu dir gehört. Du musst besser auf sie aufpassen. Schöne Sachen verschwinden in dieser Gegend andauernd.“ Er grinste.

Ich bekam eine Gänsehaut.

„Halt's Maul, Drecksack. Das nächste Mal verschwende ich keine Worte. Ich schlag dir direkt den Schädel ein, sodass du mit deinem Mundwerk nur noch an einem Strohhalm nuckeln kannst.“ City ließ ihn los und schubste ihn an. Der Mann stolperte rückwärts und fiel auf seinen Hintern.

City öffnete meine Tür und hielt mir die Hand hin, doch ich konnte nur auf den Kerl am Boden starren. Sein Blick in meine Richtung war voller Hass.

„Komm, Sugar. Ich bin jetzt da, er wird dir nichts mehr tun.“

Wortlos legte ich meine Hand in seine und schloss die Autotür. Ich blieb dicht an City, als wir auf die Bar zugingen. Meine Nerven waren am Ende und ich brauchte dringend einen Drink.

City hielt inne, nahm mich am Arm und wandte mein Gesicht zu ihm. „Alles in Ordnung, Suzy?“

„Ja, Joey. Er hat mir nichts getan, aber er macht mir Angst.“

Er nahm mich in die Arme, sodass ich mich wie in einem Kokon fühlte. Ich schmiegte mich an ihn und versteckte mein Gesicht an seinem Hemd. Im Gegensatz zu dem Kerl auf dem Parkplatz roch City fantastisch. Nach einem leckeren Herrenduft und seinem eigenen Geruch. Mit der Hand glitt ich über seine Brust, bis ich das Piercing fand, das ich so gern berührte.

„Sugar, wenn du so weitermachst, kommen wir nicht mal zu unserem ersten Drink, bevor ich dich in die Damentoilette zerre und dir den Verstand rausvögele."

Ich grinste und lehnte mich zurück. „Ich kann nichts dagegen machen. Es ist einfach schön, dich nach der langen Woche wieder anfassen zu können." Ich vergrub das Gesicht erneut in seinem Hemd und ließ das kleine Metall an ihm nicht los.

„Ich habe noch ein Piercing, das ein bisschen Aufmerksamkeit gebrauchen könnte", sagte er durch zusammengebissene Zähne und rieb seinen Schritt an mir.

„Nein, danke, geht schon. Erst einen Drink, und dann kannst du mit mir machen, was du willst."

Hatte ich das wirklich laut gesagt? Ich musste lernen, aufzupassen, was ich ihm versprach. Er war kein langweiliger, öder Liebhaber, er liebte Sex heftig und schnell, und er hatte bereits meinen Hintern ins Spiel gebracht.

Denk nicht mal dran!

„Egal, was?", wisperte er.

„Im vernünftigen Rahmen." Ich lächelte an seine Brust. Gott sei Dank konnte er mein Gesicht nicht sehen.

„Das ist mein Mädchen. Immer am Überdenken."

Er lachte, nahm mich an seiner Seite in den Arm und führte mich durch die Tür des *Neon Cowboy* vor das Exekutionskommando an Kerlen, die ihre Egos vor sich her trugen und ihre Männlichkeit zur Schau stellten.

Gott helfe mir.

Die Männer, die ich beim ersten Mal getroffen hatte, bestanden darauf, dass wir uns zu ihnen setzten.

Ich versicherte City, dass ich damit einverstanden war, solange er niemals meine Seite verließ. Der Arsch vom Parkplatz hatte mich bereits verunsichert, und ein Tisch voller Fremder trug nicht gerade dazu bei, mich wohler zu fühlen.

Bear und Tank überredeten mich zu Limonenwodka und Bier. An einem Tisch voller Biker konnte ich schlecht alkoholfreien Daiquiri bestellen. Ich versuchte, mich anzupassen, meine Nerven zu beruhigen und mich innerlich auf die Entführung vorzubereiten.

Die Männer sprachen über Motorräder und Tattoos. Eine fremde Welt für mich, doch trotzdem unterhaltsam. Zwar sahen sie alle furchteinflößend aus, waren aber gutmütige Kerle, die nur zusammen abhängen wollten, Bier trinken und Blödsinn reden.

Bear sah aus wie sein Spitzname. Wild, gelockt, zu lange Haare, Bart, groß und kräftig. Wenn er aufstand, konnte man ihn sich gut als Grizzlybär auf den Hinterbeinen vorstellen, bereit, jemanden anzugreifen. Doch als er von seiner *Old Lady* und seinen Kindern sprach, wirkte er mehr wie ein Teddybär. Schnell begriff ich, dass mein erster Eindruck von ihm falsch war. Ich musste geistig offener werden. Es gab weit schlimmeres.

„Und, was macht ihr zwei beiden eigentlich hier?“, fragte Bear und trank sein Bier aus.

Hitze kroch in mein Gesicht. Ich konnte das nicht beantworten. Ich starrte City an und überließ es ihm.

„Nicht viel, Bear. Ich habe nur vor, dieses schöne Wesen hier zu kidnappen und mit ihr zu machen, was ich will.“ Er zwinkerte mir zu und sah Bear verschmitzt an.

Ich sah in die Runde und alle starrten mich an. Ich war sicher, deren Kopfkino traf ins Schwarze.

Bear schlug City auf den Rücken. „Ganz nach meinem Geschmack.“ Er lachte.

City beugte sich zu mir und ich fühlte sein Gesicht in meinen Haaren. „Magst du jetzt gehen und ich spüre dich auf, Sugar?“, flüsterte er mir ins Ohr.

Ich bekam eine Gänsehaut, wollte dieses Spiel gern spielen. Ich küsste ihn kurz auf die Lippen. „Ja, Sir. Fang mich, wenn du kannst.“

Ich erhob mich und die Männer am Tisch jubelten und klatschten. Fast hätte ich meinen Stuhl umgeworfen, doch City fing ihn auf. „Entschuldige“, sagte ich und stand auf weichen Knien da.

„Geh, Sugar.“ City gab mir einen Klaps auf den Hintern.

Ich japste. Den letzten Wodka hätte ich mir sparen sollen.

Auf dem Weg zur Tür hielt ich den Blick auf dem Boden, um über nichts zu stolpern. Meine Sicht war leicht verschwommen und mein Kopf benebelt vom Wodka. Ich sah zu City zurück, ehe ich aus der Tür ging. Alle Männer am Tisch sahen mir hinterher. City zwinkerte mir zu und wirkte aufgeregt. Sein schiefes Grinsen machte mir das Höschen feucht. Die anderen sahen eher erstaunt aus. Vielleicht hatte City ihnen noch mehr über unser kleines Rollenspiel verraten. Ich lächelte und winkte ihnen zu.

Die kühle Luft umwehte mich, als ich draußen war und mich vor meinem Entführer verstecken wollte. Mein Herz raste und in meinem Bauch tanzten Schmetterlinge. Ich ging auf mein Auto zu und war bereit für ihn.

Kapitel 20

Woraus Träume bestehen …

City

Tank beugte sich vor. „Hast du das ernst gemeint?“

„Was? Dass ich mit ihr mache, was ich will?“

„Fuck. Alles!“ Er grinste und hob eine Augenbraue.

„Natürlich alles. Ich muss los, Jungs. Zeit, mein Opfer zu finden.“ Ich erhob mich und warf einen Geldschein auf den Tisch. „Gentlemen, habt eine gute Nacht mit diesen Bildern im Kopf.“

Sie hatten ja keine Ahnung, was wir wirklich vorhatten. Sie dachten, kidnappen war nur ein nettes Wort dafür, dass ich sie von der Bar mitnahm, um Sex zu haben, anstatt dass ich sie wirklich entführen würde.

„Kann einer von euch mein Bike mit nach Hause nehmen und ich hole es mir morgen?“, fragte ich noch, ehe ich ging.

„Mach ich“, sagte Baer. „Ich fahre es zu Tanks Werkstatt.“

„Danke, Mann. Mein Schwanz sagt auch danke.“ Ich lachte und warf ihm den Schlüssel zu.

„Wenigstens einer unserer Schwänze hat heute Spaß“, murmelte Bear und steckte meinen Schlüssel ein.

Ich sagte nichts, konnte aber nicht aufhören, zu lachen. Arme Schweine.

Ich renkte meinen Nacken ein, als ob ich mich auf ein Spiel vorbereiten wollte. Suzy würde ich alles geben, was sie wollte, und noch mehr.

Eine Stimme hallte durch die Menge. „City!“

Fuck!

„City!“

Eine Hand winkte mir und ich kannte die Stimme, tat jedoch so, als hätte ich sie nicht gehört. Ohne mich umzudrehen lief ich schneller, bis ich eine Hand um meinen Arm spürte.

„Oh, Kaylee. Hab dich gar nicht gesehen.“

„Ich hab dich gerufen.“ Sie verzog das Gesicht und war

außer Atem.

„Hab ich nicht gehört. Ich hab's eilig und muss gehen."

„Ich vermisse dich, City." Sie versuchte, ihre Arme um mich zu schlingen, doch ich ergriff sie und schob sie von mir.

„Hör auf damit, Kaylee. Ich hab echt keine Zeit für den Scheiß."

„Du hattest doch immer Zeit für mich." Sie zog einen Schmollmund und spielte die Karte *Schlechtes Gewissen* aus.

„Das ist mir neu. Ich muss mich mit meiner Freundin treffen." Hoffentlich verstand sie diesen Wink mit dem Zaunpfahl.

„Freundin? Seit wann?" Sie sah mich schockiert an und ihre Finger bohrten sich in meinen Arm.

„Tschüss, Kaylee. Ich hab wirklich keine Zeit für verdammten Smalltalk. Mein Mädchen wartet auf mich, und damit meine ich nicht dich."

Ich ließ sie stehen, während sie den Mund öffnete und wie ein Fisch nach Luft schnappte. Ich musste zu Suzy. Sie war schon viel zu lange allein da draußen. Verdammt! Sie hatte sicherlich bereits eine Heidenangst, was allerdings auch zu ihrer Erregung beitragen könnte.

Ich rieb mir übers Gesicht, ging nach draußen und konnte es nicht fassen, dass mir ausgerechnet Kaylee in die Quere kommen musste. Ich hätte nur wenige Minuten nach Suzy rausgehen sollen. Während sie ihren Wagen aufschloss, wollte ich hinter ihr auftauchen und sie schnappen.

Bei der vielen Zeit, die nun vergangen war, hätte sie längst ihre Meinung geändert haben und nach Hause gefahren sein können.

Doch das Auto stand noch da. Die Tür war offen, aber Suzy war nicht drin. Ich sah mich um – wo zur Hölle war sie?

Ich suchte in jeder Ecke des Parkplatzes nach ihr. In meiner Brust raste mein Herz und mir war übel.

Plötzlich hörte ich einen unterdrückten Schrei, doch ich wusste nicht, woher er kam, weil der Straßenverkehr so laut war.

„Suzy!“, schrie ich panisch.

Jetzt sah ich neben ihrem Auto ihre Handtasche liegen.

Ich musste sie finden!

Ich durfte hier nicht länger herumstehen, ich musste etwas unternehmen. Hinter den Autos befanden sich Bäume, zwischen denen ich eintauchte. Ich lauschte. Dann hörte ich eine männliche Stimme. Entfernt, doch deutlich genug, dass ich ihr hinter die Bar folgen konnte.

Ich rannte der Stimme entgegen und sah einen Mann über einer Frau liegen. Er hob die Hand und schlug Suzy.

„Du Schlampe.“

Das Arschloch von vorhin.

Ehe er noch einmal zuschlagen konnte, packte ich ihn an der Kehle und warf ihn zu Boden. Der Aufprall seines Kopfes auf den Asphalt machte ein widerliches Geräusch, als ob sein Schädel brach. Ich setzte mich auf ihn und bearbeitete ihn mit den Fäusten, genoss den Klang seines brechenden Kiefers unter meinen Händen. Er stöhnte, aber es war mir egal. Er hatte meine Frau geschlagen. Meine Frau! Ich schlug ihn erneut, griff nach seinem Kopf, wollte ihn aufschlagen und zusehen, wie das Blut herauslief, doch Hände zogen mich nach hinten und hielten mich zurück.

„City, du bringst ihn um“, sagte Bear und zerrte an mir.

„Der verfluchte Bastard verdient den Tod.“ Ich hob die Hand, um zuzuschlagen, aber Bear griff nach meinem Handgelenk.

„Gottverdammt, Mann! Der ist schon weggetreten. Geh endlich von ihm runter und kümmere dich um deine Frau.“

Suzy.

Ich war so damit beschäftigt gewesen, diesen Sack zu verprügeln, total in meiner Wut gefangen, dass ich sie ganz vergessen hatte. Sie lag reglos mit geschlossenen Augen auf dem Boden. Ich nahm sie in die Arme und hielt sie an meine Brust gedrückt. Ihre Glieder hingen schlaff an ihren Seiten. Blut rann aus ihrer Nase und ihrer Lippe. Ich wischte ihr das Haar aus dem Gesicht und prüfte, ob es noch weitere Verletzungen gab. An der Schläfe hatte sie einen roten Fleck, aus dem ein Bluterguss werden würde.

„Suzy“, wisperte ich und streichelte ihr Gesicht. „Suzy, wach auf, Sugar.“ Ich hob ihre Beine von der kalten Straße und legte sie auf meinen Schoß. Bear sah mich mit großen Augen an. „Ruf einen Krankenwagen, Bear.“

„Schon dabei, Kumpel.“ Er stand über dem bewusstlosen Arschloch am Boden und trat nach ihm. „Der Angreifer liegt bewusstlos am Boden. Ich passe auf ihn auf“, sagte er zu der Person am Handy.

„Suzy, komm schon, Süße. Wach auf, meine Schöne.“ Ich küsste ihre warmen Lippen. Das war alles meine Schuld. „Es tut mir so leid, Suzy.“

Fuck.

Ihre Kleidung war intakt, nichts zerrissen, doch sie war schmutzig, weil sie auf dem Boden gelegen hatte.

Endlich öffnete sie die Augen und mir fiel ein Stein vom Herzen. Ich lächelte sie an und streichelte ihre Wange.

„City“, sagte sie mit zittriger Stimme. Sie streckte die Arme nach mir aus.

„Nicht bewegen, Sugar. Wir warten auf den Krankenwagen.“ Ich wollte vermeiden, dass sie sich noch mehr wehtat, als dieser Wichser sie vielleicht bereits verletzt hatte.

„Was ist passiert?“ Mit ihren großen, schönen blauen Augen sah sie mich an. Ich erkannte Verwirrung und Schmerz darin.

„Es tut mir so leid, Suzy. Ich wurde drinnen aufgehalten und bin zu spät gekommen. Das wäre nicht passiert, wenn ich dich nicht überredet hätte, eine deiner Fantasien auszuleben.“

Sie lächelte mich liebevoll an. „Autsch.“ Ihre Zungenspitze war über die Stelle geglitten, an der ihre Lippe verletzt war.

„Du blutest, Sugar. Bleib einfach still liegen, bis der Notarzt dich durchgecheckt hat.“

„Was ist mit …“

Sie musste den Satz nicht beenden, ich wusste, was sie wissen wollte. „Der wird niemandem mehr wehtun.“

Sie schloss die Augen und eine Träne rollte ihre Wange hinunter. „Was hast du getan, City?“

„Ich habe dem Wichser nur seine eigene Medizin verpasst.

Er ist ausgeknipst." Mit dem Daumen wischte ich die Träne von ihrer Wange.

„Ist er …" Ihre Lippen bebten. „Tot?"

„Nein, er lebt noch. Ich wollte ihn umbringen, aber Bear hat mich zurückgehalten." Schluchzer schüttelten ihren Körper. „Schhh, ich hab dich. Niemand wird dir mehr wehtun, Suzy."

Ich hielt sie fest, bis der Krankenwagen da war, und kurz darauf erschien ein zweiter. Zwei Männer nahmen mir Suzy ab, untersuchten sie kurz, legten sie auf eine Trage und versorgten sie medizinisch weiter.

Dann wurde der Wichser untersucht. Verdammt sollte er sein. Ich hoffte auf seinen Tod.

„Wir müssen sie ins Krankenhaus bringen. Sie hat eine Kopfverletzung und es muss untersucht werden, ob es etwas Ernstes ist", sagte der Sanitäter. „Wenn Sie wollen, können Sie dort hinkommen."

„Ich fahre Ihnen hinterher." Ich sah über seine Schulter. Suzy wurde in den Krankenwagen geschoben. „Kann ich noch mal kurz mit ihr sprechen?"

„Nur kurz, wir müssen los."

Ich stieg in den Krankenwagen und kniete mich neben die Trage. Sie war angeschnallt und am Arm an ein Gerät angeschlossen. Bei dem fiesen, grellen Neonlicht sah Suzy noch schlechter aus. „Sugar, willst du, dass ich bei dir bleibe, oder soll ich hinterherfahren?"

„Nimm bitte mein Auto. Ich will es nicht hier stehen lassen."

Ich küsste sie. Mein Herz fühlte sich an, als ob es jeden Moment in meiner Brust explodieren würde. „Okay. Ich bin direkt hinter dir. Mach dir keine Sorgen." Ich wollte sie nicht verlassen, aber ihr den Wunsch erfüllen.

Sie lächelte mich schwach an und ich stieg aus dem Wagen, eilte zu ihrem Auto und wollte so schnell wie möglich wieder an ihrer Seite sein. Ich musste sie um Verzeihung bitten und betete, dass die Verletzungen nicht schlimm waren. Damit würde ich nicht leben können. Suzys Handy lag auf dem Beifahrersitz und ich wusste, was ich tun musste. Ich rief

Kayden und Sophia an und wusste, dass ich bei ihnen in der Scheiße saß.

Kapitel 21

Manchmal sollten Fantasien selbige bleiben

Suzy

Die Zeit schien in Zeitlupe abzulaufen, während mich Ärzte und Schwestern piekten und untersuchten. Ich wiederholte so oft, was geschehen war, dass ich es im Schlaf hätte rezitieren können.

„Nur noch ein Mal, Ma'am. Was genau ist passiert?", fragte der Arzt und leuchtete mir in die Augen.

Ich seufzte und hätte am liebsten geantwortet, dass er mich am A… lecken könne. Er bewegte das Lämpchen über meine Augen und blendete mich ständig. „Muss ich das wirklich noch mal erzählen? Ich habe es Ihnen doch schon gesagt." Mein Geduldsfaden wurde langsam kürzer.

„Ich muss prüfen, ob sie Gedächtnislücken von dem Schlag auf den Kopf haben. Nur noch ein Mal, ich schwöre es."

„Das haben Sie das letzte Mal auch schon gesagt." Ich verdrehte die Augen.

Der Arzt lachte in sich hinein. „Anscheinend haben Sie keine Probleme mit dem Kurzzeitgedächtnis."

„Mein Freund und ich waren in der Bar und ich bin vor ihm rausgegangen. Er ging aber kurz nach mir. Als ich mein Auto aufgeschlossen habe, wurde ich von hinten gepackt. Bis ich begriffen hatte, was los war, lag ich schon auf dem Boden und habe mich gewehrt, aber es war sinnlos. An mehr erinnere ich mich nicht."

Ein Polizist stand in der Ecke und schrieb auf, was ich sagte.

„Ich erinnere mich daran, in Joeys Armen aufgewacht zu sein, und dann kam der Krankenwagen."

Natürlich konnte ich nicht die Wahrheit sagen. Dass mein Freund mich kidnappen wollte, und wir meine Fantasie ausleben wollten, in der ich entführt und seine Sexsklavin wurde. Kein Mensch machte so einen Scheiß.

„Wir behalten Sie über Nacht zur Beobachtung hier. Sie haben ein paar Rippenprellungen, eine Wunde an der Lippe, eine Gehirnerschütterung, aber nichts, was auf längere Sicht Probleme verursachen könnte“, erklärte der Arzt und sah auf sein Klemmbrett. „Sie werden in ein normales Zimmer verlegt und können sich ausruhen. Morgen Früh werden Sie entlassen.“

„Ist Besuch für mich da?“ Ich konnte es nicht fassen, dass City noch nicht da war, oder überhaupt irgendjemand.

„Ja, aber er musste während der Untersuchungen draußen warten.“

„Darf er jetzt bitte reinkommen?“

Mir tat alles weh, mein Gesicht pochte und mein Kopf hämmerte. Am liebsten hätte ich das Licht ausgemacht und geschlafen, aber ich musste erst mit City reden. Ich wollte wissen, was genau passiert war und warum er nicht derjenige gewesen war, der mich auf dem Parkplatz gefunden hatte.

„Ich werde eine Schwester zu ihm schicken. Bis Morgen, Ms. McCarthy.“

„Danke.“ Ich zwang mich zu einem Lächeln. Da war nichts, wofür ich dankbar hätte sein können. Ich wollte nur in mein eigenes Bett kriechen und an City gekuschelt schlafen. Kratzige Krankenhausbettwäsche, Plastikmatratzen und dünne Bettdecken entsprachen nicht meiner Vorstellung von Gemütlichkeit.

Ich drückte den Kopf ins Kissen und kniff die Augen zu. Ich wollte weinen, doch es kamen keine Tränen.

„Ma'am“, sagte der Polizist und räusperte sich. „Ich habe Ihre Aussage aufgenommen, aber ich brauche noch ein paar Details. Wir haben den Angreifer verhaftet und die Zeugenaussage von Joseph Gallo und noch einem anderen Mann, aber wir brauchen Sie, um die offenen Fragen zu beantworten. Hier ist meine Karte. Wenn Sie sich besser fühlen, rufen Sie mich bitte an. Das hat Zeit, bis sie wieder zu Hause sind.“ Er lächelte mich an und es wirkte aufrichtig.

„Ich werde Sie anrufen. Für heute mag ich nicht mehr reden.“ Ich rieb mir die Augen. Das Licht verschlimmerte die Kopfschmerzen und ich wollte nur noch schlafen.

„Kein Problem, Ma'am."

Er zog den Vorhang um mein Bett zurück und ich sah City. Stirnrunzelnd sah er mich an und ich erkannte den Kummer in seinem Gesicht. Seine Hände wirkten geschwollen und seine Fingerknöchel rot gesprenkelt – mit dem Blut des Widerlings, den er verprügelt hatte.

Er trat näher an mein Bett. „Hi."

„Hi."

„Geht es dir besser, Sugar?" Er setzte sich zu mir auf den Bettrand und hielt meine Hand.

„Ja. Sie behalten mich nur zur Beobachtung da."

Mit seinen rauen Fingerspritzen streichelte er meine Wange und sah mich prüfend an. Sein Blick glitt über jeden Zentimeter und verweilte länger auf meinen Lippen und Wangen.

„Gott, es tut mir so leid, Suzy. Das ist alles meine Schuld." Tiefe Linien erschienen auf seiner Stirn.

„Nein. Du wolltest mir nur einen Gefallen tun. Ich gebe dir eine 1 für den Versuch und eine 6 für die Ausführung, großer Junge." Ich grinste und konnte ihm einfach nicht böse sein.

„Mach keine Witze, Sugar." Er versuchte, ernst zu bleiben, doch ein kleines Lächeln stahl sich in seine Mundwinkel. „Ich hätte dich heute verlieren können." Er drückte meine Hand.

„Was ist schiefgegangen? Du hättest nur eine Minute nach mir rauskommen sollen, Joey." Ich schloss die Augen und die Angst kam wieder hoch, die ich gespürt hatte, als ich merkte, dass es nicht City war, der mich von hinten packte.

„Nachdem ich mit den Jungs rumgealbert hatte, war ich auf dem Weg aus der Bar, wurde aber aufgehalten. Ich habe versucht, mich so schnell wie möglich loszueisen, weil es mir nicht gefiel, dich da draußen allein zu wissen. Ich hätte dich aber gar nicht erst in diese Bar bringen sollen. Verflucht!" Er rieb sich übers Gesicht. „Was ist passiert, bevor ich bei dir war, Sugar?"

Meine Augen füllten sich mit Tränen. Ich konnte sie nicht aufhalten. „Ich tat so, als hätte ich meine Schlüssel fallen lassen, und da hörte ich jemanden hinter mir. Ich dachte, du wärst es. Als ich mich nach dem Schlüssel gebückt habe, hat er mich an den Haaren gepackt." Ich machte eine Pause und versuchte, meine Stimme in den Griff zu bekommen. „An den Haaren hat er mich hinter das Haus gezerrt. Ich habe mich wie verrückt gewehrt, habe getreten und geschrien, aber niemand hat mich gehört. Er hat mich beleidigt und mir ins Gesicht geschlagen. Ich konnte das Blut schmecken. An mehr erinnere ich mich nicht, bis ich in deinen Armen aufgewacht bin." Ich kuschelte mich näher an City, brauchte das Gefühl der Geborgenheit.

„Oh, Sugar. Nie wieder lasse ich zu, dass dir etwas passiert."

Er kroch zu mir ins Bett und schlang die Arme um mich. Ich weinte an seiner Brust, bis ich keine Tränen mehr hatte. Er streichelte mir übers Haar, küsste meinen Kopf und hielt mich fest, bis ich mich beruhigte und eindöste.

„Wo ist sie?"

Sophias Stimme weckte mich aus dem friedlichen Schlummer.

„Das ist mir scheißegal, ich will sofort zu ihr."

Um Himmels willen.

„Ma'am, Sie dürfen da nicht rein."

Der Vorhang flog zur Seite und eine schockierte Sophia erschien. „Oh mein Gott, Suzy. Ich habe mich zu Tode gesorgt." Sie eilte an meine Seite.

Im Augenwinkel sah ich eine Bewegung.

Kayden.

Er sah sauer aus. Mehr, als ich ihn je erlebt hatte, und ich hatte ihn über die Jahre schon mehrmals ausrasten sehen.

„Es geht mir gut, Sophia. Nur ein paar Kratzer und Blutergüsse. Das heilt wieder."

„Du hättest sterben können, verdammt noch mal. Und du …", sie funkelte City an und zeigte mit dem Finger auf ihn, „du solltest sie vor so einem Scheiß beschützen. Wie konntest du sie nur alleine rausgehen lassen?"

„Das war nicht seine Schuld", sagte ich, doch sie hielt eine Hand hoch.

„Und?“, fragte sie ihn.

„City, kann ich dich einen Moment allein sprechen?“, fragte Kayden in ruhigem Ton.

Mir gefiel der wütende, doch ruhig klingende Kayden nicht. „Hey, ihr beiden, immer langsam mit den jungen Pferden“, warnte ich.

„Suzy, das ist etwas zwischen City und mir. Ich werde ihn nicht lange aufhalten“, sagte Kayden.

Ich sah City an und bat ihn stumm, nicht zu gehen. Er drückte meine Hand und stieg aus dem Bett.

„Bin gleich wieder da, keine Sorge.“ Er lächelte, zwinkerte mir zu und ging mit Kayden hinaus.

„Lass die Jungs ruhig miteinander reden. Was ist passiert, Suzy?“ Sophia setzte sich neben mich, neigte den Kopf zur Seite und nahm meine Hand. „Himmel noch mal, ich war völlig aus dem Häuschen, als mich City angerufen hat. Das ist alles meine Schuld.“

„Es ist nicht deine Schuld. Ich bin rausgegangen und alles war prima. City wurde in der Bar kurz aufgehalten, und das war alle Zeit, die der Kerl brauchte.“ Ich wischte mir über die trockenen Tränenspuren auf der Wange. „Derselbe Kerl hat mich schon mal belästigt und musste auf mich gewartet haben. Es war dämlich, zu glauben, man könne eine Fantasie einfach so ausleben. Jetzt ist es nicht mehr so anregend, wie es klingt.“

„Fuck. Nein, es ist meine Schuld.“ Sie ließ den Kopf hängen.

„Sophia. Warum sollte es deine Schuld sein?“

„Weil ich City irgendwie deine Fantasie verraten habe.“ Sie sah mir nicht in die Augen.

„Was?“

Sie erhob sich und entfernte sich aus meiner Reichweite. „Als er mein Tattoo gemacht hat, habe ich ihm erzählt, dass du nicht gern über deine Fantasien sprichst, und dass du von einer Entführung träumst.“

Himmel Herrgott noch mal.

„Sophia, du bist zwar meine beste Freundin und so, aber das hätte unter uns bleiben sollen.“ Ich atmete tief durch und versuchte, nicht wütend zu werden. Sophia und Kayden liebten mich. Wir redeten öfter über Sex und die beiden waren die zwei Menschen auf der Welt, die mich nicht verurteilten. Kayden war der einzige Mann, der mir erlaubte, ihn nach Strich und Faden über Sex auszufragen, und er antwortete stets ehrlich und ernsthaft, ohne mir das Gefühl zu geben, eine Idiotin zu sein. „Jetzt schäme ich mich ein bisschen. Danke, dass du versucht hast, meine Wünsche zu erfüllen, aber diese Geheimnis zu verraten hättest du mir überlassen müssen."

„Wenn es geklappt hätte, hätte es dir die Schuhe ausgezogen, Babe. City ist genau der Typ Mann, den du brauchst. Bitte lass dir durch dieses Erlebnis bloß keine Zweifel kommen. Er ist total erschüttert und ich hab ein schlechtes Gewissen, ihn so angefahren zu haben. Ihm liegt wirklich sehr viel an dir, meine kleine Listenmacherin."

Ich lachte. Meine Listen machten Sophia verrückt. Diese Frau lebte ihr Leben intuitiv und ich wollte immer alles planen. Ich hatte Listen für meine Listen, und als wir zusammenwohnten, hatte ich sogar Sophia mit aufgenommen. „Ich weiß, dass ihm etwas an mir liegt, Sophia. Ich habe den Kummer in seinen Augen gesehen. Ich glaube, ich habe noch nie jemanden gesehen, der sich solche Sorgen um mich gemacht hat."

Ich hörte Kayden und City murmeln, verstand aber nichts. „Was sagt er zu City?"

„Du weißt ja, dass Kayden sehr beschützerisch ist, was dich betrifft. Sie haben nur ein Mann-zu-Mann-Gespräch."

„Ich bin aber kein Kind mehr, Sophia. Hoffentlich benimmt sich Kayden." Ich überkreuzte die Arme vor der Brust.

„Kayden benimmt sich immer. Sie plaudern nur." Sie lächelte, doch mir entging die Sorge in ihrem Gesicht nicht.

Das Leben war so kompliziert geworden und meine Pläne schienen sich vor meinen Augen in Luft aufzulösen. Ich kam mir vor wie Sophia und in der Achterbahn des Lebens, in der sie saß, als sie sich in Kayden verliebte. Sie hatte die Hände hochgerissen und die ganze Fahrt über geschrien, doch ich wollte aussteigen und mit den Füßen lieber am Boden sein.

Kapitel 22

Wer ist der Boss?

City

Kayden stand mir Nase an Nase gegenüber. „Verfickt noch mal, wie konntest du sie bloß da draußen alleine lassen?“

Ich konnte es ihm schlecht übelnehmen. Er sorgte sich um Suzy.

„Ich weiß, Mann. Ich wollte direkt hinter ihr sein. Aber alles ging schief.“ Ich brach den Augenkontakt nicht ab, wollte keine Schwäche zeigen, obwohl mir bewusst war, dass das nur wegen Kaylee und meiner Vergangenheit passiert war. Mein verdammter Schwanz brachte mich immer wieder in Schwierigkeiten.

„Kann man wohl so sagen. Wenn ihr etwas zustößt, City, knöpfe ich mir dich vor. Ich mag schwächer aussehen als du, aber ich werde dich zermalmen wie eine Fliege. Hast du mich verstanden?“

Ich ballte die Fäuste und beherrschte mich, ihm nicht gleich hier im Krankenhaus in die Schnauze zu hauen. Aber ich wusste, dass er mich nicht angreifen würde. Und es mir mit Kayden zu verscherzen, würde nur einen Keil zwischen Suzy und mich treiben. Ich musste ihm erlauben, seine Wut abzulassen. „Klar und deutlich, Kayden. Ich werde sie mit meinem Leben beschützen.“

„Mir ist klar, dass du nicht wolltest, dass so etwas passiert, aber Mann, ich erwarte mehr von dir.“ Er trat einen Schritt zurück. „Sie ist wie eine Schwester für mich. Pass einfach auf sie auf, und wir beide haben kein Problem. Ich will kein verdammtes Arschloch sein, aber ich musste dir sagen, dass du Mist gebaut hast.“

„Ich weiß, und das werde ich, Kayden. Ich bin froh, dass du sie liebst und auf sie aufpasst, wenn ich nicht da bin. Ich weiß, dass ich Scheiße gebaut habe und ich werde alles tun, um es bei ihr wiedergutzumachen.“

„Hast du vor, ihr das Herz zu brechen, Mann?“ Er überkreuzte die Arme vor der Brust und funkelte mich an. „Wenn das alles nur ein Spiel für dich ist, dann musst du es jetzt beenden."

„Verdammt, nein! Aber ich weiß nicht, was gerade in ihrem Kopf vor sich geht." Ich rieb mir die Augen, der Abend war verdammt auslaugend gewesen.

„Lass ihr keine Wahl, City. Sie denkt sehr schnell über alles nach und braucht manchmal einen Tritt in den Hintern."

„Mit Freuden werde ich ihr den richtigen Weg zeigen. Sind wir beide wieder klar? Ich muss wieder zu ihr gehen."

„Ja, wir sind klar." Er hielt mir seine Hand hin.

„Danke, Mann." Ich schüttelte seine Hand.

Ich ging wieder hinter den Vorhang, wo die beiden Frauen leise miteinander sprachen.

„Hey, Ladys", sagte Kayden hinter mir. „Suzy, meine Liebe, wie geht es dir?" Er trat vor mich und neben das Bett.

Ich stand am Fußende des Bettes und sah den dreien zu. Es war nicht zu übersehen, dass sie eine Familie waren. Da war viel Liebe und eine gemeinsame Vergangenheit, die sie zusammengebracht hatte. Fasziniert über diese Dynamik stand ich dort und sah zu, wie sie plauderten.

Suzy wirkte fix und fertig mit ihren Blutergüssen und der aufgeplatzten Lippe. Es würde lange dauern, bis die Nachwirkungen nicht mehr in ihrem schönen Gesicht zu sehen waren.

„Wir haben jetzt einen Platz in einem Zimmer für Sie", sagte eine Krankenschwester, die zu uns trat.

„Oh, gut", sagte Sophia. „Dann gehen wir mal wieder nach Hause, Suzy. Schlaf gut und wir kommen dich morgen besuchen." Sie küsste Suzy auf die Stirn und Kayden tat dasselbe.

„Gute Nacht, Suzy." Kayden wandte sich an mich. „City, pass auf sie auf, heute Nacht. Lass sie nicht allein." Er legte einen Arm um Sophia.

„Ich werde nirgends hingehen, Kayden."

„Ich hab euch lieb, Leute. City wird gut auf mich achten. Geht nach Hause, Jett wird bald aufwachen."

„Tschüss, meine Liebe", sagte Sophia und ging hinaus.

Ich setzte mich neben Suzy und die Schwester erlöste sie

von den Geräten. „Hi, Sugar. Wie fühlst du dich?"

„Kaputt." Sie verzog das Gesicht, als sie sich bewegte. „Kannst du einen Spiegel organisieren? Ich will mein Gesicht sehen."

Oh nein. Ihr Gesicht war geschwollen und etwas getrocknetes Blut klebte an ihrem Mundwinkel. Ich wollte nicht, dass sie sich so sah. „Gleich. Warte, bis du verlegt wurdest."

„Sie können gern mitkommen, Sir. Sie kommt für die Nacht in den zweiten Stock." Die Schwester löste die Bremse am Bett und ich trat aus dem Weg.

„Ich werde nicht von ihrer Seite weichen, Ma'am", sagte ich. Suzy lehnte den Kopf an ihr Kissen und lächelte mich an. Heute würde ich sie nicht verlassen.

Der Weg zum Zimmer dauerte nicht lange. Die Schwester ließ uns allein und stellte keine Fragen. Ich setzte mich auf einen Stuhl neben Suzy, die gähnte. Auch meine Augen fühlten sich schwer an und mein Kopf benebelt.

„Schläfst du bitte neben mir? Es ist zwar eng, aber ich möchte, dass du mich festhältst. Ich brauche dich."

Wie könnte ich ihr irgendetwas abschlagen? Ich würde die ganze Nacht auf dem Kopf stehen, wenn es sie glücklich machen würde. „Alles, was du willst, Sugar." Ich kickte die Schuhe von den Füßen, stieg in das schmale Bett, legte mich auf die Seite und zog Suzy mit dem Gesicht zu mir an die Brust. „Versuche, zu schlafen. Ich werde nicht weggehen."

Das schmale Bett war groß genug, um sie in den Armen zu halten. Sie packte mein Hemd und ruhte an meiner Schulter. Ich umarmte sie, wollte, dass sie sich sicher fühlte und dass es ihr gut ging.

Ich lauschte ihrem Atem, als sie schlief, roch ihr Haar, doch es war voller Zigarettenrauch aus der Bar, und Schmutz. Sie zuckte und wimmerte im Schlaf. Am liebsten wäre ich in ihren Traum gekrochen und hätte sie gerettet.

Ich bewegte meine Finger. Sie waren steif und die Blutergüsse und Kratzer brannten. Das war mir nicht neu, doch ich wusste, dass ich ein paar Tage nicht würde arbeiten können.

Ich schob Suzy sanft ein wenig von mir, ohne sie zu wecken, holte mein Handy aus der Hosentasche und schickte Anthony eine Nachricht. Meine anderen Geschwister würden panisch hereilen, aber bei Anthony konnte ich mich darauf verlassen, dass er dichthielt. Zumindest für heute Nacht.

Ich: *Kann morgen nicht kommen. Mikey soll bitte meine Termine umbuchen. Danke, Bro.*

Anthony spielte heute in Clearwater und würde seine Nachrichten lesen.

Anthony: *Hab's ihm gesagt. Er ist hier bei mir.*

Fuck.

Da hätte ich es auch gleich in die Abendnachrichten geben können. Mikey würde eine Million Fragen stellen und alles genau wissen wollen.

Anthony: *Was zur Hölle ist passiert? Ist ungewöhnlich, dass du nicht arbeiten kommst.*

Ich hatte keine Lust, ihnen alles zu erzählen, aber ich musste etwas sagen, um sie loszuwerden. Ich hatte keine andere Wahl. Ich musste auch das Sonntagsessen mit der Familie absagen und meine Mutter würde wissen wollen, warum. Keiner entkam dem Dinner ohne einen triftigen Grund. Ich wollte übers Wochenende bei Suzy bleiben, um sicherzugehen, dass sie okay war, ehe ich sie wieder allein ließ.

Ich: *Es gab einen Vorfall in der Bar und ich muss bei Suzy bleiben. Sagt Mom, dass ich nicht kommen kann und verschiebt meine Termine für mindestens zwei Tage.*

Anthony: *Was zur Hölle ist genau passiert? Bist du okay?*

Suzy bewegte sich nicht, während ich einarmig tippte ohne

meine Umarmung zu lösen.

Ich: *Habe dem Kerl, der sie überfallen hat, die Lichter ausgeprügelt. Sie ist über Nacht im Krankenhaus und ich will übers Wochenende bei ihr bleiben. Erzählt es nicht herum! Ich will nicht, dass die anderen ausrasten.*

Anthony: *Verstanden. Aber Mom wird morgen Details wissen wollen. Welches Krankenhaus?*

Ich: *County Hospital. Aber uns geht's gut. Meine Hände sind nur geschwollen, ansonsten bin ich okay.*

Anthony: *Okay. Werde kein Wort verlieren.*

In unserer Familie blieb kein Geheimnis lange geheim. Es war wie die Mafia-Party-App. Wahrscheinlich las Mikey bereits über Anthonys Schulter mit, und bald war die gesamte Brigade alarmiert. Ich legte das Handy über das Kissen, schloss die Augen und schlang den Arm wieder um Suzy.

Ich versuchte, an schöne Dinge zu denken, wie Suzys Lachen oder wie sie mich küsste, doch ich bekam die Bilder nicht aus dem Kopf, wie sie reglos und blutend in meinen Armen gelegen hatte. Zwischendurch musste ich die Augen öffnen und mich vergewissern, dass sie noch da war, und in Sicherheit. Ich wartete darauf, dass die Erschöpfung gewann und mir diese Visionen aus dem Verstand löschte.

Früh morgens weckte mich ein Klappern auf dem Fliesenboden.

„Entschuldigung, ich wollte Sie nicht wecken", sagte die Schwester und schob den Infusionsständer fort.

Ich knurrte und wartete, bis sie draußen war, ehe ich die Augen wieder schloss. In Kliniken konnte man sich unmöglich erholen. Im Flur war ständig etwas los, Geräte piepten Alarm, Lautsprecherdurchsagen hallten durch die Gänge, und Leute redeten laut genau, um Tote zu wecken.

Ich fühlte mich wie vom Laster überfahren. Mein Genick

war steif, die Augen brannten und meine Hände pochten. Ich wollte nur noch hier raus und mich mit Suzy in ein richtiges Bett legen.

Ein Klopfen brachte Suzy dazu, sich zu rühren, und meine Mutter stand in der Tür.

Verfluchte Brüder. Muttersöhnchen.

„Hi", sagte sie lächelnd.

Ich legte einen Finger auf die Lippen, damit sie Suzy nicht weckte, als sie eintrat. „Es ist scheiße früh, Ma. Was machst du denn hier?", wisperte ich.

„Deine Brüder haben mir gesagt, dass etwas passiert ist und du mit Suzy hier bist. Du weißt, dass ich nicht gut schlafe, wenn ich mir um meine Kinder Sorgen mache." Sie stellte sich neben das Bett und betrachtete Suzys Gesicht an meiner Brust.

„Es geht mir gut, Ma. Ich wollte sie nur nicht allein lassen und möchte ein paar Tage bei ihr sein, wenn sie entlassen wird. Ich wusste nicht, dass Mikey eine öffentliche Bekanntmachung daraus macht."

„Du bist immer schnell dabei, Mikey zu beschuldigen, nicht wahr, Joseph? Aber es war Anthony, der mir geschrieben hat. Ich bin nur gekommen, um zu sehen, wie es euch beiden geht." Sie schüttelte tadelnd den Kopf.

Wann hatte Mom gelernt, Textnachrichten zu lesen?

„Uns geht's prima, sobald wir aus diesem Laden raus sind."

„Was ist passiert, mein Sohn?" Mom setzte sich auf den Stuhl neben dem Bett und wartete auf eine Antwort.

„Ein Kerl hat sie belästigt und angegriffen. Ich hab sie gefunden und ihn vermöbelt." Ich konnte meiner Mutter nicht in die Augen sehen. Sie war der einzige Mensch auf Erden, den ich nicht enttäuschen wollte. Zwar war ich kein Muttersöhnchen, doch in einer italienischen Familie war die Mutter die Königin, die Herrscherin, sie hatte die Hosen an. Sogar mein Vater verbeugte sich vor ihr und betete den Boden an, auf dem sie wandelte. Und er war kein Weichei und hatte in seiner Jugend einige Schellen verteilt, aber keiner von uns wollte Mrs. Gallo verstimmen. „Glaub mir, Ma, er sieht schlimmer aus als ich."

Sie rümpfte die Nase. Sie mochte den Gedanken nicht, dass ihre Kinder kämpften, nicht einmal Mikey. „Wo wart ihr?"

„Im *Neon Cowboy*. Wir haben etwas getrunken und waren auf dem Weg hinaus." Ganz sicher würde ich ihr nicht erzählen, dass ich meine Freundin hatte entführen wollen. Über Sex sprach ich für gewöhnlich nicht mit meiner Mutter, nicht einmal mit meinem Vater.

„Du weißt, dass ich diese Bar nicht mag. In solchen Etablissements gibt es nichts als Ärger. Hast du nichts von Thomas gelernt?" Sie war zwar nicht sauer, aber ich sah Angst in ihren Augen.

„Doch, Ma. Aber ich habe Freunde dort, Kunden, und mir gefällt es. Ich werde nicht aufhören, hinzugehen, nur wegen irgendwelcher Befürchtungen."

„Ist alles in Ordnung mit ihr?" Sie blickte über meine Schulter und ihre Augen weiteten sich beim Anblick von Suzys Gesicht.

„Ja. Das heilt wieder. Ich warte nur auf den Arzt und die Entlassungspapiere. Sonntag komme ich nicht, aber ganz bestimmt nächste Woche wieder."

„Natürlich, Baby. Darf ich wenigstens Essen vorbeibringen? Dann kannst du dich um sie kümmern und musst nicht auch noch was kochen."

Wie könnte ich Nein zu meiner Mutter sagen? Es war die größte Ehre, von ihr Essen angeboten zu bekommen. Sie lebte dafür, zu kochen und sich um die Familie zu kümmern. Wenn ich Nein sagen würde, wäre das eine schwere Beleidigung und ich würde es für immer bereuen müssen.

„Klar, Ma. Es wäre toll, wenn du vorbeikommen und Essen bringen würdest." Zwar war das nicht ganz die Wahrheit, doch es machte sie glücklich.

„Dann gehe ich jetzt und lasse euch ausruhen. Ich möchte sie nicht wecken. Ich ruf dich später an, Joseph." Sie erhob sich und gab mir einen Kuss auf die Stirn. Sie war die Einzige, die mich wie ein Kind behandeln durfte. Je öfter ich ihr sagte, dass ich das nicht mehr war, desto unerträglicher wurde sie und erdrückte mich mit ihrer Liebe.

„Okay, Ma. Danke."

„Ich liebe dich, Joseph. Kümmere dich gut um sie."

„Ich liebe dich auch, Ma."

Sie verließ das Zimmer. Ich streichelte sanft über die Blutergüsse auf Suzys Gesicht. Sie waren heute intensiver und noch auffälliger als gestern. Suzy regte sich und öffnete die Augen. Ihr Gesicht verzog sich zu einem Lächeln.

„Du bist noch hier?"

„Wo sollte ich auch hingehen, Sugar?"

Sie schloss die Augen und murmelte etwas von *keine Ahnung*, drückte ihr Gesicht an meine Brust und atmete tief durch. „Können wir von hier verschwinden?"

„Ich werde mal sehen, ob ich den Arzt erwischen kann, der dich entlässt. Lass mich aufstehen."

Sie verzog schmerzhaft das Gesicht, als ich sie vorsichtig von mir löste und aufstand. „Wenn ich dich zu Hause habe, bleibst du den ganzen Tag im Bett."

„Oh, das klingt sexy." Sie lachte und hielt sich dabei die Seite.

„Verdorbenes Mädchen. Du bist verletzt. Für dich gibt es nur Ruhe." Ich freute mich, dass ihr Humor durch den Angriff nicht gelitten hatte. „Bin gleich wieder da, oder ich werde dich einfach mitnehmen."

Am Empfang saß eine Schwester und ich bat sie, die Entlassungsprozedur zu beschleunigen.

„Sie können ihr bereits helfen gehen, sich anzuziehen und fertig zu machen, Sir", sagte die Schwester und tippte etwas in den Computer ein.

„Danke, dann warten wir, Ma'am." Ich ging ins Zimmer zurück, wo Suzy bereits versuchte, aus dem Bett zu steigen. „Was machst du da, um Himmels willen?" Ich eilte an ihre Seite.

„Ich muss auf die Toilette." Beschämt und schüchtern lächelte sie mich an.

„Ich helfe dir, Sugar. Und dann werden wir dich anziehen."

„Okay. Ich hasse es, zum Laufen Hilfe zu brauchen, City.

Das ist so albern.“

„Aber dafür bin ich doch bei dir. Du gehörst *mir*, und ich werde mich dieses Wochenende um dich kümmern. Keine Diskussionen. Verstanden?“ Ich wartete auf ihre Antwort, bevor ich ihre Hand nahm.

„Jawoll, Sir. Ich gehöre dieses Wochenende ganz dir. Das hatte ich mir zwar ein bisschen anders vorgestellt, aber gut.“ Sie zuckte mit den Schultern.

„Ich mir auch. Komm schon, Süße.“ Ich half ihr ins Bad und nahm ihre Sachen. Ich schüttelte sie erst gründlich aus, um den Schmutz loszuwerden, und zog sie ihr dann an.

„Ich muss duschen“, sagte Suzy, als sie aus dem Bad schlurfte.

„Zu Hause. Ich helfe dir dabei.“

„Du bist der Boss.“

Diese Worte aus ihrem Mund zu hören, gefiel mir sehr. Und ich duldete keinen Widerspruch. Sie gehörte *mir*.

Kapitel 23

Liebevolle Herzenswärme

Suzy

Ich machte es mir in meinem Bett bequem, freute mich, zu Hause zu sein, und sah zu, wie sich City auszog. Noch nie war ich mit einem Mann zusammen gewesen, den ich ständig ansehen wollte. Am liebsten hätte ich mir sein Abbild ins Gehirn gebrannt. Seine Muskeln spielten, als er sich die Hosen auszog. Die Tattoos am Oberkörper und den Armen bewegten sich und ich war so fasziniert, als ob ich einem Film zusah. Ich verspürte das Verlangen, an dem Piercing an seinem Nippel zu ziehen, sabberte bei dem Gedanken, ihn zu schmecken und erbebte bei der Vorstellung von ihm in mir.

Er kickte seine Hose in die Luft und fing sie mit der Hand auf.

„Sieh mich nicht so an, Sugar." Sein Schaft bewegte sich auf und ab und lenkte meinen Blick auf sich.

Ich litt unter plötzlicher Mundtrockenheit.

Ich blinzelte und sah ihm ins Gesicht. „Wie denn? Ich habe nur dein Talent bewundert, deine Hose aufzufangen." Ich kicherte.

„Du hast meinen Schwanz so angesehen, dass ich ihn dir am liebsten sofort in den Mund stecken möchte." Er grinste und obwohl mein Gesicht schmerzte, wollte ich, dass er genau das tat. „Aber nicht heute, Sugar."

„Morgen?" Ich hob die Augenbrauen und hoffte, ihn verlocken zu können, oder ihm zumindest etwas zu versprechen, bevor das Wochenende vorbei war.

„Warten wir es ab. Das entscheide ich. Kann ich dir etwas bringen?"

„Deinen Schwanz." Ich wusste, wenn ich schmutzige Sachen sagte, konnte er mir nicht widerstehen. Wenn er mich weiterhin zurückwies, würde ich es ihm auf keinen Fall leichtmachen.

Er rieb sich übers Gesicht und murmelte etwas, das ich nicht verstand. Dann sagte er: „Möchtest du etwas zu trinken oder zu essen?“

Er stand da, splitternackt und zum Sabbern köstlich, und wartete auf eine Antwort. Wie könnte ich da an Wasser denken, wenn sein toller Körper direkt vor mir stand? Ich schüttelte den Kopf und tätschelte die Matratze neben mir mit einem schiefen Lächeln.

„Morgen, Sugar.“

Ich zog einen Schmollmund, doch innerlich war ich froh, wenigstens ein Versprechen zu bekommen. „Okay. Aber ich habe nichts im Kühlschrank. Ich hatte nicht gedacht, übers Wochenende hier zu sein.“ Einem Italiener zu gestehen, dass man nicht einmal das Nötigste im Vorratsschrank hatte, fiel mir nicht leicht.

„Meine Mutter möchte später etwas zu essen vorbeibringen. Bist du damit einverstanden?“

„Echt?“ Meine Mutter hatte mir noch nie etwas zu essen gebracht, nicht einmal, als ich die Grippe gehabt hatte. Ich hatte mich schon immer selbst versorgen müssen, auch wenn ich dafür auf allen vieren zum Kühlschrank kriechen musste. Seine Mutter, die ich noch nie getroffen hatte, brachte mir Essen. Neid stach auf mich ein. Wie musste es gewesen sein, in so einem Heim aufzuwachsen?

„Ich kann sie jederzeit anrufen und sie bringt etwas vorbei. Du brauchst nur ein Wort zu sagen.“

„Wort! Wort! Wort! Benutzt deine Mom Fertigdosen, wie meine?“ Meine Mutter kochte nie frisch. Als Kind dachte ich, Dosen wären das Beste, bis ich älter wurde und feststellte, dass sie eher eingemachtem Erbrochenem ähnelten.

City lachte auf und sein Lächeln wärmte mein Herz. „Erwähne bei ihr bloß kein Fertigessen. Sie bekommt sonst einen Nervenzusammenbruch.“

„Gut zu wissen. Erinnere mich daran, niemals für sie zu kochen, ja?“

City nahm sein Handy und kroch ins Bett. „Hi, Ma. Suzy ruht sich etwas aus, aber es wäre toll, wenn du was zu essen vorbeibringen könntest.“

Ich hörte ihre Stimme auf der anderen Seite, was mich an Charlie Browns Lehrerin erinnerte. Ich lag mit dem Ohr auf Citys Brust, konnte nichts verstehen, hörte aber das Gemurmel. Ich spielte mit seinem Piercing, bis er mich strafend ansah.

„Ich schreibe dir ihre Adresse. Danke, Ma." Er legte das Handy ab und sah mich an.

Ich lächelte. „Was denn?", fragte ich unschuldig.

„Du musst dir den Kopf heftiger angestoßen haben, als ich dachte."

„Vielleicht." Ich küsste seinen Nippel und zog mit den Lippen am Piercing. Ich knabberte daran und City sog scharf die Luft ein.

„Sugar, nicht jetzt. Ich versuche, mich zusammenzureißen, denn du bist nicht in der Verfassung, die Dinge zu tun, die ich gern mit dir machen würde. Später, wenn du dich ausgeruht und etwas gegessen hast, gebe ich dir gern mehr, als du vertragen kannst … sollte *ich* entscheiden, dass du so weit bist."

„Spielverderber", sagte ich und legte den Kopf in seine Armbeuge.

„Sei ein braves Mädchen und schlaf ein bisschen."

Er streichelte meinen Rücken und hinterließ eine Spur der Wärme auf meiner Haut. Ich schloss die Augen und genoss seine Hände auf mir, auch wenn sie nicht dort waren, wo ich sie haben wollte.

Ich wusste nicht, wie lange ich geschlafen hatte, aber als ich erwachte, war ich allein im Bett. Seine Seite war noch warm. Ich streckte mich aus, wobei meine Muskeln aufschrien. „Verdammt", flüsterte ich. Ich wollte mich ohne Schmerzen bewegen können.

Es klingelte an der Haustür und mein Herz begann, schneller zu schlagen.

Seine Mutter!

Ich sah alles andere als vorzeigbar aus und mein Gesicht war sicherlich ein Katastrophengebiet. Im Krankenhaus hatte ich mich vor mir selbst im Spiegel erschrocken. In diesem

Zustand wollte ich mich nicht seiner Mutter präsentieren.

Ich hörte sie in der Küche reden. Die Tür ging auf und ich hoffte, dass es City war.

„Hey, Sugar, Ma ist da. Möchtest du sie begrüßen?“

„Ich sehe scheiße aus. So soll sie mich nicht sehen.“

Er setzte sich neben mich. „Sugar, sie war heute Morgen im Krankenhaus und hat dich schon gesehen. Sie wird dich nicht entsetzt anstarren.“

Ich seufzte. „Das hast du mir gar nicht erzählt.“

„Entschuldige. Komm schon, nur kurz Hallo sagen. Sie hat dir Lasagne gemacht.“ Er wischte mir das Haar aus dem Gesicht und streichelte meine Wange.

Ich würde alles tun, was dieser Mann verlangte. Ein Lächeln, eine Berührung oder ein Kuss, und schon war ich ihm total verfallen. „Okay, ich ziehe mir was an und komme raus.“

Eltern kennen zu lernen, ängstigte mich immer zu Tode. Es bedeutete, die Beziehung zu vertiefen. Seine Mutter liebte ihren Sohn offensichtlich genug, um uns Essen zu bringen, und ich wollte ihr zumindest dafür danken.

Ich betrachtete mich im Spiegel, berührte mit der Zunge die Stiche an der Lippe. Es schmeckte nach Blut. Es hatte keinen Sinn, Make-up aufzutragen. Schlimmer konnte ich gar nicht aussehen, und wenn sie mich jetzt mochte, würde es ihr später die Socken ausziehen, wenn sie mich in meinem besten Look sah.

In meinem schönsten Kapuzenpulli und der anständigsten Yoga-Hose ging ich hinaus, um Mrs. Gallo kennen zu lernen.

„Da ist sie ja“, sagte City, der mit einem Lächeln vor der Couch stand.

Mrs. Gallo erhob sich und drehte sich um. Ihr Gesicht strahlte und sie wirkte wie die Mutter, die ich mir immer gewünscht hatte. Sie hatte langes, welliges braunes Haar, große braune Augen und ein freundliches Lächeln.

„Suzy, es ist schön, dich endlich kennen zu lernen.“ Sie schlang die Arme um mich. „Es tut mir so leid, dass es unter solchen Umständen geschieht, meine Liebe. Wie fühlst du dich?“

„Vielen Dank, Mrs. Gallo. Es geht mir schon besser.“ Ich setzte mich neben City und nahm seine Hand. „Danke, dass Sie mir Lasagne gemacht haben. Das ist eins meiner Lieblingsessen.“

„Es war mir eine Freude. Essen macht immer alles besser“, sagte sie.

„Italienisches Motto“, murmelte City.

Ich lachte.

„Ich gehe jetzt und ihr zwei Kinder könnt das Essen genießen. Ich wollte nur Hallo sagen. Kann ich noch irgendwas für euch tun, bevor ich gehe?“

„Nein, Ma'am, Sie haben schon mehr getan, als ich je fragen würde.“

„Sag bitte Du und nenn mich Mrs. G. oder Maria. Wenn du irgendwas brauchst, soll Joseph mich einfach anrufen.“

„Joseph“, wiederholte ich und lachte. Das klang so steif, passte aber zu ihm.

„Hey, pass auf“, sagte er verspielt und drückte meine Hand.

Wir standen auf und umarmten seine Mutter zum Abschied. An der Tür sahen wir ihr nach. Ich hatte mir vorgestellt, dass sie in einen Minivan stieg, obwohl sie keine kleinen Kinder mehr hatte. Nie hätte ich sie für eine Frau gehalten, die einen Mercedes fuhr.

Ich träumte von einem neuen Honda, doch der überstieg meine Verhältnisse. Vielleicht eines Tages mal.

Ich schlang einen Arm um Citys Taille. „Deine Mom ist toll.“

„Manchmal, aber sie ist wie ein Pitbull-Terrier, wenn man ihr in die Quere kommt. Da musst du nur meinen Vater fragen“, sagte er. „Magst du jetzt Lasagne essen?“

„Was gibt's zum Nachtisch?“ Ich schloss die Haustür.

„Was immer du willst, Sugar.“

„Du weißt, was ich will.“

„Bist du fit genug?“

„Die Frage ist, mein Großer, ob du fit genug bist.“ Ich wollte ihn und dachte mir, wenn ich an seine Männlichkeit appellierte, würde er endlich nachgeben. In dieser Beziehung waren alle Männer gleich.

Er lachte. „Nimm den Mund nicht zu voll. Iss erst mal dein Essen und ich zeige dir, wie fit ich bin."

Er stellte ein riesiges Stück Lasagne vor mich hin, aus dem der Käse nur so hervorquoll. Bei dem Duft knurrte mein Magen und das Hungergefühl wurde mir bewusst. Ich schnitt hinein und das Innere lief auf meinen Teller. Die heiße Lasagne schmolz auf meiner Zunge und mir war nach Stöhnen, so gut schmeckte sie.

„So gut, was?", fragte City und schob sich eine Ladung in den Mund.

„Was? Habe ich etwas gesagt?"

„Du hast gestöhnt, Sugar."

Mein Gesicht wurde heiß. „Tja, ich bin an Fertiglasagne gewöhnt. Die hier ist fantastisch, City. Du weißt gar nicht, welches Glück du hattest, mit solchem Essen großgeworden zu sein." Ich nahm noch eine Gabel voll und kaute langsam, ließ sämtliche Aromen auf der Zunge tanzen.

„Darüber habe ich noch nie nachgedacht." Kurz vor dem Mund hielt er mit der Gabel inne und sah mich durchdringend an. „Suzy, wenn du weiter solche Geräusche machst, wirst du nicht mehr zum nächsten Bissen kommen." Er legte seine Gabel ab und lehnte sich zurück.

„Ich muss mir unbedingt besseres Essen angewöhnen." Ich nahm noch eine Gabel voll in den Mund, schloss die Augen und meiner Kehle entkam ein kleiner Lustlaut.

„Du hast dreißig Sekunden, um den Teller leerzuessen, ehe ich dich ins Schlafzimmer verschleppe und dir wirklich etwas zum Stöhnen serviere." Er kreuzte die Arme vor der Brust und sah auf seine Armbanduhr.

Ich begann, das Essen in den Mund zu schaufeln. Ich fühlte mich hin- und hergerissen, aber die Lasagne konnte man wieder aufwärmen.

„Fünfzehn." Er grinste mich an.

Alles in mir zog sich zusammen und wollte von ihm berührt werden. Ich kaute wie eine Irre.

„Fünf."

„Warte!“ Ich hielt eine Hand hoch. „Ich brauche was zu trinken.“ Ich hüpfte vom Frühstückshocker.

„Ich habe etwas zum Nachspülen für dich, Sugar. Die Zeit ist abgelaufen.“

„Langsamer, Suzette“, sagte City in mein Ohr, während er rhythmisch in mich stieß. „Das ist kein Marathon. Ich möchte es genießen, in dir zu sein.“

„Ich habe dich nur so vermisst. Das hier vermisst.“

„Wir haben das ganze Wochenende Zeit. Ich will dir nicht wehtun. Immer schön langsam.“

Er packte mich an den Hüften und hielt mich still, während er noch langsamer wurde. Ich wollte schreien und mich an ihn krallen, doch ich wusste, dass es zu nichts führen würde.

Er lehnte die Stirn an meine, umschlang mich völlig und erstürmte all meine Sinne. Es war mehr als nur Sex. Er drückte seine Gefühle aus und sie erfüllten mich. Ich sah ihm in die Augen und er sah in meine, ehe er mich küsste. Der Schmerz an meiner Lippe hielt mich nicht davon ab, den Kuss wild zu erwidern.

Meine Finger gruben sich in seine Schultern und ich spürte die Muskeln unter meiner Berührung. Jeder seiner Stöße brachte mich näher an den ersehnten Höhepunkt. Er schob die Arme unter mich, kippte meine Hüften und atmete schwerer.

Meine Hände lagen auf seinen Hüften und konnten seinen knackigen Hintern nicht erreichen, und ich spürte seine Muskeln bei jedem Stoß kontrahieren und entspannen. Ich drückte seine zarte Haut und die harten Muskeln, während der Orgasmus mich überwältigte. Es war intensiver als alles vorher. Ich krampfte die Zehen zusammen und meine inneren Wände schlossen sich um ihn. Er erhöhte das Tempo, rammte ein letztes Mal in mich und erreichte seinen eigenen Himmel.

Er küsste meinen Hals und wanderte bis zu meinen Lippen. „Ich weiß nicht, was ich getan hätte, wenn dir etwas passiert wäre, Sugar.“

Ich fuhr mit den Fingern durch seine Haare, drehte sein Gesicht zu meinem und zwang ihn, mich anzusehen. „Mir geht es gut, Joey. Du hast mich gerettet." Mit einem Kuss nahm ich ihm die Möglichkeit, etwas zu erwidern.

Er drehte uns um und ich setzte mich breitbeinig auf ihn, bevor er den Kus abbrach. „Keine Fantasien mehr, in denen vorkommt, dass ich nicht an deiner Seite bin, aber ich möchte dir immer noch welche erfüllen."

„Ich freue mich darauf." Ich lächelte an seiner Brust und küsste die Haut auf seinem Herz. Ich hörte es schlagen. Noch nie hatte ich mich bei jemandem so wohlgefühlt, ganz zu schweigen von einem Mann.

City half mir das ganze Wochenende. Auch wenn es holprig angefangen hatte, endete es damit, dass ich mich geliebter und vergötterter fühlte als je zuvor. Ich konnte meine Gefühle für ihn nicht länger leugnen. Meine Checkliste spielte keine Rolle mehr. Er hatte mir bewiesen, dass er sich um mich kümmern würde und mich so behandelte, wie ich es mir immer gewünscht hatte. Meine Zweifel, dass er der Richtige war, waren verschwunden und durch die Besiegelung des Schicksals ersetzt worden.

Kapitel 24

Heiß auf eine Lehrerin

City

„Wie kann ich Ihnen helfen, Sir?“, fragte die ältere Lady am Empfang. Sie beugte sich vor und stützte den Kopf auf den Händen auf.

Ich grinste sie an und zwinkerte. „Ich möchte zu Ms. McCarthy, Ma’am.“

„Sie können mich Kathy nennen.“ Sie klimperte mit den Wimpern. „Sie wollen zu Suzy?“ Sie wirkte erstaunt und ihre Stimme war höher geworden. Ihr Blick ruhte nicht mehr auf meinem Gesicht, sondern wanderte über meine Arme.

„Ja, ich möchte zu Suzy, *Kathy*.“ Ich hob eine Braue und ihr Blick verschlang mich, zog mich mit den Augen aus. Zwar machte sie einen netten Eindruck, doch mir gefiel nicht, wie sie Suzys Namen betonte, und außerdem gefiel mir ganz sicher nicht, dass sie anscheinend momentan irgendwelche Fantasien hatte, in denen ich vorkam. Ich räusperte mich, um sie aus ihrem lüsternen geistigen Nebel zu holen.

Sie errötete und begann, mit Papieren auf ihrem Schreibtisch zu hantieren. Sie fragte mich nach einem Ausweis und trug mich in eine Besucherliste ein. Der Schultag war schon zu Ende, aber ein paar Schüler hielten sich noch im Empfangsbereich auf. Sie beäugten mich. Ich wollte loslachen, mich aber nicht wie ein Arsch verhalten.

Kathy beschrieb mir den Weg zu Suzys Klassenzimmer im anderen Gebäude. Ich wollte sichergehen, dass es ihr an ihrem ersten Arbeitstag nach dem Angriff gut ging. Sicherlich hatte sie ständig die Verletzungen im Gesicht allen erklären müssen. Menschen konnten furchtbar gnadenlos sein.

Ich las das Schild an der Tür.

101 – Ms. McCarthy

In dem großen Klassenzimmer standen reihenweise Tische und an der gegenüberliegenden Wand befanden sich Schränke. Es gab keine große grüne Tafel, so wie in meiner Kindheit, sondern nur ein Whiteboard. Matheaufgaben, die mir den Kopf zerbrechen würden, standen auf der weißen Oberfläche geschrieben.

Zwar sah ich niemanden, aber ich hörte Stimmen aus einem Nebenraum.

„Es geht mir gut, hör endlich auf", sagte Suzy.

Ich lief schneller, um herauszufinden, was da los war.

Ich betrat ein kleines Büro und sah Suzy an der Wand stehen. Derek verstellte ihr den Weg. Sie wirkte, als wollte sie mit der Wand verschmelzen, nur um so weit wie möglich von ihm wegzukommen.

Ihre Augen weiteten sich, als ich den Wichser am Kragen packte.

„Was zur Hölle …", sagte er und sah mich an.

„Die Lady hat gesagt, du sollst aufhören. Ich glaube, wir hatten dieses Gespräch schon mal, du Vollidiot." Wir standen uns Nase an Nase gegenüber. Ich wollte ihm das Licht ausblasen.

„Suzy hat das nicht so gemeint", knurrte er.

Der Kerl hatte harte Eier, aber meine Fäuste waren aus Platin. Ich hatte den Stoff seines feinen Hemdes in der Faust und zog den Kerl an mich. „Sie gehört mir, du Wichser, und wenn die Lady *aufhören* sagt, dann meint sie es auch so, und jetzt hau verdammt noch mal ab."

„Ich hätte dich schon das erste Mal anzeigen sollen. Schlag mich noch mal und ich rufe die Security."

„Brauchst jemanden, der für dich deine Kämpfe übernimmt, Weichei? Du machst dich an Frauen ran, kannst es aber nicht selbst mit einen Mann aufnehmen?" Ich sah über seine Schulter hinweg Suzy an. Sie hatte Tränen in den Augen. „Hör zu, Kumpel, ich weiß nicht, für wen du dich hältst, aber Suzy und ich sind zusammen. Sie gehört nicht dir. Stimmt's, Suzy?"

Sie nickte und ihre Augen weiteten sich erneut.

Der Kerl sah sie an und ich konnte mich nicht mehr beherrschen. Ich verpasste ihm einen Kinnhaken. Speichel und Blut flogen ihm aus dem Mund. Geschah dem Bastard recht.

Ich hielt ihn aufrecht, während seine Knie schlotterten und Wasser in seine Augen trat.

Wären wir nicht in einer Schule gewesen, hätte ich ihn zusammengeschlagen. Er brauchte eine härtere Lektion als einen Kinnhaken, aber um Suzys willen musste ich mein Temperament zügeln.

Ich stieß ihn von mir. Er taumelte und hielt sich an einem Tisch fest.

„Dafür lasse ich dich verhaften." Mit dem Handrücken wischte er sich das Blut von der Lippe und funkelte mich an.

„Dann werde ich der Security etwas verraten. Ich sage denen, dass ich dazu gestoßen bin, als du Ms. McCarthy sexuell belästigt hast. Ich habe gehört, wie sie gesagt hat, dass du aufhören sollst. Und was glaubst du, wessen Aussage sie bestätigen wird, Arschloch? Du hast sie das letzte Mal angefasst! Versuch es noch mal, und ich werde dich beerdigen."

Suzy stellte sich neben mich und legte den Arm um mich. „Derek, wenn du auch nur ein Wort sagst, sorge ich dafür, dass du gefeuert wirst. Ich habe kein Problem damit, denen alles von heute zu erzählen, und von den anderen Vorfällen." Sie lächelte mich an und drückte meine Taille. „Ich habe Joseph und Sophia als Zeugen. Sophia weiß alles über dich und deinen Scheiß."

Hatte sie soeben ein Schimpfwort benutzt? Mein Mädchen! Ich war stolz auf sie.

„Das würdest du nicht tun", sagte er, glättete sein Hemd und wischte sich einen Blutstropfen vom Kinn.

„Versuch's doch, Derek", knurrte sie.

„Also, ich würde auf Suzy wetten." Ich grinste.

Das Arschloch stürmte aus dem Büro.

„Alles okay, Suzy?" Ich nahm sie in die Arme.

Sie umarmte meine Taille und lehnte das Gesicht an mein Hemd. „Mhm, du riechst verdammt gut."

„Antworte mir, Sugar. Geht's dir gut?" Ich küsste sie auf den Kopf.

„Ja. Derek ist ein Arschloch. Aber ich glaube nicht, dass er mich noch mal belästigt." Sie lachte an meiner Brust.

„Ich will nicht, dass du weiterhin mit diesem Idioten zusammenarbeitest."

„Ich glaube, er hat sich fast in die Hosen gemacht."

„Versprich es mir, Suzette. Du musst dich über ihn beschweren gehen. Er sollte nicht mehr hier arbeiten und in deiner Nähe sein."

Sie tätschelte meinen Bauch. „Ich liebe es, wenn du den starken Mann machst und meinen vollen Namen sagst." Sie lachte. Ich kniff ihr in den Hintern, dass sie zusammenzuckte. „Ich verspreche es, Joseph."

„Du scheinst es zu mögen, wenn ich tief in dir bin, dann höre ich dich nie lachen", wisperte ich in ihr Ohr. Sie erbebte in meinen Armen, als meine Stimme an ihrem Ohr vibrierte. „Wollen wir deinen Schreibtisch entweihen?"

Sie schlug mir empört auf die Brust, doch ich sah das Glitzern in ihren Augen. Sie dachte kurz darüber nach. „Auf keinen Fall, Mister. Ich will nicht gefeuert werden."

„Ich dachte, du bist heute ein böses Mädchen, weil du schlimme Worte zu Derek gesagt hast." Ich streichelte den blauen Fleck in ihrem Gesicht, doch sie zuckte nicht zurück.

„Habe ich das?" Sie ließ den Mund offen stehen.

„Hast du, Sugar. Ich bin stolz auf dich."

„Du scheinst auf mich abzufärben." Sie entzog sich meinen Armen und lächelte.

„Das ist der Abrieb", sagte ich, sah nach unten, wackelte mit den Augenbrauen und bewegte die Hüften.

„Auf keinen Fall." Sie sah zur Seite und räumte Papiere auf ihrem Schreibtisch auf.

Ich legte die Arme um sie und vergrub mein Gesicht in ihren Haaren. „Was hast du vor, Baby? Mich mit Nichtbeachtung strafen?" Ich musste lachen. Wäre sie in der Schule meine Lehrerin gewesen, wäre ich über sie hergefallen. Meine feuchten Träume wären von Bildern von Ms. McCarthy erfüllt gewesen, wie sie sich über meinen Tisch lehnt, um mir bei meinen Matheproblemen zu helfen. Ich hätte gehofft, dass ihre Bluse offen stand und ich einen Blick auf ihre schönen Titten erhaschen könnte.

Sie schlug mir auf die Finger. „Du bist ein böser Junge."

„Du hast ja keine Ahnung, Ms. McCarthy." Ich küsste ihren Hals und bis zu ihrer Schulter, wo ich sie sanft anknabberte. „Du hast mich zweimal geschlagen, und ich glaube, ich muss dir heute Abend eine kleine Lektion erteilen." Ich rieb meine Erektion an ihrem Hintern und Suzy hielt die Luft an und stöhnte leise.

„Woran denkst du dabei, Mr. Gallo?"

„Ich werde dich daran erinnern, dass du mir gehörst." Ich umfasste ihre Brüste, drückte sie und strich mit den Handflächen über ihre harten Nippel. „Ich werde dich so hart rannehmen, dass mein Schwanz der einzige bleibt, an den du jemals denken wirst. Ich werde keinen Zentimeter an dir unberührt lassen, keine Pore ungeküsst und kein Loch ungefüllt."

„Ähm …" Sie schluckte so schwer, dass ich es hören konnte. Perfekt.

„Sprachlos?"

„Nicht hier", wisperte sie und schloss die Augen.

„Bei mir zu Hause, Sugar. Ich will nicht, dass dich jemand schreien hört, wenn du denkst, du kannst nicht noch einmal kommen, ich dich aber dazu bringen werde."

„Deine Strafe klingt sehr viel besser als Nichtbeachtung."

„Es ist mehr ein Schutzprogramm für gefährdete Mädchen", sagte ich, als sie sich lächelnd umdrehte.

„Du weißt genau, wie du weibliche Herzen erobern kannst." Sie stellte sich auf die Zehenspitzen und küsste mich.

Ich gab ihr einen Klaps auf den Hintern und sie biss mir in die Lippe, doch nicht so heftig, dass Blut floss.

„Oh, entschuldige, Baby", sagte sie.

„Dafür setzt es was, Sugar. Aber lass uns hier abhauen, bevor ich dir die Kleider vom Leib reiße." Ich kniff ihr in den Nippel und spürte, wie sie an meinen Lippen scharf einatmete.

Ich musste sie dringend hier wegbringen und direkt in mein Bett. Nachdem ich sie zu ihrem Auto begleitet, ihr einen Abschiedskuss gegeben und zugesehen hatte, wie sie abfuhr, ging ich zum Bike auf der anderen Seite des Parkplatzes. Es war schwer, mit einem Ständer in der Hose Motorrad zu fahren. Ich versuchte, auf dem Weg zum Bike etwas abzukühlen.

Kapitel 25

Heißer Ritt

Suzy

Verdorben. Das war das einzige Wort, das mir in den Sinn kam, wenn ich an Joseph Gallo aka City McSchwanzpiercing dachte. Er hatte mich für jeden anderen Mann verdorben, der mir in der Zukunft begegnen könnte. Wie hätte ich je zu einem durchschnittlichen Niemand mit einem Party-Gürkchen zurückkehren können, nachdem ich den Sexgott Joey Gallo gehabt hatte?

Joey brachte mich zum Schreien vor Ekstase. Er war der erste Mann, bei dem ich es nicht vortäuschen musste. Allein seine Stimme verursachte mir Gänsehaut, seine Küsse ließen die Welt um mich herum verblassen und sein Schwanz … war einfach verdammt einmalig und fühlte sich fantastisch an.

Er fuhr auf seiner sexy Harley vor mir her und ich bewunderte seine ganze Erscheinung. An den Ampeln sah ich, dass er mich im Spiegel beobachtete und wünschte mir, dass dieser Mann niemals mehr Augen für eine andere Frau haben würde. Er war alles, was ich jemals wollte, doch nie daran gedacht hatte, es in meine Lebensplanung aufzunehmen. Unter seinem Hemd bewegten sich die Muskeln, als er die Straße eroberte und das Bike in sicherem Griff hatte. Auf dem Weg nach Hause stellte ich mir ständig mich selbst anstatt des Bikes unter ihm vor.

Er war zu einer Sucht geworden. Er hatte mich nicht nur körperlich vereinnahmt, sondern es geschafft, sich in der kurzen Zeit zu einem festen Teil meines Lebens zu machen. Er hatte meine Träume erobert und jeder Gedanke, den ich hatte, involvierte irgendwie auch ihn.

Ihm so zuzusehen, erinnerte mich an das erste Mal, als ich ihn gesehen hatte. Auf der einsamen Landstraße hatte ich gedacht, er wollte mich umbringen. Er wirkte gemein und gefährlich, doch das einzige Opfer war mein Herz. Liebte ich ihn? Nach so kurzer Zeit war das ein starkes Wort. Könnte ich ohne ihn sein? Himmel, nein. Wollte ich ihn in meinem Leben behalten? Und ob! Liebe war ein Wort, das ich nur für wenige Menschen reservierte, und damit würde ich nicht leichtfertig umgehen, egal, wie toll sein Penis war und wie laut er mich zum Schreien brachte. Liebe könnte es eines Tages sein, falls er mich nicht zu Tode vögelte. Tod durch Schwanz. Keine so üble Vorstellung.

Als wir auf seine Einfahrt fuhren, kribbelte mein ganzer Körper vor Erregung. Es war erst weniger als vierundzwanzig Stunden her, dass City in mir gewesen war, doch dieses Gefühl war … anders.

Ich machte den Motor aus und sah zu, wie City vom Bike stieg und den Helm auszog. Er kam auf meinen Wagen zu. Seine Bewegungen glichen denen eines Löwen, der seine Beute anvisierte. Meine Wangen wurden heiß. Er sah wunderschön aus. Einzigartig perfekt. Seine Schönheit war nicht nur rein äußerlich. Er machte einen Schlag-drauf-und-Schluss-Eindruck, doch innerlich war er Prinz Charming. Niemand hatte mich bisher so behandelt. Er war die perfekte Mischung aus Neandertaler und Casanova, um eine Frau wehrlos zu machen – besonders mich.

„Komm schon, Sugar. Wenn ich noch länger warten muss, ficke ich dich gleich hier auf der Einfahrt."

Auch wenn das verlockend klang, hatte ich noch nie Sex im Freien gehabt, und wollte diesen Punkt auch nicht heute von meiner Löffel-Liste streichen. Ich nahm seine Hand und folgte ihm in das kleine, weiße Farmhaus. Ich zog die Schuhe aus, und schon griff City nach mir und presste mich gegen die Wand.

Seine weichen, feuchten Lippen raubten mir den Atem und seine Zunge nahm dies als Einladung.

„Ich kann mich nicht entscheiden, welchen Teil deines Körpers ich zuerst nehmen will." Langsam glitt seine Zunge über meine Unterlippe. Mein Herz schlug so schnell, dass er es eigentlich hätte hören müssen. „Fang ich bei diesem hübschen kleinen Mund an?" Er knabberte an meiner Lippe. Ich dachte an meine Zunge um seinen Schwanz herum und mir entkam ein Stöhnen. „Benutze ich das hier in deiner engen Pussy oder in deinem schönen, engen Hintern?“ Er drückte meine Pobacken und ich spürte seine Härte an meinem Bauch.

Ich dachte an all die verschiedenen Möglichkeiten, wie er mich nehmen könnte, und ein Kribbeln lief mir über den Rücken.

„Gute Wahl. Ich fange mit deinem Mund an.“ Lachfältchen bildeten sich um seine Augen.

Mist, ich hatte doch gar keine Wahl getroffen. „Was? Warte.“

„Das ist nicht deine Entscheidung. Zu sehen, wie du deine Unterlippe einsaugst, macht meinen Schwanz hart und ich will deine Zunge an meinem Piercing spüren. Auf die Knie, Sunshine.“

Dieser Spitzname von unserer ersten Begegnung, als sich meine Welt für immer veränderte, wärmte mein Innerstes.

Mit den Händen auf meinen Schultern drückte er mich auf die Knie, bis ich direkt vor seiner mächtigen Wölbung kniete. Obwohl ich wusste, was ich gleich zu sehen bekam, dämpfte es meine Aufregung nicht. Ich fasste an seinen Reißverschluss und sah zu ihm auf. Das Grinsen auf seinen Lippen und das Lächeln um die Augen brachte meine Mitte zum Pulsieren. Sein Schaft zuckte unter der Hose und lenkte meinen Blick wieder auf die Sache – seinen schönen Schwanz zu saugen und City in die Knie zu zwingen.

Ich öffnete den Reißverschluss und befreite seine Härte. Selten hatte ich die Kontrolle, wenn er mich ausgezogen hatte, doch vor ihm zu knien fühlte sich an, als hätte ich die Macht. Seine Spitze glänzte feucht. Mir lief das Wasser im Mund zusammen, als ich seinen Schaft umschloss, ihn drückte und die Schwere und Härte seiner seidig glatten Erektion in den Händen spürte. Ich leckte über die Spitze und kostete die Nässe, ehe ich ihn vollständig in den Mund nahm. Ich liebte das Gefühl des Piercings und immer, wenn die Spitze meine Lippen berührte, glitt ich mit der Zunge über das Metall und zog leicht daran. City zuckte bei jedem Stoßen und Ziehen zusammen. Er grub die Finger in mein

Haar, packte grob zu und versuchte, meine Bewegungen zu dirigieren.

Ich ignorierte seine Versuche, genoss das Ziehen an den Haaren und bestimmte weiterhin selbst die Tiefe und das Tempo.

„Fuck, Sugar, das fühlt sich irre an."

Ich drückte seinen Hintern und spürte, wie City von einem Schauder ergriffen wurde. Rhythmisch griff ich zu, saugte stärker und erhöhte das Tempo. Ich presste meine Schenkel zusammen, um das begehrliche Ziehen zwischen den Beinen zu vermindern. City stöhnte und zuckte, und ich konnte fast schmecken, wie nah er dran war. Ich konzentrierte mich auf seine Schwanzspitze, leckte über die Unterseite, reizte die empfindliche Stelle und nahm den Ring zwischen die Lippen.

„Fuck", stöhnte er und packte meine Haare fester. „Aufhören, Sugar."

Das konnte er vergessen. Ich würde nicht aufhören, bevor er nicht zusammenzuckte, meinen Namen schrie und ich ihn leergepumpt hatte. Mit den Zähnen kratzte ich über seinen Schaft.

Er stieß einen Zischlaut aus. „Fuck."

Ich ließ nicht nach, ihn zum Kommen zu bringen. Ich betrachtete sein Gesicht, während ich saugte und leckte wie eine Verhungernde auf einer Mission. Seine Augen waren geschlossen, der Kopf zurückgeneigt und sein Mund leicht geöffnet. Mit beiden Händen packte ich seinen Hintern, krallte die Nägel in seine Haut, nahm seinen Schaft tiefer in den Mund, bis er an meinen Hals stieß. Ich schluckte und versuchte, nicht zu würgen. Ein Stöhnen entkam ihm und ich übte mehr Lippendruck auf ihn aus, weil es mich antörnte, und wartete darauf, dass er meinen Namen stöhnte.

Das Gefühl seines knackigen und nun steinharten Hinterns unter meinen Fingern, der sich anspannte und zuckte, machte mich wahnsinnig. Ich wollte ihn so sehr, wollte ihn in mir spüren, doch ich wollte beenden, was ich begonnen hatte. Endlich saß ich einmal am längeren Hebel.

„Suzette!", zischte er, und sein Höhepunkt füllte meinen

Mund.

Als er aufhörte, zu erzittern und sein Schwanz nicht mehr pulsierte, ließ ich von ihm ab. Ich grinste. Mit großen Augen sah er mich bewundernd an. Ich schluckte, leckte mir über die Lippen und fing einen Tropfen von seiner Spitze ein. City sah mir mit einem Glitzern in den Augen zu.

„Du kämpfst mit unfairen Mitteln, Sugar", sagte er mit bebender Stimme und kickte seine Jeans von sich.

Ich erhob mich vom Boden. „Aber du hast mich nicht daran gehindert."

Er packte mich im Nacken, zog mich an sich und presste seine Lippen auf meine. Er fühlte sich geschmeidig und warm an. Ich schlang die Arme um seinen Hals und genoss seine Hände um meine Taille. Er hob meine Beine um sich und suchte den Ganzkörperkontakt. So verbunden gingen wir ins Schlafzimmer, in dem wir vor Wochen begonnen hatten. Seitdem war mein Leben nicht mehr dasselbe.

Er beugte sich über das Bett, doch ich blieb an ihm kleben wie Klettband. „Jetzt bist du an der Reihe, meinen Namen zu schreien, Sugar." Er nahm meine Hände aus seinem Nacken und legte sie an meine Seiten. „Nicht bewegen."

Grinsend bewegte er sich auf mir tiefer, streichelte meine freiliegende Haut, wo das Shirt hochgerutscht war.

Seine Berührungen waren elektrisierend und ein Kribbeln jagte durch mich hindurch, als er um meinen Bauchnabel herumstreichelte.

„Gummiband?"

Das Wort holte mich aus dem verträumten Zustand in die Realität zurück. „Was?" Ich konnte kaum noch denken, geschweige denn sinnvolle Sätze formen.

„Du trägst Hosen mit Gummiband." Neugierig betrachtete er den Bund meiner Hose. „Ich habe noch nie eine Frau getroffen, die solche Hosen trägt." Er hob den Bund hoch und ließ ihn auf meinen Bauch zurückschnalzen.

Oh, Mist. Ich trug tatsächlich meine Oma-Hosen, weil ich nicht gedacht hatte, ihn heute zu treffen. Ich hatte einfach nur etwas Bequemes anziehen wollen, wo ich doch schon so viele Fragen über meine Verletzungen ertragen musste. Ich hielt mir kurz die Augen zu. „Die sind bequem“, sagte ich und gab ihm einen Klaps auf die Hand.

Er hob eine Augenbraue und betrachtete den Stoff. „Ohne Scheiß. Deshalb trägt meine Mom sie auch.“ Ein tiefes Lachen erschütterte seinen Brustkorb.

„Leck mich, City.“ Ich kicherte und trat mit dem Fuß nach ihm.

„Pass auf meine Kronjuwelen auf, Prinzessin.“ Er schnappte sich meinen Fuß. „Oh, eine kleine Kämpferin.“ Er packte die Hose, zerrte ruckartig daran und legte meine Unterwäsche frei.

Mist.

„Du steckst heute voller Überraschungen, Sugar.“

„Hallo? Habe ich erwähnt, dass ich nicht wusste, dass ich dich heute treffe?“

„Das hast du wirklich nicht gewusst, gemessen an deiner Ausstattung.“

Arroganter Mistkerl.

„So bin ich eben, City. Ich bin kein Flittchen, und ich mag nicht den ganzen Tag in der Schule einen String zwischen den Hinterbacken kleben haben.“

„Oh, nein, nein, das ist sexy. Dass du kein Flittchen bist, ist das Beste an dir. Da fühle ich mich geehrt, wenn du nur für mich den erotischen Kram anziehst.“

„Gut, wenn du es sexy findest, kann ich ja aufhören, Dessous zu kaufen.“ Ich kicherte. Das würde ich natürlich nicht tun, doch wenn er so tat, als ob die Baumwollhöschen ihn anmachten …

„Mir ist es fuck-egal, was du anhast, Sugar. Solange du es ausziehst.“

Ich wollte keine Großmutterunterhosen tragende Freundin eines Bikers sein und würde nicht ändern, was gut funktionierte. Daher würde ich weiterhin sexy Dessous tragen, wenn ich mit ihm verabredet war, und ihn vielleicht ab und zu aus der Fassung bringen, indem er unschuldige kleine rosa Blümchen an mir vorfand. „Willst du jetzt still sein und mich ficken, oder die ganze Nacht über Unterwäsche labern?“

„Oh, heute habe ich es mit einer aufmüpfigen Suzy zu tun.“ Er machte es sich zwischen meinen Beinen bequem.

„Du hast es mit einer geilen Suzy zu tun, die dir gerade einen geblasen hat. Sie verdient eine Belohnung, und mir fallen eine Menge andere Dinge ein, die du mit deinen Lippen machen kannst, außer reden.“ Ich leckte mir über meine eigenen Lippen.

Begierde erfüllte seinen Blick und er knabberte und zerrte mit den Zähnen an meinen Lippen. Dann zog er sich das Hemd über den Kopf und balancierte auf einem Arm. Ich wurde nicht müde, seinen Körper zu betrachten.

Mit den Fingern schlüpfte er unter den Stoff meines Höschens und riss es mir mit einer schnellen Bewegung vom Körper.

„Hey!“

„Von der Sorte werde ich dir kein neues kaufen, brauchst du gar nicht erst zu verlangen.“ Er lachte, leckte sich die Lippen und verschwand zwischen meinen Beinen.

Mein Verlangen nach ihm ließ nie nach, wie ich es bei anderen Männern erlebt hatte, sondern es wurde immer stärker.

Ich schloss die Augen. Er legte den Mund auf mich und seine Zunge reizte meine Klit. Bei der Hitze seines Mundes schmolz ich in die Matratze. Ich griff nach dem Laken, brauchte etwas zum Festhalten, um still liegen zu bleiben. Er hatte keine Eile, streichelte und saugte an jedem Zentimeter meiner Mitte. Ich sah nach unten, wollte sein schönes Gesicht zwischen meinen Beinen sehen, und traf auf seine blauen Augen, die zu mir aufsahen. Er hielt meinen Blick und brachte mich bis kurz vor die ultimative Entspannung. Meine Haut glänzte und jeder Muskel spannte sich an.

„Bitte“, stöhnte ich. Ich war komplett verkrampft, so kurz davor, und brauchte nur noch einen kleinen Stoß, um ans Ziel zu kommen. Ich ließ das Laken los und kniff mir in den Nippel, rollte ihn hin und her. Citys Augen weiteten sich, als er meine Finger beobachtete.

Der Orgasmus überrollte mich, raubte mir den Atem. Ich war wie gelähmt bei der Explosion meiner Empfindungen.

City stöhnte auf und leckte mich, während ich etwas schrie, das ich selbst nicht verstand. Das Herz raste in meiner Brust und ich versuchte, wieder zu atmen. Ich öffnete die Augen und sah einen sehr glücklichen Mann.

„Verdammt sexy, Sugar. Dir zuzusehen, wie du dich selbst berührst, und dann kommst du um meine Zunge und murmelst lauter unzusammenhängende Sachen, ist einfach unschlagbar. Du hast mich schon wieder hart gemacht. Ich will dich um meinen Schwanz kommen spüren."

City öffnete ein Kondom und legte sich zwischen meine Beine. Das Piercing stieß an meine inneren Wände und ich spannte mich erneut an. Bei seinen rhythmischen Bewegungen stieg die Welle schon wieder in mir hoch. Er schob eine Hand unter meinen Hintern und meine Welt explodierte. Dicht gefolgt von City.

Multiple Orgasmen hatte ich immer für einen Mythos gehalten. Etwas, das ich in Romanen las, doch mit ihm existierten sie wirklich.

Was als Abenteuer der Lust und Sinnesfreuden begonnen hatte, war nun viel mehr geworden. Ich sah den Mann hinter den Muskeln, Tattoos und Piercings, und wollte ihn nie mehr gehen lassen. Ich wollte kein braves Mädchen mehr sein. Ich wollte eine Frau sein, die hemmungslos so sein konnte, wie sie wollte, anstatt so, wie man es von ihr erwartete.

Ich wollte das Leben genießen, oder es zumindest versuchen. City würde ausrasten, wenn er wüsste, was ich vorhatte. Ich behielt es für mich. Und ich kontaktierte Mikey und fragte ihn, ob er mir bei der Umsetzung helfen würde.

Kapitel 26

Überraschungen

City

Die Luft war kalt, als ich ins *Inked* trat. In Florida ging der Herbst in den Winter über und das bedeutete kalte Tage und Nächte, die mich an meine Kindheit in Chicago erinnerten. Es war eine nette Abwechslung, doch ich sehnte mich nach der Wärme des Sommers auf dem Bike, statt der Kälte, die mir in die Haut biss.

Ich drückte die Tür auf, die Glocke vermeldete mich, doch der Empfangstresen war verlassen. Mikey war nicht an seinem Platz, um mich zu begrüßen, so wie an mehr Vormittagen zuvor, als ich zählen konnte. Doch ich hörte ihn und eine weibliche Stimme flüstern. Es kam aus dem Piercing-Raum.

Ich lehnte den Kopf an die Tür, um zuzuhören, doch die Stimmen wurden leiser. Ich klopfte an. „Hey, kann ich reinkommen?"

„In einer Minute", rief Mikey. „Habe grade sozusagen die Hände voll." Ich hörte ihn lachen und ging wieder nach vorn in den Laden.

Ich sah mir meine Termine für heute an und hörte meine Sprachbox ab. Mein erster Termin hatte wegen Grippe abgesagt. Das gab mir etwas Zeit. Ich setzte mich auf die Besuchercouch und schickte Suzy eine Nachricht. Gestern Nacht hatte ich sie erschöpft im Bett zurückgelassen und war nach Hause gefahren. Wir verbrachten fast jeden Abend zusammen und schliefen normalerweise nicht getrennt. Ich hatte das arme Ding mitten in der Nacht für Sex geweckt. Dann hatte sie mich gefragt, ob ich einverstanden sei, dass wir einmal eine Nacht getrennt schliefen. Wenn auch nicht froh darüber, hatte ich zugestimmt. Ich verstand es, aber es gefiel mir einfach nicht. Der Ständer, mit dem ich erwacht war, hätte ihre Aufmerksamkeit gebraucht, doch ich tat, was getan werden musste.

Ich: *Guten Morgen, meine Schöne. Gut geschlafen?*

Ich fühlte mich wie ein verdammter Pantoffelheld, doch zum ersten Mal machte es mir nichts aus.

Suzy: *Nicht wirklich. Ich habe dich vermisst.*

Ich lächelte, weil es ihr genauso ergangen war. In einer Million Jahren hätte ich nicht gedacht, dass ich mich jemals wieder verlieben würde. Jonis plötzlicher Tod hatte mich tief getroffen und ich hatte mir geschworen, so einen Schmerz nie wieder erleben zu wollen. Doch Suzy hatte das geändert.

Ich: *Magst du mit mir zusammenziehen?*

Hatte ich diesen Mist wirklich hingeschrieben? Wir waren erst seit zwei Monaten zusammen. Allerdings hatte ich genug Erfahrung mit Frauen, um zu spüren, wann es die richtige war.

Ich dachte, ich bekäme eine schnelle Antwort, aber nein.

Ich war so ein Vollidiot.

Jetzt hatte ich sie verschreckt.

Die Tür quietschte und Mikey streckte den Kopf heraus. „Hi, Bro. Magst du mal kommen und dir mein Kunstwerk ansehen?" Für diese frühe Stunde wirkte er ein bisschen zu fröhlich.

„Wen hast du denn inoffiziell bedient?" Im Kalender stand vor zehn Uhr kein Termin für ihn.

„Sonderbehandlung. Erheb deinen faulen Hintern und komm gucken, du Idiot." Er verschwand wieder und ich hörte Geflüster.

„Mikey, ich habe schon alle Piercings der Welt gesehen." Ich erhob mich von der Couch, um meinen Bruder glücklich zu machen, oder er würde mir den ganzen Tag auf den Sack gehen. Außerdem könnte er mich entlassen. „Was soll an diesem so besonders sein?" Ich betrat das Zimmer und hielt abrupt inne.

Was zur Hölle?

Auf dem Stuhl saß Suzy. *Meine* Suzy. Ihre Brust war entblößt und ein kleiner Metallring steckte in ihrem Nippel.

Mir fiel die Kinnlade hinunter und ich hörte auf, zu atmen. Mikey wirkte aufgeregt und stolz auf sich, doch ich hätte ihm am liebsten die Kehle herausgerissen, egal, ob er ein starker Kämpfer war oder nicht.

Suzy lächelte vorsichtig. „Gefällt es dir?"

Sollte ich glücklich oder angepisst reagieren?

Ich blinzelte und bekam kein verficktes Wort heraus. Mein Bruder hatte seine Hände an meiner Frau gehabt, auch wenn sie es für mich getan hatte, und ich war nicht dabei gewesen, um das Ganze zu überwachen.

„Erde an City", sagte Mikey.

Ich schwöre zu Gott, dass ich seinen fröhlichen Arsch am liebsten aus dem Stuhl geprügelt hätte.

„Es gefällt dir nicht", sagte Suzy, verzog das Gesicht und ihre Augen wurden feucht.

„Oh, nein, Sugar. Es ist wunderschön. Total sexy." Ich umfasste ihr Kinn und gab ihr einen Kuss. „Mit Freude werde ich daran ziehen, wie du an meinem. Das fühlt sich unglaublich an."

„Du hast mich zu Tode erschreckt. Bist du sauer?", fragte sie, als ich meine Stirn an ihre legte und ihr in die Augen sah.

„Nein. Nur entsetzt, dass mein kleiner Bruder seine Pranken an deinen schönen Titten hatte, und dass du mich nicht dazu geholt hast." Ich wandte den Kopf und schoss imaginäre Pfeile auf meinen Bruder ab.

„Hat man eine Brust gesehen, hat man alle gesehen. Es ist nur Arbeit, Bro."

Arschloch.

„Ich wollte dich aber überraschen, Joey."

„Nun, das ist dir gelungen, Sugar." Ich küsste sie auf die Stirn und sah mir das Piercing genauer an. „Wenn du meine Frau noch mal anfasst, will ich dabei sein, kapiert, Bruderherz?"

„Kapiert. Ich schwöre, wir haben das nur für dich getan. Nimm den Stock aus dem Arsch und schau dir an, wie gut es

geworden ist. Sie hat perfekte Nippel für Piercings."
Hatte er das eben wirklich gesagt?
„Mikey, pass auf deine große Schnauze auf."
„Ich betrachte sie nur als einen weiteren Körper, den ich schmücken darf, Mann. Komm wieder runter. Ich weiß, dass sie dir gehört."
„Solange wir uns da einig sind, ist es ja gut."
„Total." Er stand auf und wollte rausgehen.
„Mikey", sagte ich und hielt ihn auf. „Ich würde sie niemand anderem anvertrauen. Das hast du echt gut gemacht."
„Das bedeutet mir viel, Joey." Er klopfte mir auf die Schulter und ließ uns allein.
„Ist dir schlecht geworden?", fragte ich sie. Ihr Gesicht war errötet.
„Nein, mir geht es gut. Ich dachte sogar, dass es viel mehr wehtut. Irgendwann möchte ich die andere Seite auch machen lassen."
„Es dauert eine Weile, bis es heilt. Jetzt stehst du noch unter Adrenalin, aber es wird sich noch lange wund anfühlen. Fuck sei Dank hast du noch einen Nippel, den ich anfassen darf."
„Oh, nur anfassen?" Sie grinste.
Ich schloss die Tür und drehte den Schlüssel um. Ich hatte noch Zeit und Suzy saß vor mir, mit nackten Brüsten und einem verlangenden Blick.
„Was machst du?" Ihre Augen funkelten, sie wusste genau, woran ich dachte.
„Wir werden uns über das unterhalten, was ich dir geschrieben habe, und dann werde ich dich auf diesem Stuhl ficken."
Ich genoss ihren verblüfften Gesichtsausdruck.
„Was hast du mir denn geschrieben?"
„Sieh dir dein Handy an." Ich überkreuzte die Arme vor der Brust und wartete, bis sie es gelesen hatte.
„Du willst, dass wir zusammenziehen?" Sie weitete die Augen und ihr Mund stand offen.
„Ja, Sugar. Wir sind jede Nacht zusammen. Warum willst du für ein Haus zahlen, wenn ich eins habe?"

„Sei bitte nicht beleidigt, City, aber dein Haus ist nicht gerade nach meinem Geschmack. Es ist eine Männerhöhle, steril und mehr eine Hütte. Da kann ich leider nicht einziehen. Aber du kannst bei mir wohnen."

„Was immer dich glücklich macht. Solange ich dich in meinem Bett habe und mein Bike in einer Garage, bin ich ein zufriedener Mann."

„Das ist es also? Wir tun es?"

„Ja, und wie wir es tun. Zieh dich aus, Sugar. Du gehst hier nicht raus, bevor ich den Geruch meines Bruders gelöscht habe und mein Schwanz befriedigt ist." Ich begann mit dem Reißverschluss meiner Hose und sah zu, wie Suzy anfing, sich auszuziehen. Ihr Nippel war rot und leicht geschwollen und ich musste mir merken, ihn nicht zu berühren.

„Hände an die Kopfstütze, Hintern in die Luft." Ich pumpte meinen Schwanz und sie drehte den Kopf, um zu sehen, was ich tat. Mir gefiel es, sie etwas warten zu lassen.

Als sie sich erneut umwandte, gab ich ihr einen Klaps auf den Hintern. Sie zuckte zusammen und japste.

„Wofür war das denn?"

„Das nächste Mal fragst du mich gefälligst vorher, bevor du an deinem Körper eine bleibende Veränderung machen lässt. Ich werde nicht Nein sagen, aber ich will wissen, was passiert. Dann hätte ich diesem Nippel ein bisschen mehr Aufmerksamkeit geschenkt, ehe du ihn für Monate aus dem Verkehr ziehst."

„Ja, Sir." Sie lächelte und lehnte die Stirn an den Ledersessel.

Meine Sachen zu packen dauerte nicht lange. Wir entschieden, dass ich an den Thanksgiving-Feiertagen umziehen würde. Ich verkaufte mein Haus nicht. Es war abbezahlt und ich musste es nicht unbedingt loswerden. Ich liebte das Grundstück, auf dem das Farmhaus stand. Deshalb hatte ich es gekauft und eines Tages wollte ich auf dem Land mein Traumhaus bauen.

Ich brachte meine Kleidung in ihr freies Zimmer. Suzy kaufte einen kleinen Schreibtisch, den ich abends benutzen konnte, und ich brachte meine Arbeitssachen und die ganzen Harley-Fanartikel in dem Zimmer unter. Ich wollte mich ihr nicht zu sehr aufdrängen. Zusammenziehen war ein riesiger Schritt, ein Sprung ins kalte Wasser.

„Willst du deine Kleidung wirklich nicht in meinen Kleiderschrank hängen?", fragte sie. Sie lehnte am Türrahmen und trug ein winziges lila Seidennachthemdchen.

„Nein, Sugar. Meine Sachen passen wunderbar in dieses Zimmer." Ich packte die letzte Umzugskiste aus und legte Wäsche in die Kommode, die sie für mich freigemacht hatte. „Du brauchst deinen Platz im begehbaren Schrank doch für dich selbst."

Sie seufzte, drückte sich von der Tür ab und kam auf mich zu. „Hab Geduld mit mir, ja?"

„Sugar, komm her." Ich hielt ihr meine Hand hin und zog Suzy auf meinen Schoß. „Mach nichts anders, nur weil ich hier bin. Ich bin ein umgänglicher Typ. Brauche nicht viel. Dein Körper ist das Einzige, bei dem ich ungeduldig bin. Er gehört mir."

Ihre Augen funkelten und ihr Lächeln wurde breiter. „Ja, er gehört dir, City."

„Ich kann damit machen, was ich will?" Ich lächelte und hob die Augenbrauen.

„Ja." Sie kicherte, als ich sie an der Taille packte und auf die Kommode setzte. „Was machst du?"

„Nehmen, was mir gehört." Ich spreizte ihre Beine und schob das Nachthemd ihren Bauch hoch.

Dann leckte ich ihre Klit und ihr Lächeln und das Kichern endeten abrupt. Sie entspannte sich, lehnte sich an die Wand und ein leises Stöhnen entkam ihren Lippen. Mein Schwanz verlangte danach, in ihr zu sein, und stemmte sich gegen meine Hose.

Suzy sog scharf die Luft ein, als ich die Zunge in sie steckte. Der süßeste Nektar war kein Vergleich mit Suzys Geschmack, und ich wollte immer noch mehr davon. Sie spannte die Beine neben meinem Kopf an und ihre Atmung wurde schneller. In meinem Griff begannen ihre Schenkel, zu zittern. Ich saugte stärker, reizte ihre Klit mit der Zunge, um sie zum Kommen zu bringen. Sie krallte sich in meine Haare und presste mein Gesicht an sich. Ich knurrte und genoss das prickelnde Gefühl auf der Kopfhaut.

„Oh, fuck, City!“, rief sie, als ich meinen ganzen Mund heftig einsetzte.

Sie zuckte und bebte unter meiner Zunge und kam an meinem Gesicht. Ich konnte nicht genug von ihr bekommen. Sie schnappte nach Luft, schluckte schwer und sah mich mit großen Augen an. Ihr Griff in meinen Haaren lockerte sich, sie erschlaffte und ließ sich an die Wand fallen. Das Nachthemd war ihr von der Schulter gerutscht und entblößte die Brust mit dem kleinen Silberring, den ich so gern anfassen wollte, aber nicht durfte.

Als ich mich erhob, justierte ich meinen harten Schwanz, küsste ihre Lippen und stahl ihr den restlichen Atem. „Ich werde nie genug von dir bekommen, Sugar.“ Unsere Zungen tanzten miteinander, ihre Säfte mischten sich mit ihrem Speichel. Sie machte mich wild. Bei dem Gefühl ihrer kleinen Hände auf meinen Schultern, die mich fest umklammerten, ihrer Nägel, die sich in meine Haut bohrten, wurde ich stahlhart.

„Fester“, wisperte sie an meinen Lippen.

„Nimmersatt.“ Ich zog sie näher an mich, öffnete die oberste Schublade und holte ein Kondom heraus.

Ich fickte sie hart und schnell. Die Holzkommode rammte bei jedem Stoß gegen die Wand. Ich hoffte, sie würde nicht zusammenbrechen. Suzys Beine lagen auf meinen Schultern und ich hielt ihre Knöchel fest, während ich in sie hämmerte. Bei jedem Eindringen stöhnte sie. Ihre Pussy verengte sich um meinen Schaft und meine Eier zogen sich zusammen. Als ich kam, schloss sie die Augen und ich wurde in den Wirbel eines Höhepunktes gezogen, der so intensiv war, dass meine Beine nachgeben wollten.

Meine Brust hob und senkte sich angestrengt, als ich versuchte, zu Atem zu kommen. Sie öffnete die Augen und ihre Wangen waren vom zweiten Orgasmus noch geröteter.

„So fängt man einen Tag an.“

„Versprich es.“ Sie lächelte und streichelte über meine

nackte Brust.

„Wenn ich dich den ganzen Tag ficken würde, würden wir nichts erledigt bekommen, Sugar. Deine Pussy macht mich so verdammt süchtig.“

„Dein Schwanz ist auch nicht schlecht.“

„Du weißt, was solche Worte mit mir anstellen.“

„Ja, aber wir haben zu viel zu tun, mein Großer.“ Sie drückte gegen meine Brust und sprang von der Kommode.

Ich fing sie an der Taille ein und zog sie an mich. „Ich bin noch nicht fertig mit dir, Sugar. Du gehörst mir“, wisperte ich ihr ins Ohr.

„Ich liebe dich.“ Ihre Augen weiteten sich und sie schlug sich eine Hand vor den Mund.

„Was hast du gesagt?“ Ich versuchte, nicht zu lächeln, doch meine Mundwinkel zuckten verräterisch. Ich konnte mein Glück nicht verbergen. Sie nahm die Hand von den Lippen. Ich umfasste ihr Gesicht und sah ihr in die Augen.

„Ich liebe dich, Joey.“

„Sugar, ich liebe dich mehr, als ich jemals dachte, eine Frau lieben zu können. Ich wollte es dir schon längst sagen, hatte aber Angst, dass ich dich verschrecken würde.“

„Ich liebe dich. Alles an dir. Du bist alles, was ich je wollte und der Einzige, an den ich denke. Du hast mein Herz erobert und ich kann keinen Tag länger existieren, ohne es dir zu sagen.“

„Sag es noch mal.“ Ich strich mit den Lippen über ihren Mund.

„Ich liebe dich.“

Ihre geflüsterten Worte an meinen Lippen wärmten mich innerlich und jagten einen elektrisierenden Schock durch mich hindurch.

Epilog

Weihnachtssegen

Suzy

Sich daran zu gewöhnen, dass wieder jemand bei mir wohnte, war leichter, als ich gedacht hatte. Nachdem Sophia und Kayden ausgezogen waren, hatte ich geglaubt, ich würde nie wieder jemanden bei mir dulden. Nicht, weil das ein Problem wäre, sondern weil ich dachte, ich würde mich mit niemandem mehr so gut verstehen. Ich wusste, dass ich nicht der einfachste Mensch war, und hatte das für mich akzeptiert.

Wir hatten darüber geredet, in ein größeres Haus zu ziehen, doch ich glaubte nicht, dass wir uns das leisten konnten. Mein Haus schien mir genau richtig für uns.

Wir wohnten erst seit ein paar Wochen zusammen, und bisher war es wundervoll gewesen. Das Haus war klein, aber es schien auszureichen, wenn wir uns beide ein wenig anpassten.

Ich freute mich, dass Weihnachten war und ich die Feiertage mit City und seiner Familie verbringen durfte. Meine Eltern waren dieses Jahr auf einer Karibik-Kreuzfahrt, und meine Schwester war bei der Familie ihres Verlobten. Gäbe es City und die Gallo-Familie nicht, hätte ich das fünfte Rad am Wagen bei Sophia dargestellt.

City hatte ein besonderes Frühstück für uns gezaubert, bevor wir zu seinen Eltern gefahren waren. Er erzählte mir, dass sein Vater immer Arme Ritter zu Weihnachten gemacht hatte, und er wollte mich mit dem Rezept seiner Mutter verwöhnen. Das war der schönste Weihnachtsmorgen seit meiner Kindheit.

Ich hatte das Kochen immer noch nicht gelernt und konnte nur ein paar Gerichte zubereiten, die essbar waren. Inzwischen hatte mir seine Mutter ein paar Tricks gezeigt und mir Notizen gemacht, doch es half alles nichts. Sie sagte dann: „Keine Sorge, meine Liebe, du schaffst das schon. Ist alles

Übungssache." Das war nett von ihr, doch entweder hatte man Talent oder nicht, und ich hatte ganz sicher keins.

„Können wir gehen, Sugar?", fragte City an der Tür, als ich meinen Lippenstift auftrug.

Er sah sehr gut aus in schwarzen Jeans und einem enganliegenden grauen Pullover. Am liebsten hätte ich ihn wie ein Geschenk ausgepackt.

„Gleich, Joey. Sehe ich okay aus?" Ich wandte mich ihm zu und sein Blick wanderte über mich und landete auf meinen Augen.

„Du bist immer schön." Er umfasste mein Gesicht, küsste meine Lippen und die übliche Begierde stieg in mir auf. Ich wusste nicht, ob das je nachlassen würde, doch ich hoffte nicht. „Wir haben keine Zeit für das, woran du denkst, Sugar. Heute dürfen wir nicht zu spät kommen."

„Ich kann es kaum erwarten. Ich bin doch kein Unmensch." Ich lachte. „Hast du die Geschenke eingeladen?"

„Ich warte nur noch auf dich, Sugar."

„Okay, bin fertig."

Beim Fahren hielt er meine Hand und streichelte mich mit dem Daumen. Er sah glücklicher aus als früher. Als wir uns kennen lernten, sah er zwar nicht traurig aus, strahlte aber auch nicht gerade vor Glückseligkeit. Es freute mich, dass ich es war, die das geändert hatte.

Die Einfahrt seiner Eltern war voller Autos, als wir parkten.

„Sieht nach einem vollen Haus aus."

„Sugar, Italiener feiern groß. Meine Mutter kocht für eine Armee und lädt sämtliche Nachbarn zum Essen ein."

„Oh, wie nett von ihr. Ich habe aber nicht für alle Geschenke." Leichte Panik überkam mich. Ich hatte seine Familie erst ein paar Mal getroffen und gerade begonnen, mich wohlzufühlen, und jetzt musste ich in einem Raum voller Fremder sitzen.

„Wir machen die Bescherung erst später, wenn alle anderen gegangen sind. Mach dir keine Sorgen, sie lieben dich alle genauso wie ich."

City öffnete die Tür zu einem Haus voller Leute, das fast aus den Nähten platzen wollte. Seine Mom begrüßte uns an der Tür mit einem Lächeln. Sie trug ein Rentier-Geweih aus Filz und einen von diesen gewollt hässlichen, fröhlichen Weihnachtspullis. Sie wirkte wie eine Mutter, und zwar eine, die jedes Kind haben wollte.

„Suzy, meine Liebe. Fröhliche Weihnachten." Sie zog mich in eine Umarmung. City räusperte sich. Sie kicherte in mein Ohr und übersah ihn. „Es freut mich so, dass du mitgekommen bist."

„Danke, Mrs. G. Ich würde nirgendwo anders sein wollen. Es riecht wunderbar hier."

Sie hielt mich an den Schultern fest und betrachtete mich. „Ich habe lauter klassische italienische Gerichte gemacht. Wir müssen ein bisschen Speck auf dich kriegen, meine Liebe." Sie rieb meine Schultern und befühlte meine Knochen.

„Nur nicht zu viel, Mrs. G. Ich werde aber trotzdem alles kosten."

„Ich wusste doch, dass ich dich mag. Und doch, viel. Schließlich wirst du eines Tages meine Enkel austragen müssen." Sie lächelte und sah Joey kurz an.

Er machte ein ersticktes Geräusch, legte die Arme um sie und zerrte sie von mir. „Ma, sei bitte nicht so voreilig."

„Ich schaue nur in die Zukunft, Joseph. Ich will Kinder hier herumtoben sehen. Ich bin schon so alt, dass ich zumindest eins haben will. Mach mich nächstes Weihnachten glücklich, ja?"

„Irgendwann, Ma. Umarme mich einfach und lass uns ein andermal darüber reden." Über ihren Kopf hinweg verdrehte er die Augen.

Ich wusste, dass er sich schämte, aber ich fand seine Mutter einfach nur süß. Zwar machte mir ihre Forderung Angst, doch es war irgendwie schön, darüber nachzudenken. Ich wollte City aber erst einmal so lange wie möglich ganz für mich allein haben.

„Kommt rein und schnappt euch ein paar Antipasti, bevor das Essen fertig ist. Joseph, stell sie allen vor."

„Ja, Ma."

Zwar war er nicht immer der geduldigste Mensch, doch das änderte sich, wenn er bei seiner Mutter war. Der Respekt, der einer italienischen Mutter entgegengebracht wurde, war schon etwas Besonderes. Niemand legte sich mit ihr an oder widersprach ihr.

Wir wanderten herum und Joey stellte mich Familienmitgliedern vor, die aus Chicago hergeflogen waren, um die Feiertage in einer wärmeren Gegend zu verbringen, und den Freunden der Familie. In meiner Familie schüttelte man sich die Hände, aber hier wurde man umarmt. Im Geplauder der Gäste konnte man Wärme und Liebe spüren. Ich fühlte mich wie zu Hause.

„Suzy!“, rief Izzy durch die Menge und ich sah sie winken.

„Ich sage deiner Schwester Hallo, bin gleich wieder da“, sagte ich zu City und küsste ihn auf die Wange.

Er lächelte mich mit seinen liebevollen blauen Augen an. „Ich komme gleich nach“, antwortete er und wandte sich wieder seinem Nachbarn zu.

Sie sprachen über Football und die möglichen Super-Bowl-Mannschaften. *Langweilig* war ein zu schwaches Wort für dieses Thema.

Izzy sah wie immer umwerfend aus. Ihr langes, fließendes schwarzes Haar umrahmte perfekt ihr Gesicht. Sie trug ein hautenges Kleid, das ihre Kurven und ihre Schönheit betonte.

„Hi, Iz, schön, dich zu sehen.“

„Fröhliche Weihnachten, Suzy. Ich freue mich, dass du da bist. Wie geht’s meinem Bruder?“

„Sie reden über Football. Danke, dass du mich gerettet hast.“ Wir lachten und blickten zu den beiden Männern hinüber, die uns zuwinkten.

„Jungs und ihr Sport. Habt ihr beide schon Bescherung gemacht?“ Ihr Blick verriet mir, dass sie wusste, was City mir gekauft hatte, und dass sie nicht erwarten konnte, meine Meinung dazu zu hören.

„Noch nicht. Weißt du, was es ist?“ Ich verengte die Augen. Überraschungen hatte ich noch nie gemocht, und vielleicht konnte ich es ihr entlocken.

„Oh ja. Aber meine Lippen sind versiegelt. City würde mich umbringen, wenn ich seine Überraschung ausplaudere."

Eine Überraschung. Das bedeutete, es war etwas Großes und keine Dessous oder ein einfaches Geschenk, wie wir verabredet hatten. Ich hatte etwas zum Anziehen für ihn und einen Kreuz-Anhänger, plus ein paar neue Motorradhandschuhe aus Leder. Es war schwer, etwas für ihn zu finden, daher hatte ich noch extra-sexy Reizwäsche draufgelegt, die ich ihm heute Nacht präsentieren wollte.

„Ich hasse Überraschungen", knurrte ich.

„Nicht diese, glaub mir." Sie grinste und kicherte.

Ich bekam Herzklopfen.

Wir hatten noch nicht übers Heiraten gesprochen und ich wusste nicht, was ich tun würde, wenn er mir vor seiner Familie einen Ring überreichen würde.

Atmen – du schaffst das schon.

„Hey, großer Bruder, fröhliche Weihnachten." Sie schlang die Arme um Joey und dann flüsterten sie sich etwas zu.

Beim Klingen von Metall an einem Glas wandten sich alle Richtung Küche. Citys Mutter stand dort und ihr Geweih wippte bei jeder Bewegung. Jemand machte einen Zischlaut und alle verstummten, als sie sprach.

„Ich möchte euch allen danken, dass ihr hergekommen seid. Es wäre kein Weihnachten ohne meine Familie und Freunde. Das Essen ist serviert – bedient euch."

„Deine Mutter ist echt wunderbar", sagte ich zu Joey.

Er legte einen Arm um meine Schultern. „Ja, sie liebt Weihnachten. Und immer, wenn sie Leute verpflegen kann, ist sie glücklich. Hast du Hunger?"

„Ich habe gerade eine Tonne Vorspeisen gegessen, aber ich will sie nicht beleidigen und werde schon noch was reinkriegen."

„Gewöhn dich lieber gleich daran, Sugar. Essen ist das Zauberwort in diesem Haus."

Wir gingen in die Küche. Es hatte sich bereits eine Warteschlange gebildet. City streichelte meinen Rücken, während wir warteten, dass wir uns einen Teller nehmen konnten.

Jede Oberfläche der Marmorarbeitsplatte in der teuren Küche war von Platten voller Köstlichkeiten bedeckt. Mit diesen Kochkünsten sollte diese Frau ein Restaurant eröffnen. Allerlei Arten von Pasta-Gerichten, Braciola, Parmesan-Hühnchen und Fleischbällchen warteten darauf, verspeist zu werden.

Auf der Veranda fanden wir noch Platz und plauderten mit den Gästen am Tisch, bis wir nichts mehr essen konnten. Immer wieder fiel mein Blick auf die Weinflaschen auf dem Tisch.

Weingut Familie Gallo.

Gallo war ein üblicher italienischer Name und vielleicht hatten sie diese Sorte wegen des Namens gewählt.

Ich konnte mich kaum noch rühren. Sollten wirklich alle Feiern in dieser Familie so ablaufen, müsste ich mir ernsthafte Sorgen um meine Figur machen.

Die Frauen räumten die Küche auf und mir wurde ausdrücklich verboten, mitzuhelfen. Citys Mom wollte, dass ich mich amüsierte, denn ich war ein Gast, während sie mit ihren Schwestern die Arbeit machte.

Ich nickte an Joeys Schulter ein, während alle plauderten und über ein Footballspiel im Fernsehen jubelten. Eine weitere Runde Essen weckte mich – Nachtisch.

Ein paar Stunden später waren die Gäste gegangen, nachdem noch Kaffee serviert worden war und das Footballspiel geendet hatte. Als der letzte Gast verabschiedet war, rief Mrs. G. aus dem Flur: „Wer ist bereit für die Bescherung?“

„Anthony, schaff deinen Hintern her!“, rief Izzy vom Fußboden aus.

Mrs. G. setzte sich neben den Weihnachtsbaum und wartete darauf, dass alle Platz genommen hatten. „Ich liebe euch alle, aber ich vermisse Thomas. Ich wünschte, er könnte dieses Jahr bei uns sein.“ Ihr Lächeln verschwand und sie wischte sich Tränen von den Augen. Ich wusste nur wenig über Thomas, dem einzigen der Geschwister, das ich noch nicht kannte. „Er hat heute Morgen angerufen und mit eurem Vater und mir gesprochen. Er hat versprochen, nächstes Jahr hier zu sein.“ Sie räusperte sich. „Ich freue mich, dass

Suzy bei uns ist."

Sie zog ein Geschenk unter dem Baum hervor und reichte es mir. „Für dich."

Ich legte es auf meinen Schoß und blickte in die Runde, weil mich alle anstarrten. „Was ist?"

„Wir kommen alle der Reihe nach dran, Sugar." City tätschelte mein Bein.

„Oh, Entschuldigung. Meine Familie ist mehr so alle gleichzeitig. Das wusste ich nicht, aber ich werde es lernen."

Die Bescherung dauerte Stunden. Die Geschenke hatten alle Größen und Formen. Ich beobachtete die Familie mit Freude. Noch nie hatte ich etwas so Liebevolles erlebt wie Weihnachten bei den Gallos.

„Ich liebe deine Geschenke, Sugar. Ich werde alles benutzen." City küsste mich auf die Wange.

Ich lächelte ihn an und flüsterte in sein Ohr. „Warte, bis du das letzte Geschenk siehst. Es ist noch zu Hause, weil es nur für deine Augen bestimmt ist." Ich knabberte an seinem Ohrläppchen und wurde mit einem innigen Kuss belohnt.

„Hey, ich will zwar Enkelkinder, aber ihr sollt sie nicht auf meiner Couch produzieren. Da liegt noch ein Geschenk unter dem Baum, und das ist für dich, Suzy." Mrs. G. übergab es mir strahlend.

Das Kästchen war zwar klein, aber keine Schmuckschachtel. City lehnte sich zurück und sah mir zu. Ich blickte mich kurz um und öffnete dann das Geschenkband. Es war schrecklich, sich ausgeschlossen zu fühlen, weil man nicht zu den Überraschenden gehörte, sondern der Überraschte war.

In der Schachtel lag eine Visitenkarte. Ich las sie, verstand aber ihren Zweck nicht. „Du schenkst mir eine Visitenkarte?", fragte ich verwirrt.

„Nein, Sugar. Lies sie. Dreh sie um."

Mrs. Perkins

Florida Maklerin

Ich drehte die Karte um uns las Joeys Handschrift.

Etwas, das wir unser Eigen nennen können.

Frohe Weihnachten, Sugar

Ich drehte die Karte erneut um. „Ich verstehe kein Wort",

murmelte ich.

Joey nahm meine Hand. „Ich möchte uns ein Haus kaufen. Du sollst dir dein Traumhaus aussuchen oder wir bauen es auf meinem Grundstück."

„Joey, das können wir uns nicht leisten, aber es ist eine liebe Idee." Seine Geste war aufrichtig gemeint, auch wenn es nur ein Traum war.

Seine Mutter fing an zu kichern und die ganze Familie lachte. Ich verstand den Witz nicht.

„Sag es ihr, Joseph", forderte seine Mutter und setzte sich neben seinen Vater.

„Suzy, wir können es uns leisten. Ich kann es mir leisten."

„Wie denn?" Ich kam mir wie ein Idiot vor.

„Himmel noch mal, Sohn!", mischte sich sein Vater ein. „Suzy, unsere Familie besitzt ein Weingut in Italien. Es gehört uns seit Generationen. Joseph gibt nicht mit seinem Vermögen an, aber er könnte euch fünf Häuser kaufen."

Ich sah zwischen Vater und Sohn hin und her, der grinsend dasaß. „Stimmt das?"

„Ja, Sugar. Wir sind alle Teilhaber am Weingut. Den Tattoo-Laden haben wir nur aufgemacht, weil wir nicht nutzlos auf unseren Hintern rumsitzen wollten. Wir wollten etwas Eigenes haben, das nichts mit dem Weingut zu tun hat."

„Warum hast du mir das nicht schon früher erzählt?" Ich kam mir blöd vor, dieses Gespräch vor der ganzen Familie zu führen, doch ich konnte mir vorstellen, dass sie seine Gründe dafür kannten.

Er streichelte mein Gesicht. „Ich mag mein kleines Farmhaus. Mir hat es gereicht. Und ich mag meine Privatangelegenheiten nicht gern an die große Glocke hängen. Zu viele Leute wollen etwas von einem, wenn sie wissen, dass man Geld hat. Versteh mich bitte, Sugar. Ich dachte, wenn ich jemals wieder jemanden lieben würde – und daran habe ich nicht geglaubt – müsste ich sichergehen, dass sie mich meinetwegen liebt und nicht wegen des Geldes."

„Ich liebe dich nur deinetwegen, Joey." Die Worte kamen mir leicht von den Lippen, und auch wenn ich mich ärgerte, dass er es mir monatelang verschwiegen hatte, konnte ich es verstehen. „Ich bin aber mit meinem Haus zufrieden und wir brauchen kein neues zu kaufen.“

„Du sagst es, dein Haus, nicht *unseres*. Ich möchte, dass wir zusammen eins aussuchen, in dem wir wachsen können. Wir sind zwar glücklich, aber beengt. Alles, was du willst, kannst du haben. Ich möchte nur eine große Garage für meine Bikes und Platz genug, dass meine Freunde rüberkommen können.“

Seine Mutter klatschte in die Hände. „Und genügend Schlafzimmer. Ich will eine Armee von Enkeln.“

Obwohl mir die Vorstellung von einer Horde Kindern Ausschlag verursachte, wäre ein großes Haus sicherlich eine gute Idee.

„Du bist nicht sehr hilfreich, Ma.“

Ihr Lachen erfüllte den Raum. „Entschuldige, man wird ja wohl wenigstens träumen dürfen.“

„Also, was sagst du, Sugar? Können wir uns ein Zuhause kaufen? Es kann ein neuer Start werden, der Anfang von einem tollen Leben. Wir lassen uns Zeit, bis wir das Perfekte gefunden haben. Ich liebe dich, Suzy McCarthy, und wünsche es mir für *uns*.“

Ich musste nicht lange nachdenken. Meine letzte Mauer war gefallen. Alles, was ich auf meiner Checkliste hatte, war Wirklichkeit geworden, und Joey war der Mann, den ich immer wollte. Seine Familie wartete auf meine Entscheidung und die Erwartungshaltung hing in der Luft. „Ja, Joey. Gerne will ich *unser* Zuhause finden und der Zukunft entgegensehen. Ich liebe dich auch.“

Sein Kuss raubte mir den Atem, so wie immer. Ich musste an Sophias Worte denken, die sie mir neulich gesagt hatte. *Schmetterlinge – ich spüre immer noch Schmetterlinge im Bauch, wenn ich ihn sehe.* Die innere Unruhe verschwand und seine Berührungen waren elektrisierend. Wenn es der Richtige war, würde ich es spüren. Und er war es. Er gehörte *mir*.

Die Autorin

Die USA Today Bestseller Autorin Chelle Bliss stammt aus dem Mittleren Westen und lebt momentan nah am Strand, obwohl sie keinen Sand mag. Sie ist Autorin in Vollzeit, Kaffee-Fanatikerin und frühere Highschool-Lehrerin. Sie liebt ihren Alpha-Mann, ihre zwei Katzen und mit ihren Lesern zu chatten.

Throttle Me – Halte mich ist Band 1 der erfolgreichen Men Of Inked Reihe und erscheint im Sieben Verlag als deutsche Erstveröffentlichung.